KB125351

영어때문에 나만큼 아파봤니?

김재흠 지음

영어 꼴찌
새로운 세계를 열다

영어 때문에 나만큼 아파봤니?

초판 1쇄 발행 2023년 3월 20일

지 은 이	김재흠
발 행 인	권선복
편 집	이선종
디 자 인	서보미
전 자 책	서보미
발 행 처	도서출판 행복에너지
출판등록	제315-2011-000035호
주 소	(157-010) 서울특별시 강서구 화곡로 232
전 화	010-3993-6277
팩 스	0303-0799-1560
홈페이지	www.happybook.or.kr
이 메 일	ksbdata@daum.net

값 20,000원

ISBN 979-11-92486-65-9 03810

Copyright ⓒ 김재흠, 2023

도서출판 행복에너지는 독자 여러분의 아이디어와 원고 투고를 기다립니다.
책으로 만들기를 원하는 콘텐츠가 있으신 분은 이메일이나 홈페이지를 통해 간단한 기획서와
기획 의도, 연락처 등을 보내주십시오. 행복에너지의 문은 언제나 활짝 열려 있습니다.

영어 꼴찌, 새로운 세계를 열다

영어 때문에
나만큼 아파봤니?

김재흠 지음

부모가 읽고 자녀에게 권하고 싶은 책!

반평생 동안 영어 콤플렉스를 가슴속 깊이 묻어두었던 남자!
그 오래된 아픔을 극복하고 60이 다 되어 처음으로 외국 교육생을 대상으로
재난영어 강의를 하고 중앙부처 고위공무원이 된 것으로도 부족하여
영어로만 수업하는 대학원에 가게 된 과정을
생생하고 흥미진진하게 그린 감동 스토리!

도서
출판 행복에너지

추천사 1

아리안느
필리핀 노동연구원 정책연구원

Motivated. Humble. Committed to self-improvement. That's how I will describe my friend, Kim Jaeheum. These qualities, I believe, made his journey in learning English successful. It was the start of 2022 Summer Semester at KDI School of Public Policy and Management when we first hung out. It was also that day when I found out his love for learning the world's lingua franca. Intrigued by this passion, I kept on asking more about his story. Little did I know, his story would teach me these valuable lessons that I would carry up to this day:

('신념이 강한, 겸손한, 자기계발에 열성적인,' 이 세 단어가 내 친구인 김재흠을 가장 잘 묘사해 준다. 이러한 특출한 자질이 그의 영어학습 여정을 성공적으로 만들었다고 난 믿는다. 우린 2022년 KDI 공공정책관리학 석사과정 여름학기에서 처음 만나 함께 이울렸다. 그리고 첫날부터 세계 공용어인 영어학습에 대한 그의 깊은 애정을 발견할 수 있었다. 호기심이 발동해 그의 깊은 영어 열정에

영어 때문에 나만큼 아파봤니?

대해 계속 질문을 이어갔는데, 그땐 그의 이야기가 오늘날까지도 내겐 정말 소중한 교훈이 될 것이라곤 생각조차 못 했다.)

Opportunity befriends those who take action – Jaeheum said that learning English opened a lot of doors for him. However, this was never an easy path. Jaeheum learned English at the age of 47 where the learning curve for a new language is considered steep. Nevertheless, he studied with all his might to master the subject that had been his least favorite during his high school and university years. Humbly acknowledging his weakness on this area, it took more than passion to learn this new skill. It involved discipline, time management, and commitment to learn even when things didn't go easy. All the hard work paid off: he got an international assignment and a scholarship to study development policy with all courses taught in English. He also made connections with people from different parts of the globe. This goes to show that growth doesn't happen in our comfort zone.

(기회는 항상 행동하는 사람에게 찾아온다 – 재흠은 영어학습이 그에게 엄청난 기회를 열어 주었다고 했다. 그러나 그건 결코 쉬운 길이 아니었다. 내 친구는 새로운 언어를 배우기에는 정말 쉽지 않은 나이인 47살이 되어서야 제대로 영어를 공부하기 시작했다. 그럼에도 불구하고, 고등학교와 대학 시절에 가장 싫어했던 영

어를 정복하기 위해 정말 모든 노력을 아끼지 않았다. 부족한 점들에 대해서는 겸손하게 받아들이면서도 새로운 스킬을 익히기 위해 그가 가진 열정 이상의 것들을 다 쏟아 넣었다. 여기엔 절제, 시간 관리, 어떤 어려움 속에서도 포기하지 않는 배움에 대한 강한 집념이 들어있다. 이러한 모든 노력이 마침내 결실을 거두었다. 영어로 모든 수업이 이루어지는 개발정책학 석사과정에 합격했을 뿐만 아니라 장학금까지 받았다. 더불어, 지구촌의 다양한 국가에서 유학 온 여러 학생과도 친밀한 관계를 쌓았다.이는 편안함에 안주해서는 결코 성장할 수 없다는 것을 잘 보여준다.)

Don't be afraid to seek help – Through the help of a mentor from a previous career assignment, he did what most non-native speakers are afraid of doing so: practicing. By using English on a daily basis and having someone to communicate with, speaking English has become more than just a goal. It became a habit and started to be fun.

(도움을 구하는 것을 결코 두려워하지 말라 – 그는 이전 근무지에서 만난 멘토의 도움과 함께 모국어 사용자가 아닌 대부분의 사람이 정말 하기 두려워하는 것을 실천했다. 그것은 바로 지속적인 연습이다. 매일매일 영어를 사용하고, 꾸준히 누군가와 소통함으로써 영어를 말하는 것이 단순한 목표 이상으로 발전했다. 즉, 꾸준히 실천하는 습관이 되었고, 마침내 영어에 흥미를 느끼기 시작했다.)

You're never too old to set a new goal – Currently, he's leading an English club, taking a master's degree, writing a book, and thinking of other growth opportunities when he retires. You may be wondering why he needs to do all these things when he already reached a significant accomplishment in his career and at an age where he can just sit back and relax. Well, if only you can see how his face lights up when he talks about his goals and plans, you'll know how self-improvement gives him genuine joy.

(새로운 목표 설정에 있어 나이는 숫자에 불과하다 – 현재 내 친구는 영어동아리방을 이끌고, 석사과정을 밟고, 책을 쓰고 있으며, 퇴직 후 새로운 성장 기회를 추구하고 있다. 이제 한 발 물러나 편안하게 살아도 되는 나이이고 경력에서도 이미 커다란 성취를 이루어낸 그가 왜 이 모든 것을 해야 할 필요가 있는지 아마 당신은 의아해할 것이다. 그러나 당신이 만약 그가 자신의 미래 목표와 계획에 관해 말할 때 그의 얼굴이 얼마나 환하게 빛나는지를 볼 수 있다면 자기계발이 얼마나 그에게 진정한 즐거움을 가져다주는 것인지를 금방 알게 될 것이다.)

From Arianne, Policy researcher at Institute for Labor Studies in Phllippines

(아리안느로부터, 필리핀 노동연구원 정책연구원)

김영기
특허법원 고등법원 판사

2023년 초, 모처럼 휴가를 내어 아이들과 한가로운 시간을 보내다가 문득 한 통의 전화를 받았다. 아주 오랜만에 걸려온 전화였지만 '김재흠 참사관님'이라고 적힌 발신자 표시를 보자니 금세 늘 맑고도 진지함이 가득했던 그의 얼굴이 환하게 떠올랐다.

그리고 이메일을 통해 전달받은 한 권의 책!

『골프를 잃고 세상을 얻다』(출간 전의 원고 제목)

마치 한 편의 영화나 드라마를 보는 느낌이었다!

그렇다. 이 책은 지구별에 사는 어느 순수한 사나이가 어떻게 세 번의 운명적인 사랑을 하였고, 그중에서도 세 번째 운명이었던 영어라는 대상에 어떻게 다가가고, 결국 그와 깊디깊은 사랑에 빠지게 되었는지를 너무도 생생하게 묘사하고 있다.

사실 그와 인연을 맺게 된 것은 내가 법관으로서 재판업무를 잠시 내려놓고 대한민국 사법부의 사법정책을 연구하는 사법정책심의관으로 대법원(법원행정처)에서 일할 때 OECD를 방문하고 나서부터였다. 그때는 내가 나의 인생에서 가장 가슴 설레며 일하던 때였고, 국제기구를 상대로 논리력으로서 그들을 설득하여 무척이나 뿌듯한 성과를 내었던 때이기도 하다. 사실 그 모든 것이, 이 책에 소상히 소개되어 있듯이 그가 부지런히 그곳의 PM들과 신뢰를 쌓아두었기

영어 때문에 나만큼 아파봤니?

에 가능하였다. 이 책에 그때의 일이 과분하게 소개되어 쑥스럽지만, 그 일을 마치고 그와 함께 센 강 인근 횟집에서 먹었던 생선회와 소주는 나의 '인생 디너'가 되어 아직도 생생히 기억되어 있다.

그가 인용한 공자님의 말씀 가운데 이 글을 읽으면서 자연스레 떠오른 논어의 구절이 있다.

'知之者不如好之者, 好之者不如樂之者.'
(알기만 하는 사람이 좋아하는 사람과 같을 수 없고,
좋아하는 사람이 즐기는 사람과 같을 수 없다.)

영어가 맹목적으로 배워야 할 외국의 언어가 아니라 전 세계 사람들과 격의 없이 소통하는 즐거움을 주는 도구라는 사실을 누구보다도 깊이 깨닫고, 그에 다가가기 위해 끊임없이 정진해 나가며, 심지어 그와 '사랑에 빠져버리는' 그가 바로 위 말씀을 그대로 보여주고 있는 것이다.

이 책이 비단 '영어'라는 막연한 두려움의 대상을 마주하고 있는 이들뿐만 아니라, 무언가에 도전하기를 주저하고 있는 이 세상의 많은 이에게 깊은 영감과 신선한 자극을 주기에 충분하다고 확신한다. 그리고 분명, 이 책에서 그가 이루고 싶다고 한 일들이 머지않아 또 한 편의 역사로 확인되리라는 것 또한 믿어 의심치 않는다.

마재윤
중앙소방학교장 소방감

 김재흠 저자는 지금 충남 공주에서 국가민방위재난안전교육원장으로 재직 중이고 나는 중앙소방학교장으로 있으면서 격주제로 점심식사를 같이하고 이런저런 세상 돌아가는 이야기부터 개인사에 이르기까지 대화와 소통을 하고 있는 관계이다.

 김 원장은 대화 중 영어 이야기만 나오면 대화의 주도권을 잡고서 눈빛이 달라지는데 그가 왜 그러는지 이 책의 원고를 보고서야 그 이유를 알게 되었다.

 영어에 도통 관심이 없고 놀이에만 집중하던 어린 시절과 직장을 잡고 결혼을 하고, 어느덧 중년이 되어서도 영어 앞에만 서면 자신감이 결여되었던 저자가, 살면서 항상 가슴 한쪽에 남아있는 영어에 대한 두려움을 50대라는 젊지 않은 나이에도 불구하고 극복해 가는 과정을 한 편의 드라마처럼 그려서 그 어떤 책보다도 재미있게 읽어 나갔다.

 평범한 사람이 한 계단 한 계단 성장해 가는 과정을 들여다보는 것은 참으로 흥미롭다. 그런데 열악한 환경에 처해 있는 사람이 그 어려움을 헤쳐가며 한 발짝 한 발짝 성공을 향해 걸어가는 모습을 들여다보는 것은 더더욱 흥미롭다.

 바로 이 책이 그렇다는 생각이 든다. 본래부터 영어공부를 잘했

영어 때문에 나만큼 아파봤니?

던 사람이 영어공부법에 대한 책을 썼다면 전혀 감동스럽지 않다. 하지만 고등학교 3년간의 영어 성적이 '가-가-가-가-미-수'였던 사람이 영어공부하는 법에 대한 책을 썼다면 상황은 달라진다.

이는 기적에 가까운 감동 스토리이자 독자들로 하여금 호기심을 일으키게 하기에 충분하다. 영어와 수학에 있어서 열등생이었던 저자가 바쁜 사회생활 속에서도 부단히 노력하여 한 계단 한 계단씩 자신을 업그레이드해 가는 과정을 그려낸 저자의 감동 스토리는 우리에게 많은 걸 깨닫게 해준다.

지금의 MZ 세대들은 그나마 어려서부터 영어를 문법보다는 회화 위주로 유튜브나 원어민 강사들에게 직접 배울 기회가 있지만, 50대를 넘어선 세대는 오로지 문법과 토플, 그리고 시험이라는 울타리 안에서 암기 위주로 공부하다 보니 대학에서 영어를 전공한 선생까지도 외국인을 보면 영어 울렁증이 생길 수밖에 없는 환경이었다.

이 책은 영어공부에 목말라 하는 분들에게 "이 나이에 나도 해냈는데 여러분도 해낼 수 있다"는 자신감을 심어주고 쏠쏠한 재미까지 제공하는 아주 감칠맛 나는 좋은 책이다. 이 책을 읽고 나니 공자께서 말씀하신 3대 즐거움 중의 하나인 "학이시습지면 불역열호아(學而時習之 不亦說乎兒 : 배우고 때때로 익히니 이 어찌 즐겁지 아니한가.)"가 저절로 생각난다.

박유동
경남도립대학교 총장

김재흠 국장으로부터 추천사 부탁을 받고 그가 이메일로 보내준 원고를 보니 제목이 참으로 흥미로웠다.

『골프를 잃고 세상을 얻다』(출간 전의 원고 제목)

난 골프를 알고부터 세상을 얻었다고 생각하는데 김 국장은 반대로 골프를 포기하고 우리 세대의 풀리지 않는 숙제인 영어 정복의 목표를 세웠다니 과연 그답다는 생각이 들었다.

김 국장과는, 지금은 없어졌지만, 총무처에서 인사업무 선후배로 만났다. 그 당시 우리 인사부서는 선후배 간의 서열이 엄격하고 개인보다는 조직이 우선시되는 분위기였다. 공무원들은 순환보직이 보편적이지만 인사부서는 업무의 연속성 때문에 한번 발을 들여놓으면 보통 사무관으로 승진을 해야만 떠날 수 있었다. 그러다 보니 김 국장과 함께한 시간이 많았고 힘든 시기에 같은 부서에서 선후배로 근무한 인연이 나중에 싱가포르 대사관 주재관으로까지 이어졌으니 그 인연의 깊이가 보통은 아닌 것 같다.

나도 2008년 행안부 인사담당 서기관으로 근무하다 우여곡절 끝에 2년간 싱가포르 한국대사관 주재관으로 근무하였고, 돌이켜 보면 32년 공직생활 중 가장 의미 있는 시간이었다고 생각한다. 외교부 적격심사를 거쳐 최종 파견이 결정되고 나서 전임자에게 연락했더니, 싱가포르는 도시국가라서 한 달만 지나면 갈 곳이 없어,

영어 때문에 나만큼 아파봤니?

영어는 잘 못 해도 살 수 있는데 골프를 안 하면 안 된다고 하여 뒤늦게 골프라는 운동을 시작하게 되었다. 그리고 한국에 돌아와서는 업무가 바쁘고 비용도 많이 들어 운동을 자주 나가지는 못하지만, 골프라는 운동은 사람들과 교류하고 대인관계를 넓힐 수 있는 좋은 운동이라서 여전히 즐기는 수준으로 하고 있다.

그런데 김 국장은 골프를 포기하고 영어공부에 매진하여 많은 것을 얻었고 국제기구에서 근무하는 행운까지 누렸다. 행운은 그냥 주어지는 것이 아니라 원하는 목표를 위해 끊임없이 노력한 결과라고 생각한다. 김 국장의 남다른 공직생활 경험, 그리고 특히 젊지 않은 나이에 영어에 대한 열정과 노력으로 이룬 성과들은, 쉽게 도전했다가 조금만 힘들면 쉽게 포기해 버리는 요즘 젊은이들에게 많은 교훈이 되리라 생각한다.

우리 대학교의 학생들에게도 '전문기술이 있고 영어가 된다면 졸업 후 활동할 수 있는 무대는 세계로 넓어진다'고 늘 강조하며, 매년 영어 성적 우수생들은 한 달간 해외 어학연수를 보내고 있다. 한 달간의 어학연수 경험으로 영어 실력이 괄목상대할 정도로 향상되지는 않겠지만, 영어공부를 더욱 열심히 할 수 있는 동기부여만 된다면 그것만으로도 가치 있는 일이라고 생각한다.

골프를 알고 세상을 얻은 남자, 골프를 잃고 세상을 얻은 남자, 이 두 남자 중에 누가 승자일까? 인생에서 승자, 패자는 따로 없다. 다만, 자신이 좋아하는 일에 한 번이라도 미쳐 본 사람은 성과 여부를 떠나서 승자라고 생각한다. 그런 면에서 본다면 두 남자 모두 승자라고 스스로를 위안해 본다.

이완섭
충남 서산시장

　오늘 국가민방위재난안전교육원 김재흠 원장으로부터 한 통의 전화를 받았다. 책을 쓰게 되었는데 이메일로 초고를 보낼 테니 추천사를 부탁한다고 했다.

　이 친구가 갑자기 무슨 책을 썼을까 궁금해졌다. 그가 보내온 『골프를 잃고 세상을 얻다』(출간 전의 원고 제목)를 받자마자 단숨에 읽어내려가는데 전혀 상상도 못 한 일들이 책 속에 펼쳐지고 있었다. 아니, 영어로 강의를 하고 영어로 수업하는 대학원에 다닌다니, 대체 이게 무슨 일인가!

　김 원장과는 직장 선후배지간으로 오래된 끈끈한 인연이 있다. 행정자치부 인사팀에서 함께 일했는데 내가 인사팀장을 할 때 김 원장은 인사계 차석이었다. 행정자치부는 내무부와 총무처가 합쳐진 조직이라서 인사업무가 더욱 복잡하고 어려웠다. 반복되는 야근과 긴장의 연속이었지만, 우리는 서로를 아껴가며 어려운 시기를 함께 헤쳐나간 동지 같은 사이였다. 하지만 김 원장이 영어공부하는 것을 보거나 영어를 잘한다는 얘기를 들어 본 적이 전혀 없다. 오히려 해외유학을 정말 가고 싶은데 영어 때문에 엄두가 나지 않는다고 고민을 털어놓은 적은 있다. 비록 인사팀을 떠난 후에는 함께 일한 적이 없지만, 이렇게 완전히 딴사람이 되어 돌아왔다는

　　　　　　　　　　　영어 때문에 나만큼 아파봤니?

것이 처음엔 도무지 믿기지 않았다.

 그러나 책을 읽어갈수록 나도 모르게 점점 그의 세계로 빠져들기 시작했다. 싱가포르에서 영어 때문에 김 원장이 겪었던 좌절과 그것을 극복하기 위한 뼈를 깎는 노력이 마치 내가 겪은 일처럼 너무나 생생하게 다가왔다. 그리고 한국에 돌아와 그 바쁜 청와대에 근무하면서도 영어의 끈을 놓지 않고 이어가 지금은 영어로 강의를 하고, 외국 학생들과 함께 공부도 한다고 한다. 이 모든 것이 나이 50이 다 되어 시작해서 얻은 것이라니, 그저 놀라울 따름이다.

 그러나 단지 그가 지금 영어를 잘해서만 훌륭한 것이 아니다. 그의 노력의 성과는 단순히 개인역량 향상에 그치지 않았다. 이제 그는 영어강의를 통해 개발도상국에 K-재난관리를 전파시키며 국익에도 크게 기여하고 있다. 뒤늦은 나이에 불가능해 보이는 일을 과감하게 시작한 김 원장의 용기와 도전정신을 배워야 한다. 우리 서산의 가족들뿐만 아니라 대한민국의 모든 사람이 이 책을 통해 그의 열정과 긍정 에너지를 함께 호흡해 보시라고 권하고 싶다.

임종출
저자의 고등학교 친구

세월이 그렇게 만들었는지 생활이 그렇게 만들었는지 재흠이를 보면 참으로 놀랍다는 생각이 든다. 영어로 강의를 하는 것도 그렇고, 책을 쓰는 것도 그렇고, 그 시절로 돌아가 보면 상상이 안 되는 것들이다. 어린 시절, 공부해야 한다는 생각은 있었지만 참으로 공부하기 싫어했던 아이가 어른이 돼서, 그것도 50이 다 되어 이렇게 영어와 사랑에 빠지다니 도무지 믿기지 않는다.

그 시절 재흠이와 나는 매일 붙어 다니면서 학생으로서는 부적절한 행동을 했었다. 요즘 와서는 이해가 되지 않지만, 어린 나이에 그저 별난 행동을 하면 대단한 줄 알았다.

당시는 고등학교 연합고사가 있었다. 합격하면 시내 아이들은 거주지 위주로 배정을 받고, 시골아이들은 빵빵이(추첨) 돌려서 학교를 배정받았다. 그래서 그런지 경신고등학교에는 유난히 촌놈이 많았다. 요즘은 명문이 되었지만 그 당시는 기피하던 학교였다. 도심 외곽에 있었기 때문인 걸로 생각된다.

우리는 이 학교에서 만나 3년 내내 같이 붙어 다녔다. 학교가 끝나면 시장통에서 막걸리를 마시고, 길거리에서 교복 입은 채 담배를 꼬나물고, 지나가는 애들에게 괜히 시비를 걸고, 그러다가 결국 싸움이 나고, 그게 일상이었다.

영어 때문에 나만큼 아파봤니?

내가 촌놈인지라 산에서 나무를 하고 농사일도 거들다 보니 다져져서 그런지 체구는 작아도 힘은 좀 있었다. 또 아버님이 군인 출신이라서 깡(기질)도 좀 센 편이었다. 물론 재흠이도 싸움이 벌어지면 깡이 나만 못지않았다. 그러다 보니 공부는 뒷전이고 롤러 스케이트장, 유원지 등을 돌면서 세월을 보냈다.

　그렇게 3년이 지나고 나서 우리가 마주한 현실은 냉혹했다. 그러던 친구가 이렇게 뒤늦게 영어를 사랑하게 되고 또 세상에 책까지 펴낸다고 하니 그저 놀랍고 한편으론 존경스럽기까지 하다.

　초고를 읽으면서 정작 글은 보이지 않고, 환하게 미소지으며 '배우는 즐거움'에 대해 설명하는 친구의 얼굴이 보인다. 친구가 이제야 진짜 자신이 무엇을 좋아하는지, 무엇을 해야 할지를 찾았구나 하는 생각이 든다. 친구의 글을 읽고 나니 자신이 하고 싶은 일을 한다는 게 얼마나 즐거운지 새삼 실감하게 된다.

　친구가 세상을 살아오면서 쌓은 이 소중한 경험담을 통해 이 땅의 젊은이들과, 배움의 의지를 가진 모든 분에게 새로운 이정표가 되었으면 한다.

* 졸필에 대해 고맙게도 직장이나 해외 근무지에서 만난 인연, 학교 친구, 외국인 친구, 가족 등 20명이 넘는 분들이 추천 또는 감상의 글을 보내주셨다. 지면 관계상 앞에서 일일이 다 소개할 수 없어 나머지는 책 뒷부분에 따로 수록해 두었다. 외국인 추천사는 맨 앞에, 내국인 추천사는 '가나다 성명 순'으로 실었다.

지금까지 세 번의 운명적인 사랑이 찾아왔다. 첫사랑은 물론 철 없던 20대 초반에 만나 변함없이 나를 믿고 응원해 주는 아내이다. 두 번째 열병은 30대 후반쯤 업무 스트레스로 인해 몸과 마음이 모 두 지쳤을 때 희망의 돌파구가 되어 준 배드민턴이다. 세 번째 사 랑은 40대 후반에 정말 거짓말처럼 내게 다가왔다. 그리고 지금도 여전히 활활 타오르는 장작불처럼 뜨겁게 진행 중이다.

오늘 내 인생에서 마지막일지도 모를 이 뜨거운 사랑에 관해 이 야기하려고 한다. 너무나 부끄러워 지금까지 가슴속 깊이 꽁꽁 숨 겨 온 비밀이야기도 함께 세상에 내어놓으려고 한다. 대학에서 캠 퍼스 커플로 만나 30년을 같이 살아온 아내도 새까맣게 모르는 이 야기다. 절친인 종출이를 빼면 나의 고등학교 학창시절에 대해 자세 히 아는 사람은 없다. 대학에서 가깝게 지낸 친구들도 마찬가지다.

이 글이 세상에 나오면 깜짝 놀랄 사람이 많을 것 같다. 직장에 서 만난 사람들은 재미를 위해 꾸며낸 이야기가 아니냐고 물을 듯 하다. 요즘 내가 영어로 강의를 하고 다닌다고 말하면 아주 친한 친구들조차도 반신반의할 것이다. 그동안 왕래가 적었던 학창시절 친구들은 내가 공무원이 된 것만 해도 고개를 갸우뚱할 텐데 중앙 부처에서 국장승진까지 했다고 하면 정말이냐고 반문할 것 같다.

가족 중엔 그래도 딸이 나의 학창시절에 관해 가장 많은 정보를 가지고 있다. 싱가포르와 파리에서 5년을 같이 생활하면서 꽤 친밀해졌기 때문이다. 가끔은 서로 흉금을 털어놓고 얘기하는데 영어학습 동기부여 강의를 위해 발급받은 초라한 고등학교 성적표도 딸에겐 특별히 보여주었다. 아내는 군을 제대하고 복학을 해서 만났는데 같은 과 후배였다. 연인 사이가 되기 전부터 자주 어울려 다니다 보니 나의 나태한 대학 생활에 대해서는 너무나 적나라하게 알고 있다. 하지만 아내는 내가 고등학교 때는 꽤 공부를 잘한 걸로 믿고 있다. 내신은 형편없었지만 학력고사 점수는 꽤 높았기 때문이다.

중학교 때 영어를 처음 배운 이후 나이 50이 다 될 때까지 영어는 항상 아킬레스건이었다. 대학에 갈 때도 그랬고 졸업 후 직장을 구할 때도 영어가 골칫거리였다. 영어 때문에 원하는 대학을 갈 수 없었고 가고 싶은 직장도 포기해야 했다. 어쩔 수 없이 들어간 회사를 그만두고 공무원 시험을 준비할 때도 영어가 가장 큰 걱정거리였다. 영어공부에 가장 많은 시간을 투자했지만 다른 과목에 비해 정말 초라한 점수를 받았다. 아마 합격자 중에서 영어점수가 꼴찌였을 듯하다.

공무원이 되고 나서는 영어 때문에 크게 스트레스를 받지는 않았다. 업무를 하는 데 영어가 꼭 필요하진 않았기 때문이다. 하지만 영어 콤플렉스는 여전히 마음속에 남아 있었다. 인사 부서에서 근무할 때 해외유학생 선발업무를 담당한 적이 있다. 영어시험을 통과하여 해외유학을 가는 동료들을 볼 때마다 너무나 부러웠다. 하지만 그야말로 내겐 그림의 떡이었다. 다른 건 어떻게든 해볼 자신이 있었지만, 영어만은 아무리 발버둥 쳐도 넘을 수 없는 철옹성처럼 보였다.

그러던 어느 날 정말 운명처럼 기회가 찾아왔다. 만약 그 기회를 놓쳤다면 하는 가정은 상상조차 하기 싫다. 지금 내가 즐기고 좋아하는 모든 것이 사라진다고 생각하면 너무도 끔찍하다. 요즘은 영어강의를 꽤 자주 한다. 우리나라 재난관리 체계를 소개하는 내용인데 강의 대상은 주로 개발도상국에서 온 공무원들이다. 강의 준비가 꽤 부담은 되지만 굉장히 재미있다. 외국 학생들은 매우 적극적이다. 강의 집중도가 높고 질문도 많이 한다. 일방적 지식 전달이 아니라 서로 소통하고 배울 수 있어 좋다.

2022년 2월에 KDI 국제정책대학원에 입학했다. 모든 수업은 영어로 이루어진다. 한국 학생들도 있지만 외국에서 유학 온 친구가 더 많다. 주로 개발도상국에서 왔는데 대부분 이삼십 대 젊은 유학생들이다. 외국 학생들과 수업도 같이 듣고 그룹별 발표에도 참여해야 한다. 발표 준비를 위해 그룹 멤버들과 만나 저녁도 함께 먹

영어 때문에 나만큼 아파봤니?

고 화상회의도 한다. 작년 2월에 국가민방위재난안전교육원장으로 부임한 후 영어 동아리를 만들었다. 동아리 회원 대부분이 대학을 졸업하고 직장에 갓 들어온 새내기들이다. 아직 영어가 유창한 수준은 아니지만 모두 열심히 한다. 요즘 KDI 대학원과 영어 동아리에서 신세대들과 어울리다 보니 나이를 거꾸로 먹는 느낌이다. 이 모든 재미를 모르고 살 뻔했다고 생각하면 정말 아찔하다.

우리 세대와는 달리 요즘은 영어 잘하는 사람들이 넘쳐난다. 유튜브 같은 미디어 매체에는 영어공부 방법에 대한 콘텐츠가 수도 없이 많다. 그럼에도 불구하고 내가 이 보잘것없는 이야기를 쓰고자 마음먹게 된 이유가 있다. 아직도 여전히 많은 성인이 영어공부에 대한 갈증이 크다는 것을 알기 때문이다. 직장에서 자리를 옮기거나 재난 강의를 하면서 만난 사람들에게 나의 영어 울렁증 극복기를 들려주면 대부분 관심을 보인다. 영어공부를 하는 목적은 달라도 누구나 잘하고 싶은 욕망을 가지고 있다. 젊은 직원들은 영어를 잘해 해외유학을 가거나 외국인 친구를 사귀고 싶어 한다. 중년이 넘은 동료들은 퇴직 후 부부동반으로 해외여행을 가서 현지인들과 자유롭게 소통하고 싶어 한다. 물론 여행을 같이 간 일행들에게 자신의 영어 실력을 뽐낼 수 있는 것은 덤이다. 그러나 젊었을 때는 직장과 육아에 쫓겨 시간을 내기가 어렵다. 그리고 많은 사람이 나이 들어 영어공부를 해봐야 실력이 늘지 않을 거라 생각하고 지레 포기한다.

이런 분들에게 나의 이야기를 꼭 들려주고 싶었다. 영어는 공부하는 것이 아니라 재미를 느끼는 것이 중요하다는 것을 말이다. 물론 어느 순간까지는 힘들지만, 그 문턱을 넘으면 내 삶이 훨씬 풍요로워질 수 있다. 나이에 상관없이 누구나 할 수 있는 일이다. 각자 원하는 수준은 다르겠지만 재미만 느낀다면 누구나 그 목표에 다가갈 수 있다. 새해가 되면 많은 사람이 야심 차게 목표를 세운다. 그러나 대부분 작심삼일이 되고 만다. 만약 영어공부를 하겠다는 목표를 세우신 분들이 있다면 이 글을 한번 읽어 보길 권한다. 특히 과거의 나처럼 영어 때문에 힘들어하는 모든 분께 이 책이 어두컴컴한 밤바다에서 희망을 비추는 작은 등대가 되었으면 한다.

생명이 움트는 계절 3월에

공주교육원에서 김재흠 드림

영어 때문에 나만큼 아파봤니?

CONTENTS

PART 01　나의 영어 흑역사

PART 02　영어 콤플렉스 지속기

PART 03　기회의 땅, 싱가포르

아세안 역량강화 프로그램 기간 중
나의 하루

내일 아침에 강의가 있다. 교육생은 제5기 아세안 역량강화 프로그램에 참가한 외국 공무원들이다. 오후가 되니 슬슬 마음이 급해졌다. 오후 6시에 일이 끝나자마자 구내식당에 가서 후다닥 저녁을 먹고 사무실로 돌아왔다. 다른 때 같으면 교육원 내부를 크게 한 바퀴 돌았을 텐데 오늘은 그럴 여유가 없다.

얼마 전에 했던 강의자료를 꺼내 다시 읽었다. 7월 말에 성균관대학교 공공행정학 석사과정에 유학 온 외국 학생들을 대상으로 국토정보교육원에서 강의를 했었다. 그때도 내일 해야 할 강의와 똑같은 주제였다. 한국의 재난관리체계와 주요 정책들을 소개하는 내용이다. 한 달밖에 지나지 않았는데 기억나는 것이 별로 없다. 그때 강의를 준비하면서 종이로 출력한 슬라이드 위에 연필로 빼곡하게 써놓은 영어문장들이 굉장히 낯설다. 벌써 꽤 여러 번 해봤지만 아직도 영어강의를 준비하고 있는 내 모습에 스스로 화들짝 놀랄 때가 있다. 불과 10년 전에는 정말 꿈에서조차 상상도 하지

영어 때문에 나만큼 아파봤니?

못할 일이었기 때문이다.

　이번 연수생들은 브루나이, 인도네시아, 태국, 동티모르 등 아세안 회원국 소속 공무원들이다. 총 10개 나라에서 25명이 왔다. 원래 2020년과 2021년에 한국에 와서 연수를 받기로 했었는데 코로나 때문에 못 왔다. 그 대신 먼저 온라인으로 이론강의를 듣고 코로나 상황이 좋아지면 한국에 와서 현장학습교육을 받기로 약속했었다. 다행히 최근에 코로나 감염자가 줄어들면서 그 약속을 지키게 된 것이다.

　온라인으로 이론강의는 미리 들었기 때문에 이번에는 현장학습 위주로 프로그램을 짰다. 중앙재난안전상황실, 한강홍수통제소, 환경화학물질원 등을 방문한다. 오늘이 벌써 한국에 입국한 지 5일차다. 오늘과 내일 오후 각각 한 곳씩을 더 견학하고 나면 현장학습은 종료된다. 내일 오전에는 우리 교육원을 방문하여 내 강의를 듣고 재난안전체험실습도 할 예정이다. 저녁에는 교육 수료식 겸 만찬 행사를 세종에서 하기로 되어 있다. 그리고 보니 저녁 행사에서 해야 할 영어 스피치도 연습해야 한다. 수료사와 건배 제안이 내 몫이다. 강의 끝나고 오후에 연습해도 시간은 충분할 것 같다.

　지난번에 국토정보교육원에서 했던 영어강의는 학생들의 반응이 꽤 좋았다고 한다. 성균관대학교에서 국토정보교육원에 1주일 간 위탁교육을 의뢰했는데 다른 과목들은 대부분 통역이 필요했다고 들었다. 아무래도 통역을 통해 강의를 듣다 보면 전달력이 떨어질 수밖에 없다. 5일 내내 계속된 통역강의에 학생들이 힘들어했다고 한다. 강의가 끝나고 나서 학생들을 인솔해 온 이다솔 연구원을 만났다. 성균관대 외국인 학생들을 위한 재난교육프로그램을 제안했더니 긍정적인 반응을 보였다.

다음날, 평소보다 이른 새벽 5시쯤 잠이 깼다. 아무래도 영어강의에 대한 부담이 컸던 모양이다. 그래도 매일 꾸준히 하는 일과는 빼먹지 않았다. 일어나서 물 한 잔을 마시고 바로 TV를 켰다. CNN에서 뉴스방송이 흘러나왔다. 어젯밤에 전화영어를 끝내고 잠깐 CNN을 시청했었는데 채널이 그대로 172번에 고정되어 있었다. 뉴스를 보며 30분 정도 스트레칭을 하고 나서 간단하게 아침을 먹고 출근했다.

사무실에 도착하자마자 어제 출력해 둔 강의 슬라이드 전체를 빠르게 한번 훑어보고 국제강의실로 갔다. 강의는 9시부터 시작됐는데 걱정했던 것보다는 잘 진행되었다. 연수생 대부분이 재난업무를 직접 담당하는 공무원들이어서 그런지 궁금한 것도 많고 질문

영어 때문에 나만큼 아파봤니?

도 많았다. 자연스럽게 토론식 강의가 되었다. 전에는 강의 내내 교탁에 딱 달라붙어서 미리 준비해 둔 영어 대본을 읽기 바빴으나 오늘은 달랐다. 교탁을 벗어나 무대를 왔다 갔다 하며 강의를 진행했다. 사실 이번에는 아예 대본을 따로 준비하지 않고 출력해 둔 슬라이드에 연필로 주요 내용만 메모해 두었다. 애초에 대본에만 의존할 수 있는 강의가 아니었다. 어떤 질문과 코멘트가 나올지 모르는데 미리 완벽하게 대본을 써놓는 것은 불가능하기 때문이다. 그래서 대본에만 의존한다면 반쪽짜리 강의가 될 수밖에 없다.

내 강의가 끝나고 연수생 모두 재난안전체험관으로 이동했다. 원내 교수가 먼저 안전체험시설 전반에 대해 설명하고 난 후 그룹을 나누어 실습을 했다. 완강기, 연기 탈출, 심폐소생술 체험이 가장 인기가 많았다. 연수생 중에 완강기를 타 본 사람이 아무도 없었다. 아파트 3층 정도 높이에서 내려가야 하는데 처음 해보는 사람은 대부분 두려움을 느낀다. 나도 원장으로 부임해서 처음 타 보았는데 그 후로도 몇 번 더 경험을 했다. 다들 머뭇거리길래 먼저 시범을 보였더니 그제야 자원자들이 하나둘씩 생겼다.

연기 탈출 방에서는 방향을 잃고 헤매는 연수생들이 꽤 있었다. 방안은 한 치 앞도 보이지 않을 정도로 캄캄하기 때문에 감각에 의존할 수밖에 없다. 응급환자의 소중한 생명을 구할 수 있는 심폐소생술 교육을 마치고 점심을 먹었다. 구내식당이 혼잡해 샌드위치를 주문했는데 무슬림 연수생들을 위해 특별히 고기가 들어가지 않은 채식 샌드위치도 준비했다. 점심을 먹고 나서 마지막 현장학습 교육을 위해 다들 오송으로 떠났다.

오후 4시쯤에 말레이시아에서 온 고위공무원들이 우리 교육원을 방문했다. 재난안전체험교육을 받기 위해 온 것이다. 국가공무원인재개발원에서 운영하는 국제교육프로그램에 참가하기 위해 한국에 왔다고 했다. 연수비용은 말레이시아 정부에서 모두 부담한다고 한다. 과거 같으면 우리 측에서 비용을 지원해줘야 했을 텐데 한국의 위상이 한층 높아진 것을 실감했다.

말레이시아 연수생들을 환영하기 위해 체험관으로 갔다. 인사말을 시작하기 전에 좌석에 앉아 있는 연수생들을 쭉 훑어보니 그중 몇 명은 안면이 있었다. 작년에 국가공무원인재개발원에서 온라인 강의를 했는데 그때 본 사람들이었다. 우리 교육원처럼 작년에 비대면 강의를 들었던 연수생들이 이번에는 현장학습 교육을 받기 위해 한국에 초청된 것이다. 그땐 재난협력정책관으로 근무하면서 코로나19 대응 업무를 담당하고 있었다. 그래서 한국의 코로나19

영어 때문에 나만큼 아파봤니?

대응체계와 전략이라는 주제로 강의를 했었다. 그 당시 유난히 질문을 많이 했던 교육생이 있었는데 보자마자 얼굴이 기억났다. 그때 강의를 하면서 느꼈었는데 다들 한국에 직접 와서 교육을 받고 싶어 하는 눈치였다. 강의가 끝날 무렵에 내년에 한국에서 꼭 다시 만나길 희망한다고 말했는데 정말 그대로 이루어졌다.

저녁 6시가 되자마자 수료식 겸 만찬 행사에 참석하기 위해 세종으로 출발했다. 행사는 연수생들이 머물고 있는 호텔 식당에서 개최되었다. 식순에 따라 인사말을 하고 연수생들에게 수료증을 배부했다. 사회자가 호명하면 한 명씩 차례로 나와 수료증을 받고 기념사진도 찍었다. 마지막 순서는 건배 제안이었다. 건배사는 아세안 국가 간 재난협력강화 차원에서 "One ASEAN, One Response"로 준비했다. 내가 먼저 "원 아세안"을 선창하고 연수생들은 "원 리스펀스"로 화답했다. 저녁 메뉴는 해산물 뷔페였는데, 한국에서의 마지막 밤을 아쉬워하며 테이블마다 이야기꽃을 피웠다.

어느덧 예정된 두 시간이 훌쩍 지나 다음에 꼭 다시 만나자는 인사말을 끝으로 행사를 마쳤다. 오늘 행사에는 우리 교육원 간부들도 같이 참석했다. 차를 타고 공주로 돌아오는 길에 행사 뒷얘기들이 오고 갔다. 공병국 과장님과 이영미 팀장님이 같은 차를 탔는데 두 사람 모두 오늘 행사에서 깊은 자극을 받았다고 했다. 연수생들과 웃고 떠드는 내 모습을 보고 너무 부러웠다고 한다. 그래서 내일부터 당장 영어공부를 시작하겠다고 선언했다.

오늘도 두 사람을 신세계로 인도했다는 생각에 마음이 뿌듯해졌다. 내가 싱가포르 국립도서관에서 오준 대사님께 받았던 자극만큼 크지는 않았겠지만, 오늘 행사가 두 분의 남은 인생에서 새로운 전환점이 되었기를 기대해 본다. 가끔 주변 사람들에게 영어 전도사가 되어 버린 나 자신을 떠올리면 나도 모르게 빙그레 웃음이 올라오곤 한다. 동시에 공부보다는 친구와 시간을 보내며 노는 것에 흠뻑 빠졌던 학창시절의 모습도 함께 떠오른다. 영어를 지독히도 싫어했던 그때의 모습과 영어가 일상이 된 현재의 모습이 겹쳐서 보인다. 무엇이 달라진 걸까? 재미라는 두 글자에 답이 있다.

영어 때문에 나만큼 아파봤니?

PART 01

나의 영어
흑역사

많이 부끄럽지만 이제는 말할 수 있다

코로나19 중대본 회의에 참석하기 위해 가끔 서울에 출장을 갔었다. 장관님이 회의를 주재하는 날에는 사회를 맡아야 하기 때문이다.

그날은 11시쯤 회의가 끝났다. 구내식당에서 간단히 점심을 해결하고 고등학교 성적표를 발급받으러 인근 초등학교에 갔다. 요즘은 굳이 실제 졸업한 학교를 직접 방문할 필요 없이 가까운 곳에서 신청할 수 있다고 들었기 때문이다. 주변 사람들에게 나의 영어 울렁증 극복기를 들려줄 때마다 학창시절을 언급했었다. 성인들에게 영어학습 동기를 부여하기 위해서는 가장 효과적인 스토리텔링이었기 때문이다. 항상 이야기 도입 부분에서 극적 효과를 높이기 위해, 학창시절에 정말 영어를 지독히 싫어하고 성적도 엉망이었다는 것을 강조하곤 했다. 그날은 문득 정말 영어를 얼마나 못했는지 확인해야겠다는 생각이 들었다. 그래서 학교 행정실에 찾아가 성적표를 발급받으러 왔다고 했더니 신청서를 내밀었다.

신청서를 쓰고 나서 좁고 기다란 의자에 앉아 기다리고 있는데 팩스 수신기가 울렸다. 드디어 성적표가 도착한 것이다. 담당자가 팩스로 받은 성적표 위에 확인 날인을 하고 내게 건넸다. 떨리는 마음으로 성적표를 받아보니 생각했던 것보다 훨씬 심각한 수준이었다. 갑자기 얼굴이 화끈거려 어디에다 눈을 둬야 할지 몰랐다. 왜 이런 형편없는 성적표를 졸업한 지 40년이 넘어 굳이 발급받으러 왔는지 의아해하는 눈치였다.

영어 때문에 나만큼 아파봤니?

그때는 과목별 성적 평가 기준이 '수, 우, 미, 양, 가'였다. 성적이 나쁘다는 것은 알고 있었지만 그래도 평균적으로 보통 점수인 '미' 정도는 될 거라고 생각했다. 기대는 여지없이 빗나갔다. 3년간 영어 성적은 '가-가-가-가-미-수'였다. 아무리 영어를 못 하고 싫어했다고 해도 2년 내내 '가'를 받았다는 것이 믿기지 않았다. 3학년이 되면서 잠깐 영어공부를 열심히 한 적이 있다. 그래서 3학년 1학기 때 그나마 '미'를 받은 게 아닌가 싶다.

그땐 영어공부를 하려고 해도 워낙 기초가 없어서 어떻게 해야 할지 막막했다. 3학년 때 짝이었던 성욱이에게 도움을 청했다. 성욱이는 전교에서 1, 2등 하는 수재였다. 영어공부를 어떻게 해야 하느냐고 물었더니 정치근 저자가 쓴 『1일 1과 100일 기본영어』를 추천했다. 아마 내 나이쯤 되는 사람들은 기억할 것이다. 표지가 온통 빨간색으로 되어 있는데 중학생들이 보는 그야말로 기초적인 수준의 문법책이었다. 책 내용이 그리 어렵지는 않았으나 공부 진도가 너무 느렸다. 영어 한 과목에만 매달려도 학력고사 이전에 끝내는 게 불가능해 보였다. 결국, 영어를 포기하고 암기과목 위주로 공부 전략을 변경했다.

그런데 아무리 기억을 되살려 봐도 3학년 2학기 영어 과목에서 '수'를 받은 것은 미스터리였다. 혹시 성욱이가 내막을 알까 싶어 얼마 전에 통화한 적이 있다. 본인도 특별히 기억나는 게 없다고 했다. 아마 학력고사 후 마지막 학기여서 선생님이 시험문제를 어느 정도 미리 알려주신 게 아닌가 하는 생각이 든다. 그것 말고는 도대체 설명할 방법이 안 떠오른다.

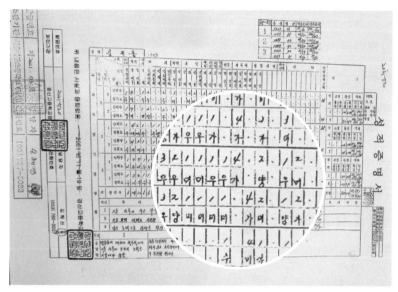

서울청사 인근 초등학교에서 발급받은 고등학교 성적표

집에 와서 다시 꼼꼼히 성적표를 확인하다가 한 번 더 충격에 빠졌다. 한 장짜리 성적증명서 하단에 특기사항을 적는 난이 있었다. 선생님들이 성적표에 그렇게까지 솔직하면서도 정확하게 의견을 적으시는지는 몰랐다.

1학년 때는 "기초과목이 다소 부진함", 2학년 때는 "기초학력 대체로 부진함"이라고 쓰셨다. 3학년 때는 그래도 좀 나은 편이었다. "많은 노력으로 성적이 향상됨"이라고 적으셨다. 종합의견도 대체로 비슷했다. "명랑하나 매사에 적극성이 부족하고 학업 성적이 부진한 편이다"라고 쓰여 있었다. 솔직히 영어만 못한 것은 아니었다. 수학이나 국어 같은 다른 주요 과목도 큰 차이는 없었다. 문과라 수학1만 들었다. 3년간 수학 성적은 '미-가-미-미-미-양'

영어 때문에 나만큼 아파봤니?

이었다. 국어는 그래도 '우'를 두 번이나 받은 적이 있다. 국어1은 '양-미-미-미-우-미'였고, 국어2는 '미-미-미-우'를 받았다.

최근에 재경초등학교 동창회에 나가게 되면서 근 45년간 보지 못했던 고향 친구들을 만났다. 중학교 2학년 때 고향인 봉화를 떠나 대구로 전학을 갔다. 어릴 적에 고향을 떠나서 그런지 사실 친구들에 대한 기억이 많이 남아 있지 않다.

그런 나와는 달리 몇몇 친구는 어릴 적 함께 했던 추억들을 놀랍도록 자세하게 기억하고 있었다. 한 친구는 심지어 우리 누나들의 이름과 나이까지도 줄줄이 기억하고 있었는데 정말 신기할 정도였다. 상대는 모처럼 신이 나서 얘기하는데 계속 기억이 안 난다고 하기가 너무 미안해 가끔은 살짝 기억이 되살아나는 것처럼 꾸미기도 했다.

그래도 초등학교 때 영어를 배우지 않은 것은 확실히 기억이 난다. 중학교에 가서 처음 영어를 접했다. 그때는 영어를 아주 못하지는 않았지만 분명 좋아하는 과목은 아니었다. 다만 가난한 시골 생활에 너나 할 것 없이 모두 공부에 신경을 쓸 여력이 없었던 때라 고등학교 때처럼 꼴찌 수준은 아니었을 뿐이었다.

할아버지 때만 해도 집안이 꽤 부자였다고 한다. 봉화 시내에서 양어장도 했었고 어릴 적에 살던 해저리 일대가 거의 우리 집 논밭이었다는 전설 같은 얘기도 들은 적이 있다. 그런데 아버지 대부터 점점 가세가 기울었다. 도박에 손을 대신 것이다. 그 많던 땅을 모두 다 팔고 봉화역 근처로 이사를 했다. 거기에서 부모님들이 여관과 중국식당을 운영했다.

시골에 살긴 했지만 다른 친구들과 달리 어릴 때 농사일은 별로 해본 적이 없다. 하루는 친구 집에 가서 보리 베기를 돕다가 낫에 손가락이 베였다. 생전 처음 해보는 일이라 서툴렀던 것이다. 지금도 왼손 검지에 큰 상처가 남아 있다.

어머니는 장사하시느라 늘 바쁘셨다. 그래도 자식에 대한 학구열은 굉장히 높으셨다. 당시 봉화에서 고등학교를 졸업하고 대학에 진학하는 경우는 드물었다. 아들을 꼭 대학에 보내야겠다고 생각하셨는지 중학교 2학년 때 대구로 전학을 가라고 하셨다.

중학교를 졸업할 때까지는 외숙모댁에서 생활했다. 외삼촌은 일찍 돌아가셨고 나보다 나이가 한참 많은 사촌형이 셋이나 있었다. 모두 체격이 크고 성격도 괄괄해서 집에 있을 때는 형들 눈치를 보느라 책상 앞에 앉아 있어야 했다. 그러나 억지로 하는 공부가 머리에 들어올 리 만무했다. 그러다 보니 점차 꾀를 내게 되었는데 책상에 앉아 교과서를 편 뒤 그 밑에 소설책을 깔아 놓고 몰래몰래 읽었다. 당시에는 집집마다 책꽂이에 세계소설전집이나 한국문학전집 한 질 정도씩은 꽂혀 있었다. 그때 웬만한 국내외 유명 소설은 최소 한 번씩은 다 읽었다. 그 덕인지는 몰라도 학력고사 시험에서 얻은 국어점수는 영어나 수학에 비해 훨씬 높았다.

대구동중학교를 졸업하고 경신고등학교에 진학했다. 그 무렵 외삼촌 댁을 떠나 대현동에 있는 작은아버지 집에서 살게 되었다. 지금도 큰 키는 아니지만 그땐 지금에 비해 훨씬 작았다. 당시는 키 순서대로 출석번호가 정해졌다. 7번이었는데 종출이와 짝이 되었다.

종출이는 재수해서 나보다 나이가 한 살 많았다. 고향은 의성이

영어 때문에 나만큼 아파봤니?

었는데 대구에서 형이랑 자취를 했다. 둘이 친해지면서 항상 붙어 다녔는데 맨날 종출이 자취방에 들락날락하다가 호기심에 술과 담배를 배웠다. 둘 다 가난한 시골 출신이다 보니 항상 용돈이 부족했다. 그땐 죄의식이 별로 없었지만 지금 돌아보면 절대 해서는 안 될 나쁜 짓을 한 적이 있다. 종출이 자취방이 있는 비산동에 약간 으슥한 골목이 있었다. 둘이 골목 입구에 서 있다가 만만해 보이는 학생들이 지나가면 담배를 빌려 달라고 윽박지른 적이 몇 번 있다. 종출이는 술이 센 반면 나는 한 잔만 먹어도 얼굴이 빨개졌다. 대낮에 교복을 입고 불그레해진 얼굴로 거리를 활보하고 다녔으니 지금 돌이켜보면 정말 아찔하다.

작은어머니께서 무척 잘해 주셨지만 한창 사춘기여서 그랬는지 반항심이 강했다. 집에 늦게 들어가거나 아예 안 들어가기 위해 핑계를 대는 경우가 점점 많아졌다. 평소에는 학교에 남아 공부한다는 핑계로 집에 늦게 가고 중간고사나 기말고사 때는 독서실에서 공부한다고 둘러대고 종출이 자취방에 가서 놀았다. 그러다 보니 학교 성적은 그야말로 바닥이었다. 정확히 기억은 안 나지만 1학년 때 우리 반 학생 수가 60명이 조금 안 되었는데 내 뒤에는 종출이와 다른 친구 몇 명 정도밖에 없었다. 수학시험은 주관식과 단답식이 섞여 있었는데 백지를 제출하는 경우가 태반이었다. 영어는 수학과 달리 객관식 문제가 많았는데 대부분 연필을 굴려 찍었다. 다른 과목도 큰 차이는 없었다.

어느 날 학교 수업이 끝나고 종출이와 둘이 교문을 나서는데 3학년 선배들이 우릴 불러 세웠다. 당시 우리 학교는 상고에서 인문

계로 바뀐 지 얼마 되지 않았다. 2학년은 인문계 선배이고 3학년
은 상업전수학교 선배였다. 그들은 학교 옆 으슥한 골목으로 우리
를 데려가더니 느닷없이 주먹과 발길질을 날렸다. 처음에는 영문
도 모르고 일방적으로 얻어맞다가 도저히 안 되겠다 싶어 맞붙어
싸웠다. 지나가던 학생들이 신고했는지 체육부장 선생님이 오셔서
싸움이 끝났다. 나중에 알게 된 일이지만, 그날 우리를 때린 선배
중의 한 명이 작년에 종출이에게 얻어맞은 적이 있었다. 그 선배가
종출이 고향에 놀러 갔을 때 종출이가 텃세를 좀 부렸다고 했다.
종출이 말로는 그 선배가 동네 여학생들한테 집적거려서 몇 대 때
렸다고 한다.

2학년 때도 종출이와 같은 반이 되었다. 여전히 자취방에서 바
둑과 장기를 두며 시간을 보냈다. 대구 칠성시장에 있는 롤러 스케
이트장에도 자주 함께 갔다. 그곳에 갈 때는 항상 학교 화장실에서
사복으로 갈아입었다. 바지는 당시 유행하던 마다가 긴 통 일자 스
타일만 고집했는데 다른 데 쓸 돈은 없어도 교복이나 사복 바지는
꼭 양복점에서 맞춰 입었다. 경쾌한 음악에 맞춰 롤러스케이트를
타는 것도 신이 났지만 진짜 목적은 여학생을 만나는 것이었다. 독
일어를 제2외국어로 선택했는데 선생님이 매우 엄한 분이셨다. 시
험에서 틀린 개수만큼 발바닥을 때리셨다. 교탁 위에 올라가서 무
릎을 꿇고 맞는데 종출이와 내가 항상 가장 많이 맞았다. 하긴 영
어도 그렇게 싫어했는데 제2외국어는 오죽했을까 싶다.

우리 반에 덩치가 크고 싸움을 좀 하는 친구가 있었다. 어느 날
교실에서 종출이와 시비가 붙었다. 그러다가 수업이 끝나면 옆에

영어 때문에 나만큼 아파봤니?

고등학교 절친인 종출이와 함께 (좌측은 소풍 때, 우측은 수학여행 때)

있는 중학교 건물로 가서 둘이 한 판 붙기로 했다. 종출이는 사실 깡은 최고지만 덩치는 작았다. 살짝 걱정되어 두 사람을 따라갔다. 싸움이 벌어지면 아무래도 종출이가 불리할 것 같았기 때문이다. 어쨌든 싸움이 시작되기 전에 말려야겠다는 생각에 주변을 살펴보니 커다란 짱돌이 눈에 띄었다. 짱돌을 손가락으로 가리키며 큰 소리로 말했다.

"이 짱돌 보이지, 엉? 계속 싸우면 이 짱돌이 너희를 가만두지 않을 거야!"

그러자 그 친구가 약간 주눅이 든 눈치였다. 바로 이때다 싶어 나는 얼른 양손으로 두 사람의 손을 잡아끌며 화해의 악수를 시켰다. 다행히 두 사람은 내가 이끄는 대로 순응하여 큰 싸움 없이 잘 마무리되었다.

2학년 2학기가 끝나갈 무렵 집에서 갑자기 쓰러졌다. 하혈을 심하게 해서 기절한 것이다. 구급차가 오고 병원에 실려 갔다. 초등학생 때부터 가끔 항문이 탈장하면서 하혈을 하곤 했었다. 한번은 봉화 시내에 있는 병원에 갔었는데 의사가 별다른 치료를 해주지 않았다. 내가 쓰러졌다는 연락을 받고 봉화에서 어머니가 올라오셨다. 대구에 있는 대학병원에서 여러 가지 검사를 받았는데 수술을 해야 한다고 했다. 그런데 의사를 포함해 어느 누구도 어디가 아파서 수술을 하는 건지 말해주지 않았다.

정확한 병명도 모른 채 수술대에 올랐다. 마취에서 깨어나 보니 수술 부위가 참을 수 없을 정도로 아팠다. 배꼽 위 5센티부터 배의 맨 아래 부분까지 절개를 했다. 재어보니 수술 부위가 무려 25센티가 넘었다. 8시간을 넘긴 대수술이었는데 병명에 대해서는 모두 쉬쉬했다.

아주 오랜 시간이 지나 어머니한테서 자초지종을 들었다. 수술 전에 약식으로 조직검사를 했는데 직장에 악성종양이 생긴 것 같다고 했다. 담당 주치의의 말에 의하면, 수술을 해봐야겠지만 아무래도 어머니보다 오래 살기는 힘들겠다고 했단다. 그리고 병변이 항문에 가까운 직장 쪽이라서 수술하고 나면 대변 주머니를 차야 할지도 모른다고 했단다.

어머니는 내게 그런 내색을 하지 않으시려고 무진히 애를 쓰셨다. 아무것도 모르는 나는 빨리 회복하려면 자주 기침하여 가래를 뱉어내야 한다고 해서 아픈 배를 거머쥐고 열심히 기침을 했다. 정

영어 때문에 나만큼 아파봤니?

말 오장육부가 끊어지는 것 같았다.

병원에 입원해 있는 동안 종출이가 거의 매일 찾아왔다. 겨울이라 군고구마나 찐빵 같은 것을 자주 사 들고 왔는데 차가워질까 봐 항상 두꺼운 외투 속에 고구마 봉투를 꽁꽁 품고 왔다. 나중에 들었는데, 내가 수술한 날부터 종출이가 3일간 학교에 가지 않고 방황을 했다고 한다. 어린 나이에 맨날 붙어 다니던 목숨 같은 친구가 죽을지도 모른다는 생각이 들어 너무 슬펐다고 한다. 3일 후 더 이상 갈 곳이 없어 할 수 없이 학교에 갔더니 선생님께서 나무라지 않고 오히려 등을 토닥여 주셨다고 했다.

수술이 끝나자 직장에서 떼어낸 병변으로 정밀조직검사를 했다. 암이 아닌 양성 종양이었다. 그리고 절개 부위와 대장을 연결해서 정상적인 생활이 가능하도록 수술을 했다. 수술이 끝난 후 10년도 훨씬 지나서 알게 된 이야기들이다.

3학년이 되면서 종출이와 반이 갈라졌다. 그때가 되어서야 인문계 고등학교를 졸업해서는 마땅히 취업할 수 있는 곳이 없다는 사실을 깨닫게 됐다. 그래서 대학에 가야겠다고 생각했는데 시간이 없다 보니 마음이 급해졌다. 학력고사 때까지 만나지 말고 열심히 공부하자고 둘이 굳게 약속했다.

그런데 막상 공부를 시작해 보니 큰 난관에 봉착했다. 다른 과목은 어렵지 않았는데 영어와 수학이 문제였다. 워낙 기초가 부실하다 보니 뾰족한 방법이 없었다. 아무리 시간을 많이 투자해도 앞이 보이지 않았다. 대학에 가기 위해서는 결단을 내려야만 했다. 영어와 수학은 일단 제쳐두고 국어와 다른 암기과목에 매달리기 시작했다. 요즘 소위 말하는 수포자에 더해 영포자가 된 것이다. 숙모님이 싸 주신 도시락 두 개를 들고 와서 밤 10시까지 학교에서 공부를 했다.

드디어 첫 번째 학력고사를 치렀다. 당시 학력고사 만점은 체력장 포함 총 340점이었는데 244점을 얻었다. 정확한 기억은 아니지만, 영어점수는 50점 만점에 12점이고 수학은 10점쯤 된 것 같다. 확률적으로는 4지 선다형 시험이니 전부 찍어도 최소 12점은 나와야 하는데 운도 따라주지 않았다. 작년에 정확한 점수를 확인하기 위해 한국교육과정평가원에 확인서 발급을 신청했는데 자료를 보관하고 있지 않아 불가능하다는 회신을 받았다. 당시에는 대학입시에 학력고사 성적뿐만 아니라 내신 성적도 30%가 반영되었다.

어느 대학을 지원할지 고민하다가 누나와 동생이 살고 있는 서울로 가기로 마음먹고 단국대학교 역사학과에 지원했다. 역사학과를 선택한 이유는 단순했다. 학력고사에서 역사 과목 성적이 제일 높기도 했지만 그 과에 여학생이 많을 것 같았기 때문이다. 종출이는 서울에 있는 국민대학교 국어국문학과에 지원했다. 둘 다 보기 좋게 낙방했다. 대학입학에 실패한 후 나는 서울에 남았고 종출이는 대구로 내려갔다.

어제는 모처럼 종출이와 통화를 했다. 아득한 추억들이 소환되었다. 둘 다 공부는 지지리도 못했지만 진한 우정이 있었다. 그래서 한 번도 그 시절을 후회해 본 적이 없다.

영어 때문에 나만큼 아파봤니?

생존을 위한 1차 도전

　서울 남영동에 있는 '등용문학원'에서 재수를 시작했다. 대학에 가려면 전략을 다시 짜야만 했다. 지난해 학력고사에서 암기과목은 거의 만점을 받았기 때문에 점수를 올릴 수 있는 과목은 영어와 수학밖에 없었다. 종합반을 다녔는데 하루종일 수업이 있었다. 낮에는 정해진 시간표대로 수업을 듣고 저녁 자습시간에는 오롯이 영어와 수학에 집중했다. 기초가 없다 보니 시간도 많이 걸리고 진도도 더뎠다. 영어독해 문제 하나 푸는 데 한 시간이 넘게 걸릴 때도 있었다. 독해 제시문에 있는 단어 대부분은 처음 보는 것이어서 영어사전 없이는 문제풀이가 불가능했다. 수학은 더욱 심각했다. 이차방정식, 인수분해까진 그럭저럭 해나갈 수 있었다. 지수와 로그, 삼각함수와 등차수열부터는 고문이었다. 미적분, 기하, 확률과 통계는 난공불락의 요새처럼 느껴졌다. 그래도 태어나서 무언가를 이렇게 열심히 해보긴 처음이었다.

　점차 시간이 지나면서 하나둘씩 친하게 지내는 친구들이 생겼다. 주중에는 학원에서 늦게까지 공부하느라 같이 어울릴 시간이 없었다. 대신 가끔 주말에 만나 공부로 쌓인 스트레스를 풀었다. 친구 중 한 명이 광명시 철산동에 살았는데 그 친구만 유일하게 여자친구가 있었다. 당시 여자친구는 구로동에 있는 봉제공장에서 일하고 있었다. 철산동에 회사 기숙사가 있어 주말에 우리가 놀러 가면 친구를 따라 나와 함께 어울리곤 했었다. 어느 날 그 여자친구의 주선으로 미팅을 하게 되었다. 지금 생각해 보면 왜 그랬는지 도무지 이해할 수 없지만, 재수생이라는 사실을 숨기고 대학생이라고 거짓말을 했다. 한동안은 그럭저럭 넘겼지만 금방 들통이 났다.

재수 생활을 시작한 지 6개월이 지나면서 다람쥐 쳇바퀴처럼 돌아가는 일상에 서서히 지쳐가고 있었다. 당시 갤러그라는 오락게임이 유행했는데, 가끔 저녁 자습시간에 학원 근처에 있는 오락실에 가서 갤러그를 하며 스트레스를 풀곤 했다. 가난한 재수생에게는 그것이 유일한 탈출구였다. 오락실에 자주 가다 보니 점차 실력이 늘었는데, 50원짜리 동전 하나를 넣고 한 시간이 넘게 갤러그를 했다. 오락실에 항상 손님이 많아 학생들이 줄을 서서 기다리다 보니 주인아저씨께서 가끔 눈총을 주셨다.

학원 선생님 가운데 수업시간에 학생들에게 노래를 시키는 분이 있었다. 당시 나의 애창곡은 송창식과 윤형주가 듀엣으로 부른 '웨딩케익'이었는데 노래가 끝나면 친구들이 우레와 같은 박수를 보냈다. 우리 딸이 꽤 노래를 잘 부르는데 나를 닮은 것 같다. 물론 아내는 전혀 동의하지 않겠지만 말이다.

학력고사 날짜가 점점 다가왔다. 그동안 수업시간에만 듣고 따로 공부는 하지 않았던 암기과목들을 다시 훑어봤다. 영어와 수학에 엄청난 시간과 노력을 투자했지만 여전히 갈 길이 멀었다. 잠자는 시간을 줄여가며 마지막 피치를 올렸다.

드디어 학력고사 시험일이 되었다. 시험지를 받아보니 작년에 비해 영어와 수학은 확실히 아는 문제가 많아졌다. 반면에 암기과목들은 꽤 어렵게 느껴졌다. 시험이 끝나고 며칠간은 정신없이 잠만 잤다.

영어 때문에 나만큼 아파봤니?

드디어 시험점수가 발표되었다. 결과는 작년에 비해 24점이 상승한 268점이었다. 정확한 기억은 아니지만 영어는 28점, 수학은 25점 정도로 작년에 비해 대폭 올랐다. 하지만 암기과목 점수는 오히려 떨어졌다. 언론에서 작년에 비해 시험난이도가 높아져 각 대학별 합격 커트라인이 평균 5점에서 10점 정도 하락할 것으로 예측했다. 영어와 수학 점수가 올랐다곤 해도 100점 만점으로 환산해 보면 반타작인 50점 정도밖에 안 되는 수준이다. 고등학교 3년간의 공백을 메우기가 쉽지 않았던 것이다. 그래도 총점 기준으로는 전체 수험생 중 꽤 상위권이었다.

대학 지원을 위해 학원 선생님과 상담을 했다. 재수하면서 학과 선택 기준이 바뀌었는데 여학생이 아니라 취업이 우선순위가 되었다. 그래서 상담 선생님께 경영학과를 가고 싶다고 했더니 내 점수대면 성균관대는 충분히 가능하다고 말씀하셨다. 그런데 그건 나의 내신등급을 모르고 하신 말씀이었다. 아마 내 학력고사 점수를 볼 때 내신이 최소 5등급은 될 거라고 생각하신 것 같다. 당시에는 내신이 총 15등급으로 세분화되어 있었다. 내신 성적이 좀 나쁘다고 얘기했더니 몇 등급이냐고 물으셨다. 기어들어가는 목소리로 12등급이라고 했더니 깜짝 놀라셨다. 그리고 곧바로 진로를 수정해 주셨다. 재수생이니 안전지원을 하라고 하시면서 건국대 경제학과를 추천해 주셨다. 당시에는 경영학과가 경제학과보다 입결이 조금 높았다. 수학을 못해 경제학과보다는 경영학과를 가고 싶다고 했더니 까딱 잘못하면 3수를 해야 할 수도 있다고 하셔서 뜻을 접었다.

영어원서 한 번 안 읽고 대학을 졸업하다

대학입학 후 신입생 환영식에서 천석이를 만났다. 강원도 정선에서 온 촌놈이었는데 3수를 해서 나보다 한 살이 많았다. 둘은 처음부터 의기투합해 4년 내내 붙어 다녔다. 나는 부천에서 부모님과 함께 살았고 천석이는 성남시 상대동에서 자취했다. 고등학교 때 종출이 자취방에 놀러 가듯 틈만 나면 성남으로 갔다.

경제학과에는 나처럼 재수해서 대학에 온 친구가 여럿 있었다. 그중에 충남 서천에서 올라온 역이와 전남 나주에서 온 영섭이랑 친하게 지냈다. 1학년 여름방학 때 넷이서 함께 아르바이트를 한 적이 있다. 역이네 자취방이 면목동이었는데 거기서 같이 합숙을 했다. 수세미나 보리차 같은 생필품을 도매로 싸게 구입해서 집집마다 다니며 파는 일이었는데 혼자 하기엔 용기가 나지 않았다. 그래서 2인 1조로 다녔는데 나와 천석이가 한 조가 되고 역이와 영섭이가 짝이 되었다. 매일 면목동에서부터 봉천동 달동네까지 서울 곳곳을 누비고 다녔다. 그때 가난한 동네가 인심은 오히려 후하다는 것을 알게 되었다.

2학년 1학기를 마치고 천석이와 나는 군에 입대했다. 둘 다 방위병으로 입소했다. 역이와 영섭이는 2학년을 마치고 카투사에 지원해 나란히 합격했다. 입소를 위해 휴학을 하고 영장이 나오기 전에 잠깐 아르바이트를 했다. 홍제동에 있는 중국식당에서 일했는데 낮에는 홀에서 서빙도 하고 배달도 나갔다. 그런데 이상하게 저녁이 되면 옷을 바꾸어 입어야 했다. 나비넥타이에 흰색 와이셔츠 차

영어 때문에 나만큼 아파봤니?

림으로 갈아입었다. 술 마시러 오는 손님들을 상대로 서빙을 해야 했기 때문이다. 식당 크기에 비해 룸이 꽤 많았는데 접대부 아가씨들을 고용해 저녁에는 룸살롱처럼 변칙영업을 하고 있었다. 단순한 중국집 아르바이트인 줄 알았다가 불법 영업을 하는 것을 알고 나서 곧바로 그만두었다.

군 생활은 송추에 있는 72훈련단에서 시작했다. 방위병이라면 으레 동사무소 근무를 상상했었는데 출퇴근만 가능한 현역병이었다. 12월 말쯤 입소한 지 한 달 정도 지나서 혹독하게 추운 날씨에 100킬로 행군을 했다. 거의 매일 사격연습을 하다 보니 군기도 엄청나게 셌다. 매일 얼차려와 구타가 이어졌다. 훈련과 군기가 센 송추 방위 때문에 당시 우스갯소리로 '잘 키운 방위 하나 열 공수 안 부럽다'는 얘기가 나올 정도였다. 6개월 정도 지나 부모님께서 부천으로 이사를 하셨다. 부천에서 송추까지 출퇴근하기가 어려워 전근 신청을 했더니 인천에 있는 부대에 배치되었다. 후방부대여서 그런지 송추에 비하면 훨씬 편한 곳이었다.

군 생활에 좀 여유가 생겨 퇴근 후 아르바이트를 시작했다. 길에서 카세트테이프를 파는 일이었는데 선임병과 동업을 했다. 동대문에서 물건을 떼어다가 리어카에서 팔았다. 흔히 말하는 불법 노점상이었다. 부천역 사거리 근처에서 장사를 했는데 크리스마스 같은 대목에는 매상이 꽤 괜찮았다. 당시 이재민 가수가 부른 '골목길'이라는 노래가 크게 히트를 친 적이 있다. 이렇게 히트곡이 나올 때마다 그 가수의 곡이 들어간 테이프는 그야말로 날개 돋친 듯이 팔렸다. 용돈이 부족한 학생이나 회사 저녁 모임 후 얼큰하게 취한 직장인들이 주요 고객이었다.

제대하고 복학하기 전에 공사장에서 잠깐 일을 했다. 어머니가 부천에서 식당을 운영하셨는데 단골 중에 목수 일을 하는 분이 있었다. 등록금도 벌 겸 그분을 따라 일을 다녔다. 전문적인 기술이 없다 보니 목재나 철근을 나르는 일을 주로 맡았다. 새벽마다 손가락이 너무 아파서 잠을 깨곤 했는데 힘든 일을 안 하다가 갑자기 손에 힘을 무리하게 줘서 그랬던 것 같다.

공사장에서 한 달 정도 일하다가 복학을 했다. 천석이도 그 시기에 함께 학교로 돌아왔다. 학교 근처에 방을 얻어 둘이 함께 자취를 시작했다. 간섭하는 사람이 없다 보니 점점 게을러졌는데 친구들과 함께 저녁 늦게까지 놀고 아침에는 늦잠을 자기 일쑤였다. 자연히 아침 수업을 빼먹는 날이 많아지다 보니 다음 학기에는 아예 오전에 있는 수업은 모두 야간반으로 돌렸다. 야간반 수업이 끝나면 친구들과 학교 잔디밭에 앉아 자주 막걸리를 마셨다. 2차 장소는 항상 우리 자취방이었다.

그날도 학교에서 잔뜩 술을 마시고 우리 집에서 모두 곯아떨어졌다. 다음날 아침에 집주인인 나와 천석이는 다른 친구들보다 일찍 깼다. 한창나이다 보니 어젯밤 늦게까지 술을 마셨는데도 배가 고팠다. 먹을 것을 찾으려고 부엌을 뒤지다 보니 정선에 계신 천석이 어머니가 보내주신 참기름이 있었다. 그리고 전기밥솥을 열어보니 조금 색이 변하긴 했지만 이틀 전에 해둔 밥이 한가득 그대로 남아 있었다. 참기름과 고추장을 밥에 비벼 김치와 함께 맛있게 먹었다.

오후가 되니 친구 녀석들이 하나둘씩 일어났다. 참기름 냄새를

영어 때문에 나만큼 아파봤니?

맡았는지 킁킁거리며 뭐냐고 물었다. 사실, 작은 병에 든 참기름은 아껴 먹으려고 애지중지하던 것이라 선뜻 내어 줄 수가 없었다. 사람이 많아 꺼내 놓으면 금방 없어질 게 뻔했기 때문이다. 우리 둘은 꾀를 내어 식용유와 고추장으로 밥을 비벼 먹었다고 둘러댔다.

그 말을 듣자마자 한 친구가 부엌으로 가서 식용유와 고추장을 들고 나왔다. 큰 그릇에다가 솥에 남아 있던 밥을 모두 쏟아붓고 식용유와 고추장을 넣어 함께 비볐다. 다들 배가 고팠던지 그 큰 그릇에 담긴 비빔밥이 금방 동이 났다. 아직까지 이 이야기는 천석이와 나만의 비밀로 남아 있다. 그때 우리 집에 온 친구들이 이 사실을 알게 되면 어떤 표정을 지을지 궁금하다.

대학교 1학년 때 생필품 판매 아르바이트를 같이했던 친구들

대학에 와서는 재수 시절처럼 영어공부를 열심히 할 동기가 사라졌다. 1학년 때 교양영어를 수강한 이후 4년 내내 영어공부를 해본 기억이 없다. 경제학 원서 한 권 읽지 않고 졸업을 한 셈이다. 졸업이 가까워지자 친구들이 하나둘씩 취업을 했다는 소식이 들려왔다. 그때는 기업에서 공개채용과는 별도로 학교에서 추천을 받아 채용하

는 경우가 종종 있었다. 기업들이 학교로 추천서를 보냈는데 학과별로 순서를 정해 놓고 차례로 배정을 받았다.

천석이 순서에 '삼성전자'에서 추천서가 왔다. 간단한 직무적성검사 테스트를 거쳐 면접시험을 봤는데 합격이었다. 내 차례에는 '한국얀센'이라는 제약회사에서 추천서를 보내왔다. 나름 열심히 준비하고 갔는데 면접시험에서 떨어졌다. 사실 그때만 해도 상대를 나오면 어렵지 않게 취업이 되던 시기였다. 그래서 대학 생활 동안 공부보다는 친구들과 어울려 다니기 바빴지만 취업에 대한 큰 걱정은 없었다. 그러나 첫 번째 기회를 날리고 나니 마음이 급해졌다. 그 당시 인기가 있었던 금융회사나 공기업을 가려면 영어와 전공시험을 봐야 했다. 전공시험은 어떻게든 해볼 자신이 있었지만 영어는 단기간에 극복할 방법이 없었다.

마냥 추천서를 기다릴 수만은 없어 영어시험을 치지 않고도 갈수 있는 회사를 찾기 시작했다. 때마침 대한교육보험에서 영업관리직을 대규모로 채용한다는 소식을 들었다. 영어시험이 있긴 했는데 입사시험이라기엔 난이도가 아주 낮았다. 아마 대졸자 채용 선발시험의 형식을 갖추기 위해 단순히 영어 과목을 포함시킨 게아닌가 싶다. 당시 채용 규모가 2천 명이 넘었는데 필기시험에서는 대부분 합격했을 것 같다. 보험회사의 경우 워낙 이직률이 높다 보니애초에 대량으로 채용하는 형태였다.

면접시험에 합격한 후 연수를 받고 나서 부천영업국 내에 있는작은 영업소 총무로 발령이 났다. 약 20명 정도의 보험설계사가 근무하고 있었는데 대부분 40대 이상이었다. 영업소장은 나보다 3년 먼저 입사한 선배였다. 신규 보험설계사를 모집하는 것도 힘들지만 중간에 그만두지 않게 관리하는 것은 더욱 어렵다. 처음 몇 달간은 친척이나 지인에게 부탁해 계약실적을 올리지만 연고계약이 떨어지면 그만두는 경우가 많았기 때문이다. 그래서 새로 오신 분들의 정착을 지원하는 것이 총무의 가장 중요한 역할 중의 하나였다.

우리 영업소에는 네 명의 팀장님이 계셨다. 영업실적을 올리기 위해 팀 간 경쟁을 유도하다 보니 가끔 서로 불화가 발생하기도 했다. 그럴 땐 비록 나이는 어리지만 내가 나서서 서로 화해할 수 있도록 중간 역할을 해야 했다. 당시만 해도 단체로 회식하는 경우가 많았다. 전체 인원이 한꺼번에 모이기가 어려워 팀별로 돌아가며 회식을 했는데 저녁을 먹고 나면 2차로 볼링장도 가고 가끔은 나이트클럽에도 갔다. 그때만 해도 갓 대학을 졸업한 총각이라 부끄러움이 많았으나 시간이 흐르면서 점차 설계사분들과 스스럼없이 지내게 되었다.

직장 선배인 영업소장도 미혼이었는데 실적이 부진한 달에는 소위 '가라 계약'을 해서라도 목표를 달성해야 했다. 금융회사에서 일하다 보니 월급이 적은 편은 아니었지만 실제로 남는 것은 별로 없어 보였다. 이런 선배의 모습을 보며 회사생활에 회의를 느끼던 중 보험회사 최초로 파업이 일어났다. 노조로부터 신입직원들도 파업에 동참해 달라는 요청이 와서 1주일간 광화문에 있는 본사로 출근했다. 그리고 나서 얼마 후에 파업이 종료되었는데 회사에서 대대적인 인사발령을 시행했다. 파업에 동참한 직원들은 대부분 연고가 없는 지역으로 발령이 났다. 나도 부산 범일동에 있는 영업국으로 발령이 났는데 사무실에 내 자리는 없었다. 출근해도 앉을 자리가 없다 보니 하루종일 외근을 해야 했다. 회사로부터 밖에 나가 직접 보험계약을 체결해 오라는 지시를 받았다. 그러나 아무런 연고도 없는 곳에서 보험계약 실적을 올리는 건 불가능했다. 결국, 한 달 정도 버티다가 사표를 썼다.

생존을 위한 2차 도전

회사를 그만두고 부천으로 올라와서 이리저리 취업 자리를 알아보았으나 마땅히 갈 곳이 없었다. 대학 친구들에게 취업정보를 물어볼까 생각도 했으나 갑자기 연락하기가 망설여졌다. 그래도 변함없이 나를 반겨준 사람은 아내였다. 그때 아내는 공무원 시험에 합격해서 서울시교육청에서 근무하고 있었다. 앞에서 잠깐 말했지만, 아내와는 캠퍼스 커플이다. 1984년 경제학과에 입학했을 때 여학생은 아예 없었다. 제대하고 복학을 해보니 후배 여학생이 몇 명 들어왔는데 아내가 가장 눈에 띄었다. 나이는 나보다 세 살이 어렸고 고향은 전남 나주인데 고등학교는 광주에서 나왔다. 내가 볼 땐 미인에다 성격도 활달해 복학생들과도 잘 어울려 다녔다. 자주 함께 다니다 보니 점차 더 많은 장점이 눈에 띄기 시작했다. 친구나 선배들의 생일을 기억했다가 손편지와 함께 조그마한 선물을 건네주곤 했다. 자상하고 세심한 모습에 마음이 끌려 고백할 기회를 찾았으나 둘만의 시간을 만들기가 쉽지 않았다.

영어 때문에 나만큼 아파봤니?

어느 날 친구들과 함께 학교 잔디밭에 앉아 늦은 시간까지 술을 마셨는데 다들 고주망태가 되었다. 오늘은 꼭 고백하겠다고 마음 먹고 아내에게 시간이 많이 늦었으니 집에 바래다주겠다고 했더니 순순히 따라 일어났다. 그때 아내는 행당동에서 언니와 함께 자취하고 있었다. 버스에서 내려 가파른 행당동 언덕길을 올라가다 용기를 내어 고백했다. 갑작스런 고백에 화들짝 놀랐으나 싫지 않은 눈치였다.

그때부터 우리는 다른 사람들의 눈을 피해 가며 데이트를 즐겼다. 둘 다 연기력이 아카데미 대종상 감이었는데 졸업할 때까지 한 번도 들킨 적이 없다. 나중에 둘이 결혼한다고 청첩장을 보내니 친구들이 모두 깜짝 놀랐다. 심지어 대학 생활 내내 같이 붙어 다닌 천석이도 전혀 눈치채지 못할 정도였다. 물론, 나중에 친구들로부터 속을 알 수 없는 음흉한 인간이라고 바가지로 욕을 먹긴 했지만 말이다.

대학교 때 친구들 몰래 아내와 단둘이 놀러 가서 찍은 사진.

학교를 졸업하고 나서 한동안 서로 뜸한 적이 있었다. 아내는 서울에서 공무원 시험 준비를 하고 있었고 나는 보험회사에 취직해 바쁘게 살다 보니 서로 만날 기회가 줄어든 것이다. 사실 부산에서 올라와 며칠을 망설이다가 아내에게 연락했다. 그동안 소원했다가 상황이 바뀌자마자 연락하기가 좀 민망했기 때문이다. 직장을 그만두었다고 했더니 걱정이 되었는지 부천으로 찾아왔다. 이런저런 얘기를 하다가 취업 고민을 털어놨더니 공무원 시험을 쳐 보면 어떻겠느냐고 물었다. 사실, 한 번도 공무원 시험에 대해 생각해 본 적이 없었다. 그래서 시험과목이 궁금해 물었더니 9급과 7급 시험이 다르다고 했다. 9급 시험과목에 대해 설명을 듣자마자 바로 도전 불가능이라는 생각이 들었다. 왜냐하면, 총 7개 시험과목 중 영어와 수학이 포함되어 있었기 때문이다. 7급 시험과목에 대해 물으니 영어는 있는데 수학은 없다고 했다. 다만, 학교에서 배우지 않은 행정법이나 민법총칙 같은 생소한 과목을 공부해야 한다고 했다. 수학이 없다면 영어는 기본점수만 얻고 다른 과목에서 만점을 받으면 합격할 수 있을 것 같았다. 첫 번째 학력고사 시험 때 암기과목에서 거의 만점을 받았던 경험이 있기 때문이다.

다음날 바로 집 근처에 있는 독서실을 끊고 영어공부부터 시작했다. 맨투맨 기본영어와 7급 기출문제집을 사서 약 두 달 동안 하루도 빠지지 않고 열심히 풀었다. 다른 과목을 아무리 잘 보더라도 영어에서 과락이 나오면 아무 소용이 없기 때문이었다.

맨투맨 기본서를 끝내고 나서 노량진에 있는 공무원 학원에 등록했다. 종합반이었는데 2개월 코스였다. 헌법, 행정법, 민법총칙 같

영어 때문에 나만큼 아파봤니?

은 과목은 처음 배우는 것이라 굉장히 생소했다. 그래도 한 번도 수업에 빠지지 않고 열심히 들었다. 기본개념들이 어느 정도 머릿속에 들어오기 시작하면서 조금씩 자신감이 생겼다. 2개월간의 학원 수강을 마치고 다시 집 근처에 있는 독서실로 돌아갔다. 기초는 어느 정도 잡혔기 때문에 그때부터 문제풀이 위주로 공부했다. 공부해야 할 과목이 너무 많다 보니 시간이 턱없이 부족했다. 그렇다고 영어에 소홀할 수도 없어 매일 최소 한 시간은 따로 시간을 내어 공부했다. 그렇게 하루종일 독서실에만 틀어박혀 근 7개월을 보냈다. 아내도 공부에 방해가 되지 않으려고 그랬는지 거의 연락하지 않았다. 드디어 7급 국가직 공무원 시험일이 다가왔다. 이번이 마지막 기회라고 생각하고 시험 종료 벨이 울릴 때까지 최선을 다했다. 역시 노력은 배신하지 않았다. 가슴을 졸이면서 합격자 명단을 확인했는데 내 이름 석 자가 아주 큼지막하게 보였다.

맨 먼저 아내에게 기쁜 소식을 알렸더니 진심으로 축하를 해줬다. 부모님께도 말씀드렸더니 너무나 기뻐하셨다. 나중에 시험 성적을 확인해 보니 전 과목 평균이 84점이었는데 영어가 65점이었다. 영어공부를 위해 가장 많은 시간을 투자했는데 점수는 제일 낮았다. 조금만 삐끗했다면 과락점수가 나올 뻔했다. 점수를 확인하고 나서 안도의 한숨과 함께 놀란 가슴을 쓸어내렸다. 그래도 평균 점수는 선발인원 250명 중 100위 안에 들었다.

PART 02

영어
콤플렉스
지속기

영어 과목 말고는 교정에 자신이 있었다

공무원 시험 합격자 발표가 나고 나서 얼마 뒤에 근무 희망부처 신청을 하라고 연락이 왔다. 어디를 갈까 고민하다가 그래도 경제 부처가 좋을 것 같아 1순위로 기획재정부를 쓰고 2순위로는 총무처를 지원했다. 나중에 알게 되었지만 당시 경제부처는 성적이 최상위권에 들어야 근무 가능한 곳인데 그야말로 무모한 생각이었다. 지금은 상황이 많이 변해서 요즘 젊은 세대들에게는 야근이 많은 경제부처보다는 일과 삶의 균형을 추구할 수 있는 곳이 훨씬 인기가 많다고 한다. 그래서 문화관광부나 서울에 있는 부처들에 대한 선호도가 높다.

시험을 본 다음 해 2월에 총무처로 발령이 났다. 첫 근무지는 인사국 고시 2과였다. 지금은 인사혁신처 인재채용국 시험출제과로 명칭이 바뀌었는데 9급부터 5급까지 모든 공무원의 채용과 승진시험문제 출제를 담당하는 곳이다. 지금은 아니지만 그때는 사법시험까지 담당하다 보니 1년에 열 번이 넘는 시험을 준비해야 했다. 평소에는 각 분야의 전문가들에게 연락하여 시험문제 출제를 의뢰하고, 수령한 문제지들은 금고 깊숙이 넣어 관리하였다. 시험일이 다가오면 통상 한 달 전부터 준비하곤 했는데 시험과목별 출제위원들을 위촉하고 나서 함께 합숙에 들어갔다. 처음에는 광화문에 있는 정부합동청사 3층에 합숙 시설이 있었는데 너무 협소하여 청와대와 가까운 창성동 별관청사로 옮겼다.

일단 합숙 시설에 들어가면 시험이 종료되는 날까지 외부와 완전

영어 때문에 나만큼 아파봤니?

히 차단된다. 휴대폰도 가지고 들어갈 수 없다. 그래서 긴급 상황이 발생하지 않는 한 가족들과도 연락이 불가능하다. 직원들끼리 교대로 돌아가면서 합숙 시설에 들어가지만, 연간 열 번 이상 시험을 준비해야 하다 보니 보통 1년에 100일은 집에 갈 수 없었다. 그러다 보니 결혼한 직원들은 모두 근무를 꺼리는 부서였다. 그래서 신규직원이고 미혼이었던 내가 선택된 것 같다.

아내와 사귄 지도 꽤 오래되고 둘 다 안정된 직장을 갖게 되니 양가에서 자연스럽게 결혼 얘기가 나왔다. 1993년 2월에 첫 발령을 받는데 그로부터 8개월 정도가 지난 10월에 결혼식을 올렸다. 제주도로 신혼여행을 갔다오자마자 하반기 5급 승진시험 준비를 위해 합숙에 들어갔다. 승진시험은 시험과목이 많아 다른 시험에 비해 합숙 기간이 길어 아내는 거의 한 달 동안 독수공방을 해야 했다.

시험출제 과정에서 가장 신경이 많이 쓰였던 건 문제오류와 오타를 최소화하는 것이었다. 문제오류는 출제위원들이 책임져야 할 부분이지만 오타로 인한 혼란을 방지하는 것은 오로지 직원들의 몫이다. 위원들이 선정한 문제들을 여직원들이 타이핑하고 나면 직원들끼리 돌려가며 최소 3회 이상 교정을 봤다. 만약 오타가 있는 문제가 그대로 출제된다면 정부 신뢰가 바닥으로 추락할 수 있기 때문에 온 신경을 곤두세워 초집중을 했다. 한번은 문제지가 인쇄되고 난 후 시험 전날 재확인 과정에서 오타가 발견되어 할 수 없이 정오표를 만들어 내보낸 적도 있다.

사실, 교정은 시험위원이 출제한 문제를 여직원이 원문 그대로 타이핑했는지를 확인하는 작업이기 때문에 내용까지 자세히 검토

할 필요는 없다. 그래도 여전히 영어 과목 교정을 봐야 할 때는 늘 불안한 마음이 들어 여러 번 재확인 절차를 거쳤다. 그러다 보니 다른 과목에 비해 항상 두세 배 이상 시간이 걸렸다. 나중에는 직원들에게 양해를 구해 다른 암기과목 위주로 교정을 보고 가능한 영어 과목은 손을 대지 않았다. 여전히 영어에 자신이 없었기 때문이다.

유학 도전은 언감생심

대부분 고시 2과에 근무하는 것을 꺼렸지만 사실 장점도 꽤 많았다. 시험출제 기간에 합숙하게 되면 하루 오만 원 정도 되는 수당을 별도로 받았는데 당시 월급 기준으로 보면 꽤 많은 액수였다. 그리고 연중 수시로 합숙을 하다 보니 돈 쓸 일도 거의 없어 공무원이 된 후 8개월 동안 받은 월급과 수당을 고스란히 저축할 수 있었다. 보험회사 다닐 때 모아 둔 돈이 조금 있었는데 공무원 시험 준비를 하면서 다 써버렸다. 만약 고시 2과에 근무하지 않았다면 결혼은 엄두도 못 낼 처지였다.

신혼살림을 위해 행당동에 있는 전세 3천만 원짜리 단독주택을 얻었다. 1천만 원은 그간 모은 돈으로 충당하고 나머지는 은행에서 대출을 받았다. 결혼 후 1년 정도 지나서 아들이 태어났다. 매일 아침 일찍 아들을 어린이집에 맡겨야 하는데 내가 합숙에 들어가면 아내 혼자 힘으로는 벅찼다.

　　　　　　　　영어 때문에 나만큼 아파봤니?

다행히 고시 2과에 2년 정도 근무하고 나서 다른 부서로 옮기게 되었다. 총무과 인사계로 발령이 났다. 사실, 발령 전에 먼저 내게 의사를 물었는데 모두가 희망하는 부서를 마다할 이유가 없었다. 그러나 막상 자리를 옮기고 보니 생각했던 것과는 전혀 달랐다. 처음 맡은 업무는 공무원증 발급과 직원들 복무 관리였는데 공무원증을 분실한 사람들에게 경위서를 징구(徵求)하고 벌칙으로 2주간 발급을 해주지 않았다. 공무원증이 없으면 출퇴근 시 일일이 방문증을 발급받아야 하다 보니 민원이 끊이지 않았다.

그러다가 선배 중 한 명이 승진하면서 업무가 바뀌어 호봉과 교육업무를 담당하게 되었다. 지금은 프로그램이 발달하여 자동으로 호봉이 계산되지만 그때는 일일이 수작업을 해야 했다. 월례조회를 겸한 직장교육도 담당했는데 매달 장관님 인사말을 쓰는 것이 꽤나 큰 스트레스였다. 그리고 고시 2과에 비해 전반적으로 근무분위기도 훨씬 엄격했고 야근도 밥 먹듯이 했다. 사실, 인사계로 온 지 얼마 되지 않아 직장을 그만둘까 하는 생각까지 한 적이 있었다. 그때 바로 위의 직속 선배가 방황하던 나를 잘 이끌어 주어 힘든 시기를 견딜 수 있었다. 나중에 싱가포르에 가게 된 것도 이 선배 덕택인데 지금은 경남도립대에서 총장으로 재직하고 있다.

인사계에 근무하는 동안 1년간 해외유학 업무를 맡은 적이 있다. 해외유학 대상자는 영어점수와 조직기여도를 합산해서 선발한다. 아무리 조직기여도가 높아도 영어점수가 낮으면 선발될 수 없다. 그러다 보니 상대적으로 젊고 영어를 잘하는 고시 출신들이 대상자로 선발되는 경우가 많았다. 인사계에서 8년 이상을 근무해 오는 동안 수많은 직원으로부터 해외유학 무용담을 들었다. 그때만 해도 유학을 갔다 오면 인사팀에 양주 한 병을 들고 와서 저녁을 같이 먹는 인심이 있었다.

유학 갔다 온 직원들의 경험담을 들을 때마다 도전해 보고 싶은 생각이 굴뚝같았지만 그림의 떡이었다. 영어는 여전히 넘을 수 없는 너무나 큰 장벽이었기 때문이다. 영어권은 경쟁이 치열하다 보니 일부 비고시 출신 선배들은 영어가 아닌 다른 언어를 선택해서 유학을 가는 경우도 있었다. 중국어나 일본어 심지어 아랍어를 공부하는 경우도 있었다. 또 다른 선배는 영어시험은 봐야 하지만 상대적으로 경쟁이 낮은 국가를 전략적으로 선택했는데 영미권이 아닌 네덜란드를 지원해서 합격했다. 그러나 내겐 경쟁률의 높고 낮음이 문제가 아니었다. 우선 영어시험에서 과락을 면하기도 만만치 않았고 유학경쟁에서 필요한 최소한의 점수를 딸 자신은 더욱 없었기 때문이다. 당시만 해도 특히 듣기시험은 도저히 노력만으로는 극복할 수 없는 불가능의 영역처럼 생각됐다. 결국, 유학에 대한 꿈은 완전히 접을 수밖에 없었다.

난생처음 시험에서 1등을 하다

2002년 하반기 사무관 승진심사를 통과하고 나서 10월쯤에 중앙공무원교육원에서 운영하는 5급 승진자 교육과정에 입교했다. 월드컵 개최 준비를 위해 많은 직원이 조직위원회에 파견되었는데

영어 때문에 나만큼 아파봤니?

행사가 끝나고 직원들이 한꺼번에 복귀하는 바람에 인사 적체가 극심했다. 일시적 과원 발생으로 승진 요인이 없다 보니 심사를 통과한 직원들 간에도 승진 발령 시기에 차이가 날 수밖에 없는 어려운 상황이었다. 그래서 하루라도 먼저 승진하려면 교육 성적을 잘받는 것이 중요했다. 승진 순위 결정에 교육 성적이 무려 30%나 반영되기 때문이다. 우연의 일치겠지만 대학입시에서 고등학교 내신 성적이 반영되는 비율도 똑같이 30%였다. 형편없는 내신 성적 때문에 가고 싶었던 대학을 포기해야만 했던 기억이 떠올랐다. 이번에는 영어시험이 없으니 같은 실수를 반복하지 말자고 굳게 다짐했다.

총 5주간의 교육과정이었는데 수업이 끝나면 매일 집 근처에 있는 독서실로 갔다. 교육이 끝나는 마지막 주에 시험을 치렀다. 주관식과 객관식 시험이었다. 주관식은 오픈북 형태였기 때문에 교육생들 간에 성적 차이가 크지 않았다. 결국, 객관식에서 승부를 걸어야 했다. 시험과목은 인사 실무, 예산 실무, 법제 실무, 행정법 등이었는데 매일 예습과 복습을 철저히 했다. 시험 전날에 그동안 정리한 요약 노트들을 전체적으로 훑어본 후 컨디션 조절을 위해 일찍 잠자리에 들었다. 시험문제는 총 100문항이었다. 열심히 공부한 덕택에 한두 문제를 빼고는 어렵지 않게 풀 수 있었다.

은근히 만점을 기대하면서 시험이 끝난 후 정답을 확인해 보니 한 문제가 틀렸다. 아이러니하게도 가장 자신 있는 과목이었던 인사 실무에서 실수한 것이다. 아쉽게도 만점은 놓쳤지만 300명이 넘는 교육생 중 가장 높은 점수였다. 주관식 시험점수를 합산한 최종순위도 1등이었다. 이런 경험은 난생처음이다. 교육점수를 잘 받아 승진순위가 많이 올라갔지만 인사 적체 때문에 실제 사무관으로 임용되기까지에는 무려 1년이 넘게 걸렸다. 교육을 갔다 온 이후부터는 주변 사람들이 사무관으로 불러 줬지만 직급은 여전히 6급이었다.

오랜 기다림 끝에 드디어 승진 발령이 났다. 사무관으로 승진하게 되면 보통 소속기관이나 파견기관에서 근무를 하는 경우가 많았다. 소청심사위원회나 중앙공무원교육원이 인기가 많았는데 다른 동료들에게 양보하고 대통령경호실 인사과 파견근무를 신청했다. 원래 경호실 직원들은 별정직 공무원이었는데 특정직으로 신분이 바뀌면서 인사제도에 큰 변화가 있었다. 그래서 정부 인사제도를 총괄하는 행정자치부에 전문 인력 파견을 요청한 것이다. 솔직히 대통령경호실 파견근무를 결심한 또 다른 이유가 있었다. 당시 한창 배드민턴에 푹 빠져 있었는데 경호실에 가면 마음껏 배드민턴을 칠 수 있다는 정보를 사전에 입수했기 때문이다.

파견발령이 나자마자 경호실 배드민턴 동호회에 가입했다. 회원들은 대부분 경호실이나 101경비단에 근무하는 직원들이었다. 모두 체격도 좋고 운동에는 일가견이 있는 사람들이다 보니 실력이 모두 뛰어났다. 모든 종목이 그렇겠지만 배드민턴도 초보자가 동호회에 정착하는 것은 쉬운 일이 아니다. 회원들 대부분이 바쁜 시간을 쪼개어 운동하러 오기 때문에 초보자를 위해 자신을 희생해 가며 많은 시간을 투자하기가 쉽지 않다. 그래서 경호실 직원들과 함께 어울리려면 빨리 실력을 쌓아야만 했다. 마침 동호회에서 전

영어 때문에 나만큼 아파봤니?

직 여자 국가대표 출신 코치를 초빙해서 배드민턴 레슨을 하고 있었다. 동호회 가입과 동시에 레슨을 신청해서 1년 정도 꾸준히 하고 나니 누구에게나 환영받는 회원이 되었다.

경호관들은 매일 무도와 체력단련을 하는 것이 업무일과 중의 하나다. 청와대 분수대 옆에 연무관이란 곳이 있는데 거기에는 무도연습장, 헬스 시설, 수영장과 사우나 시설 등이 있다. 당시 행자부 직장 동료들을 만나면 우스갯말로 연무관에 있는 사우나가 우리나라에서 가장 물이 좋은 곳이라고 얘기하곤 했다. 왜냐하면, 사우나를 이용하는 직원 대부분이 우람한 근육과 조각상 같은 용모를 갖고 있기 때문이다. 상대적으로 나는 그곳에 갈 때마다 스스로 작아지는 느낌을 피할 수 없어 항상 구석자리를 찾아 앉았다.

경호실에서 3년 6개월간 근무하다가 대통령비서실로 자리를 옮겼다. 총무비서관실 인사팀에서 근무하고 있던 인사계 선배가 본인의 후임으로 나를 추천한 것이다. 비서실에서는 6개월 정도 근무를 했는데 이명박 정부가 들어서면서 원소속인 행정자치부로 복귀하게 되었다. 새 정부가 작은 정부를 표방하다 보니 정부 부처 조직이 대폭 축소되어 대기발령을 받는 사람이 많이 생겼다. 나도 예외는 아니었다. 대통령비서실에서 복귀할 때 자리가 없어 집에서 대기하다가 임시 TF 조직인 초과현원대책반에서 근무를 했다. 다행히 3개월 정도 지나 인사기획관실에 결원이 생겨 정식 발령을 받고 다시 부내 인사업무를 맡게 되었다.

PART 03

기회의 땅,
싱가포르

17년 만에 우연히 찾아온 기회

인사기획관실에서 근무한 지 1년 3개월 정도 지나 4급으로 승진을 했다. 보통 승진을 하면 다른 부서로 옮기는 것이 일반적이지만 업무 사정으로 1년을 더 근무했다. 그러다 보니 핵심부서인 인사팀에 너무 장기 근무하는 게 아니냐는 주변의 따가운 시선이 점차 느껴졌다. 이제는 정말 떠나야겠다는 생각에 소속기관이나 파견기관에 있는 과장 자리를 알아보던 중 싱가포르 한국대사관에 파견 나가 있던 선배에게서 연락이 왔다. 인사계로 발령이 난 후 적응을 못 해 힘들어하던 때 도움을 준 바로 그 선배다. 파견 기간이 종료되어 복귀해야 하니 후임자를 물색해 달라고 했다. 알겠다고 대답하고 나서, 나도 때가 되어 자리를 옮겨야 하는데 어디가 좋겠느냐고 조언을 구했더니 뜻밖의 제안을 했다. 다른 사람을 찾을 것이 아니라 내가 본인 후임으로 오면 되지 않겠냐는 것이었다. 영어를 못해 해외유학 시험조차 도전해 보지 못한 사람이 어떻게 해외근무를 할 수 있겠냐고 되물었더니 이번에도 내게 용기를 불어넣어 주었다. 본인도 영어 실력이 뛰어나지 않지만 일하는 데 아무 문제가 없으니 꼭 도전해 보라고 했다. 그리고 대사관에서 함께 근무하는 직원들이 대부분 한국사람이니 영어가 아주 능숙하지 않아도 된다는 것이다. 대신 직장 동료들과 어울리려면 골프를 칠 줄 알아야 하니 미리 한국에서 배워 오라고 했다. 본인도 싱가포르에 오기 전에는 골프를 칠 줄 몰랐는데 상사와 동료들로부터 타박을 받은 이후 일취월장하여 싱글골퍼가 되었다고 한다.

영어 때문에 나만큼 아파봤니?

박유동 선배는 연세대 행정학과를 졸업했다. 학창시절에 고시공부를 하다가 건강이 나빠져 포기하고 7급 시험을 쳤다고 들었다. 사실, 본인은 겸손하게 얘기했지만 인사계에서 오랜 기간 같이 근무했기 때문에 나보다 훨씬 영어를 잘한다는 것을 알고 있었다.

그날 이후 몇 날을 고민하다가 아내와 큰놈한테 혹시 2년간 해외에 가서 살 생각이 있는지 물어보았다. 해외에 가려면 아내는 휴직을 해야 하고, 당시 아들은 중학교 3학년이었는데 대학입시를 생각하면 애매한 나이였기 때문이다. 아내는 전적으로 아들 의사에 맡기겠다고 했다. 결국, 키는 세진이가 쥐고 있었는데 의외로 선뜻 가겠다고 나섰다. 당시 초등학교 4학년이었던 딸도 엄마 아빠와 함께 가는 것이라면 어느 곳이든 무조건 좋다고 했다. 특히 해외에 가면 엄마가 직장에 출근하지 않아도 된다고 하니 너무나 좋아했다. 그전부터 엄마가 직장에 다니지 않는 친구들을 무척이나 부러워했었다.

선배의 격려와 가족의 동의에 힘입어 40대 후반이 되어서야 용기를 내어 도전을 시작했다. 해외근무 대상자는 통상 공모절차를 거쳐 선발한다. 사내 게시판에 싱가포르 한국대사관 근무 희망자 모집공고가 떴다. 생각보다 지원자가 많지 않았는데 해외근무지로 선호되는 미국이나 영국 같은 영어권 국가가 아니었기 때문이다. 공모 기간이 끝난 후 심사절차를 거쳐 파견대상자로 최종 확정되었다.

일단 한고비는 넘겼지만 거의 반평생 동안 나를 짓눌러 온 견고한 장벽은 여전히 남아 있었다. 파견발령 전에 해외근무에 필요한 최소기준을 넘는 어학 성적을 제출해야 한다. 외국어대 시험은 70점, 토익은 700점, 탭스는 600점 이상을 맞아야 하는데 파견발령일까지 5개월밖에 남지 않아 쉬운 일이 아니었다.

그날부터 바로 영어시험공부를 시작했다. 야근을 자주 했기 때문에 학원에 다닐 시간이 없어 탭스 교재를 구입해 독학을 했다. 2개월 정도 공부하고 나서 탭스 시험을 두 번 봤는데 모두 400점대가 나왔다. 큰일 났다 싶어 주변 사람들에게 물어보니 왜 하필 가장 어려운 탭스를 보느냐면서 토익시험을 권했다. 그러나 결과는 비슷했다. 토익시험도 두 번을 봤는데 둘 다 500점대 중반의 점수였다.

이제 남은 시간은 두 달밖에 없다고 생각하니 한없이 초조해지기 시작했다. 만약 영어점수 때문에 어렵게 얻은 기회를 날려 버린다면 차마 주변에 낯을 들고 다니지 못할 것 같았다. 몇 날을 고민하다가 당시 국외훈련과에 근무하고 있는 선배에게 조언을 구했다. 그 선배는 해외유학생 선발업무를 오랫동안 맡았고 네덜란드에 유학을 다녀온 경험도 있었다. 단기간에 점수를 올려야 한다면 탭스나 토익보다는 한국외국어대학교 위탁시험을 보라고 권유했다. 그 말을 듣자마자 교보문고에 가서 한국외대에서 발간한 FLEX 교재를 구입했다. 발등에 불이 떨어져야 열심히 하는 DNA가 다시 작동했다. 사무관 승진자 과정 시험 준비를 했을 때처럼 퇴근 후 매일 독서실에 가서 영어공부를 했다. 그리고 두 달 정도 지나서 시험을 쳤는데 간신히 최저기준인 70점을 넘길 수 있었다.

어렵게 영어점수를 따고 나니 그제야 비로소 꼭 골프를 배워 가지고 오라는 박 선배의 말이 떠올랐다. 당시 지인이 한국체육대학교에 근무하고 있었는데 학교 안에 야외골프 연습장이 있었다. 바로 회원등록을 하고 레슨도 신청했다. 출국 날짜까지 고작 3주밖에 남지 않아 기본 스윙 정도만 배울 수 있었다. 해외에 간다고 하니 같은 동네에 살던 처형이 중고 골프채를 선물해 주었다. 싱가포르에서 박 선배처럼 싱글골퍼가 되는 꿈을 꾸며, 처형이 준 골프채를 보물단지처럼 꼭꼭 싸서 이삿짐에 실어 보냈다.

대사관 근무 1주일 만에 멘붕에 빠지다

난생처음 해보는 해외 이사다 보니 준비할 것이 꽤 많았다. 박 선배에게 물어보니 가구나 가전제품 같은 것은 가져올 필요가 없다고 했다. 싱가포르에서 아파트를 임차하면 생활에 필요한 기본적인 물품들은 대부분 갖춰져 있기 때문이다. 그래서 꼭 필요한 짐만 꾸리고 남은 가구나 전자제품들은 임대창고를 빌려 보관해 두었다. 출국하기 전에 애들이 다닐 학교도 알아보고 부동산 중개업자에게도 미리 연락해 싱가포르에 도착하면 최대한 빨리 집을 구할 수 있도록 준비해 달라고 부탁했다. 한국에서 짐을 보내면 싱가포르에 도착하기까지 통상 한 달 정도 걸린다고 해서 미리 이삿짐을 보내고, 살던 집은 전세를 내났다. 집을 내놓은 지 며칠 만에 바로 계약이 이루어졌다. 세입자가 빨리 입주하기를 원해 어쩔 수 없이 미리 집을 비워주고 출국할 때까지 얼마간 처형 집에서 지냈다. 드디어 출국 날짜가 다가왔다. 손위 동서가 차로 우리 식구들을 인천국제공항까지 태워주어 편하게 갈 수 있었다.

출국 수속을 마치고 싱가포르행 비행기에 몸을 실었다. 아이들은 비행기를 처음 타봐서 그런지 마냥 신이 나 있었다. 이륙한 지 여섯 시간 정도 지나자 비행기 유리창 밖으로 싱가포르 창이공항이 눈에 들어왔다. 비행기에서 내려 다른 승객들을 따라 수화물 찾는 곳으로 이동하다가 잠깐 화장실에 들렀다 나와 보니 아무도 보이지 않았다. 한참 동안 여기저기를 헤매다 간신히 짐 찾는 곳을 발견했는데 이미 다른 승객들은 모두 짐을 찾아 빠져나가고 그 커다란 컨베이어 벨트 속에는 달랑 우리가 가져온 여행가방만 정신없이 돌아가고 있었다.

짐을 내리고 허겁지겁 출구로 나갔더니 선배가 기다리고 있었다. 다른 승객들은 다 나왔는데 우리 모습이 보이지 않아 걱정을 많이 했다고 한다. 중간에 길을 잃었는데 영어로 물어볼 용기가 없어 헤맸다는 말은 차마 못 하고 짐 찾는 데 시간이 걸렸다고 둘러댔다.

공항을 나와 선배가 준비해 둔 차를 타고 함께 임시숙소로 갔다. 싱가포르강 근처에 있는 로버슨키 카페거리에 있는 호텔이었다. 공항에서 늦게 나오는 바람에 호텔에 도착하니 저녁시간이 훌쩍 지나 있었다. 서둘러 짐을 풀고 선배와 함께 근처에 있는 해산물 레스토랑에 갔다. 관광객들에게 인기가 많은 칠리크랩과 갖가지 해산물을 소스에 볶아서 만든 시푸드백을 주문해서 모두 맛있게 먹었다.

저녁을 먹고 근처 카페에 들렀다가 숙소로 돌아와 거실에 불을 켜니 자그마한 도마뱀들이 화들짝 놀라면서 가구들 뒤로 사라졌다. 다

영어 때문에 나만큼 아파봤니?

행히 아내는 그 장면을 목격하지 못했다. 그때만 해도 이 작은 도마뱀들 때문에 밥을 굶게 될지는 상상도 못 했다.

　다음날, 아침 일찍 일어나 택시를 타고 대사관으로 갔다. 사무실에 도착해 처음 만난 사람은 대사 비서였다. 그녀가 영어로 뭔가 말을 건넸다. 내게 인사를 한 것 같은데 알아듣지 못해 겸연쩍은 미소만 날렸다. 대사님과 직원들에게 전입신고를 하고 박 선배한테 업무인계를 받은 후 며칠간은 계속 집을 보러 다녔다. 다행히 아내가 마음에 들어 하는 집이 있어 금방 계약을 할 수 있었다. 탕린로드에 있는 콘도미니엄 아파트였는데 야외수영장과 헬스시설이 있었다. 집을 구하고 나서 아이들의 학교도 바로 결정했다. 시내 중심가에 있는 국제학교인데 집에서 대사관으로 가는 길목에 있었다. 거리도 가깝고 출퇴근길에 아이들을 픽업하기에도 편리한 위치였다.

　출근한 지 1주일 정도 지났을 무렵 대사님께서 나를 찾으신다고 비서실에서 연락이 왔다. 서둘러 대사님 방으로 올라갔더니 이제 어느 정도 안정이 되었냐고 물으셨다. 아파트를 구했고 아이들 학교도 결정했다고 말씀드렸더니 급한 불은 끈 것이라고 말씀하셨다. 그리곤 본인이 내일 싱가포르 국립도서관을 방문할 예정인데 나보고 같이 가면 어떻겠냐고 물으셨다. 엉겁결에 알겠다고 대답하고 사무실로 돌아와 동료에게 물었더니 대사님 수행을 하면 결과보고서를 작성하여 외교부 본부에 보내야 한다고 했다. 그 얘기를 듣고 나니 너무 걱정되어 그날 밤을 거의 뜬눈으로 지새웠다.

　다음날, 퀭해진 눈으로 대사님을 모시고 국립도서관을 방문했다. 오준 대사님은 외교부 내에서도 영어통으로 알려지신 분이다. 영어뿐만 아니라 외교부 밴드동호회 회장도 하셨고 드럼에도 일가견이 있으시다. 나중에 유엔주재 한국대사로 부임하셨는데 "대한민국 사람들에게 북한 주민은 그저 아무나(anybody)가 아닙니다"라는 감동적인 영어연설로 유명해지셨다. 그때 대사님이 하신 연설은 지금도 유튜브에서 많은 사람에게 회자되고 있다. 물론 요즘 내가 하는 영어 울렁증 극복기 강의에도 단골손님으로 등장한다.

국립도서관에 도착하니 정문 입구에서 관장이 기다리고 있었다. 서로 인사를 나누고 건물 안으로 들어갔다. 관장이 직접 대사님을 모시고 거의 두 시간 동안 도서관 내 구석구석을 다니며 설명했다. 영어를 못 하니 대화에는 전혀 끼어들지 못하고 처음부터 끝까지 대사님의 꽁무니만 졸졸 쫓아다녔다. 그래도 나중에 결과보고서를 써야 한다는 생각에 최대한 귀를 쫑긋해 대화 내용을 이해해 보려고 온갖 애를 썼다. 그러나 너무나 슬프게도 단 한 마디도 알아들을 수 없었다.

농담처럼 하는 이야기지만 싱가포르에는 여름과 겨울 두 계절이 있다. 실내에 있으면 겨울이고 밖에 나가면 여름이다. 적도 부근에 위치해 연평균기온이 30도에 가까운 싱가포르에 겨울이 있을 리 없다. 이런 우스갯소리가 나온 것은 냉방 온도가 낮아 실내는 꽤 춥기 때문이다. 싱가포르에 있는 사무실이나 쇼핑센터의 냉방 온도는 대부분 20도 이하로 맞추어져 있다. 동료한테 들은 얘기지만, 실내온도를 이렇게 낮게 유지하는 데는 이유가 있다. 싱가포르에서 국부로 불리는 리콴유 전 총리의 철학이 깃들어 있는데 무더운 날씨에 전기료를 아끼는 것보다 시원하고 쾌적한 환경을 통해 업무 효율성을 높이는 게 훨씬 더 생산적이라는 논리다. 이날도 분명히 실내온도는 꽤 낮았을 텐데 두 시간 내내 등 뒤에서 식은땀이 줄줄 흘러내렸다.

정신없이 대사님 수행을 끝내고 사무실에 돌아와 컴퓨터 앞에 앉았다. 결과보고서를 써야 하는데 방문기관 및 일시를 쓰고 나니 더 이상 쓸 게 없었다. 대사님과 도서관장이 나눈 대화 내용을 토대로 주요 활동 사항을 정리해야 하는데 진도가 안 나갔다. 밤늦게까지 끙끙거렸으나 뾰족한 수가 없어 할 수 없이 그냥 퇴근하고 다음날 아침 일찍 출근했다. 그리고 다시 컴퓨터 앞에 앉았으나 어제와 달라진 것이 없었다.

식욕이 없어 점심은 먹는 둥 마는 둥 하고 사무실에 돌아와 앉아 있는데 오후 3시경에 대사님이 직접 전화를 하셔서, 어제 방문 결과에 대해 왜 빨리 결재를 안 올리느냐고 물으셨다. 직원들에게 확인해 보니 중요한 외교행사가 아닌 간단한 방문 행사는 통상 당일에 공문을 보내야 한다고 했다.

한참을 고민하다가 할 수 없이 대사님께 가서 이실직고했다. 고개를 푹 숙이고 기어들어가는 목소리로, 대화 내용을 전혀 알아듣지 못해 보고서를 작성하지 못하고 있다고 말씀드렸다. 그때 차마 대사님의 얼굴을 쳐다볼 용기가 없었지만, 아마 크게 실망하신 표정이었을 것 같다. 잠시 침묵이 흐른 뒤 대사님께서 보고서에 써야 할 주요활동 사항에 대해 직접 내게 일러주셨다. 한참을 받아 적고 나서 대사님 방을 나올 때 출입문을 찾지 못해 헤맬 정도로 정신이 하나도 없었다.

사무실로 돌아와 대사님께 들은 내용을 간신히 정리해서 외교부 본부로 보냈다. 너무나 충격이 커서 다음날 바로 3층 동료들에게 골프는 포기하고 대신 영어공부를 하겠다고 선언했다. 둘 다 고시 출신 엘리트 공무원이었는데 영어에 능통했다. 내 전임자와 한 팀이 되어 주말마다 말레이시아에 가서 골프를 쳤다고 들었는데 갑자기 내가 빠지겠다고 했으니 미운털이 박혔을 것 같다. 처음에는 나이 들어 무슨 영어공부냐며 타박했지만 나중에는 안타까워 보였는지 적극 응원해 주었다.

비록 그때 대사님한테서 크게 꾸중을 듣지는 않았지만 나 자신이 너무나 부끄러워 고개를 들 수가 없었다. 지금 곰곰이 생각해 보면 대사님께서 일부러 그러신 게 아닌가 하는 생각이 든다. 영어를 잘하는 사람도 많은데 굳이 싱가포르에 온 지 1주일밖에 안 된 나를 도서관에 데리고 가셨던 건 다른 이유가 있었던 것 같다. 기관장으로서 새로 온 사람을 테스트해 보고 또 영어를 열심히 공부하라는 사인을 보내신 것이 아닐까 싶다.

흑역사를 지워 준 토마스와의 운명적 만남

토마스의 첫인상

내가 대사관에서 주로 맡은 업무는 우리나라 지방자치단체 공무원들의 싱가포르 정부기관 방문을 주선하고 싱가포르에 있는 한국학교를 지원하는 일이었다. 우리나라 기초자치단체가 200개가 넘

영어 때문에 나만큼 아파봤니?

다 보니 시청, 군청, 지방의회에서 오는 해외연수단이 끊이질 않았다.

동남아시아 국가 방문 연수계획을 짜게 되면 싱가포르는 필수코스다. 연수목적이 대부분 선진행정 견학인데 동남아 국가 중 우리나라보다 선진국이라고 할 만한 곳은 싱가포르밖에 없기 때문이다.

싱가포르는 도시국가로서 지방자치단체가 없다. 그러다 보니 모든 지자체 연수단들이 교육부나 내무부 같은 중앙정부기관을 방문할 수밖에 없었다. 싱가포르 정부기관 입장에서는 도대체 왜 이렇게 많은 한국 공무원이 방문을 희망하는지 이해하기 어려웠을 것이다.

가끔은 지자체에서 여행사를 통해 직접 싱가포르 정부기관에 방문을 요청하는 경우도 있었다. 그러다 보니 결국 싱가포르 정부에서 대사관에 기관방문 협의 창구를 단일화해 달라고 요청했다. 앞으로 한국대사관을 통하지 않은 비공식 방문 요청은 받아들이지 않겠다는 것이다. 그 이후 기관방문 협의는 더욱 까다로워졌다. 대사관 내 서열 2위인 공사님이 싱가포르 한국학교 운영위원회의 당연직 위원이었다. 학생 모집이나 등록금 인상 등 학교 운영에 관한 주요사항에 대해 대사관의 공식 의견을 전달하고 운영위원회 회의가 열리는 날에는 공사님과 함께 학교에 갔다.

싱가포르에 와서 며칠간은 아파트와 애들 학교를 알아보러 다니느라 업무에 신경쓸 시간이 없었다. 그 사이에 여러 지자체에서 요청한 기관방문 협의 건들이 처리되지 못하고 쌓여 있었다. 살 집을 계약하고 아이들 학교를 결정하고 나서야 박 선배에게 인계받은 문서들을 찬찬히 살펴볼 수 있었다. 그중에는 방문 예정 기일이 촉

박해 시급하게 처리해야 할 것이 몇 건 있었다. 싱가포르 정부기관과의 협의를 위해서는 토마스의 도움을 받아야 한다는 것을 선배한테 들어 알고 있었다. 토마스는 대사관에서 채용한 현지 연구원 중 한 명이다. 영문자료 조사나 싱가포르 정부기관과의 업무협의를 지원하는 일을 했다. 도움을 받기 위해 토마스에게 연락하니 곧바로 내 방으로 찾아왔다. 한국에서 요청한 기관방문계획 자료를 보여주자 질문들을 쏟아냈다.

앞에서 얘기했듯이 한국 연수단이 너무 자주 오다 보니 싱가포르 정부기관에서 방문계획에 대해 꼼꼼히 따진다. 보통 한국에서 보내주는 자료는 대부분 방문희망기관과 희망 일자, 그리고 연수생 인적사항 정도만 포함되어 있다. 그러나 싱가포르 정부기관들이 요청하는 필수 자료가 있는데 방문 목적, 배우고 싶은 내용, 질의사항 등이 꼭 포함되어 있어야 한다. 이런 자료들이 모두 확보되어야만 토마스가 방문희망기관에 메일을 보내 협의를 시작할 수 있다.

그런데 한국에서 보내는 자료들은 협의에 꼭 필요한 이러한 내용들이 빠져 있는 경우가 허다하다. 그리고 더 큰 문제는 한국에서 온 자료가 대부분 국문이기 때문에 토마스에게 그대로 전달할 수가 없었다. 토마스의 한국어 실력은 나의 영어 실력보다 훨씬 못했기 때문이다. 그래서 급한 건들을 대충 영문으로 번역해서 토마스에게 넘겨주었더니 추가 질문들을 쏟아내었다.

아직 업무도 익숙하지 않은 데다 토마스가 하는 영어를 전혀 알아들을 수 없다 보니 거의 미칠 지경이었다. 그리고 내심으론, '대충 본인이 알아서 하면 되지 초보자에게 뭘 이렇게까지 꼬치꼬치

영어 때문에 나만큼 아파봤니?

물어보나.' 하는 서운한 마음도 들었다. 나중에 알았지만, 그날 토마스가 내게 물은 것은 기관방문협의에 꼭 필요한 내용들이었다. 아무튼, 서로 의사소통이 전혀 안 되다 보니 둘 다 엄청 스트레스를 받았다.

그때 내가 느낀 토마스에 대한 첫인상은 상당히 부드럽고 배려심도 깊지만 일을 할 때는 정말 꼼꼼하고 자기주장이 강하다는 것이었다. 결국, 대화로는 의사소통이 어려울 것 같아 메일로 필요한 것을 요청하면 정리해서 보내주겠다고 했더니 곧바로 자기 방으로 올라가서 메일을 보내왔다. 메일을 받고 난 후, 한국에 연락해서 방문계획을 영문으로 작성해 다시 보내 달라고 요청했다.

그렇게 겨우 첫 번째 과제를 처리하고 나서 토마스에게 도움을 청했다. 영어공부를 해야겠으니 과외선생님을 좀 추천해 줄 수 있겠냐고 물었다. 본인도 얼마나 답답했는지 말이 끝나기가 무섭게 세 명의 후보자를 찾아서 들고 왔다. 그중 우리나라 전문대학교와 비슷한 폴리테크닉을 막 졸업하고 직장에 다니고 있던 미모의 인도계 여성을 선택해 다음 날부터 곧바로 영어과외를 시작했다. 이름은 '사라'였는데 매주 두 번씩 사무실로 와서 한 시간씩 나를 가르쳤다.

토마스와 주 3회 점심 같이 먹기, 주 1회 영화 같이 보기

사라와도 열심히 영어공부를 했지만, 내 실력 향상에 기여한 진정한 스승은 토마스다. 당시 그는 36살 먹은 총각이었다. 싱가포르 국립대학 영문학과를 졸업한 수재였는데 대부분의 싱가포르 사람들이 사용하는 중국식 억양인 '싱글리시'를 쓰지 않았다. 정부기관 방문 협의를 위해 서로 자주 만나다 보니 점차 친해지게 되었다.

그리고 처음 만났을 때와 달리 어느 정도 서로 의사소통이 되기 시작하면서 영어를 더 잘하고 싶은 욕심이 커 갔다. 토마스도 영어를 공부하려는 나의 의지가 확고하다는 것을 알았는지 적극적으로 도와줬다. 사실, 내가 나이도 훨씬 많고, 굳이 따지자면 회사 상사 격인데 자존심을 내세웠다면 친해지기 쉽지 않은 관계였다. 그러나 영어를 잘하고 싶은 마음이 커지다 보니 토마스와 더 많은 시간을 보내야겠다는 생각을 하게 되었다. 어떻게 하면 좋을지 방법을 고민하다가 점심시간을 활용하기로 했다. 우선 토마스에게 점심은 어떻게 해결하느냐고 물었더니 주로 집에서 도시락을 가져와 혼자 먹는다고 했다. 옳다 싶어 약속이 없을 땐 같이 점심을 먹자고 했더니 흔쾌히 동의했다.

다음날부터 바로 점심 동행이 시작되었다. 아침에 출근해서 컴퓨터를 켜고 있는데 토마스가 찾아왔다. 점심시간에 함께 갈 식당 후보지 몇 개를 들고 온 것이다. 그중에서 도보로 이동 가능한 식당을 골랐는데 회사 근처 쇼핑몰에 있는 푸드코트였다. 식당에 도착하기까지 15분 정도 걸렸는데 걷는 내내 영어로 계속 대화를 할 수 있었다. 워낙 날씨가 뜨거워 등이 흠뻑 젖을 정도로 땀을 많이 흘렸지만, 영어를 배워야 하는 내게는 전혀 문제가 되지 않았다.

싱가포르 푸드코트에는 정말 다양한 음식이 있다. 로컬음식은 물론 한식, 일식, 양식 코너가 있어 원하는 메뉴를 마음대로 선택할 수 있다. 그날은 용타푸를 주문했는데 야채, 어묵, 튀김 등을 골라

영어 때문에 나만큼 아파봤니?

담아 뜨거운 국물에 데쳐 먹는 음식이다. 그릇에 담는 양에 따라 다르겠지만, 가격은 우리나라 돈으로 6천 원가량 한다. 짧은 영어지만 점심을 먹는 동안 열심히 떠들어대고 사무실로 돌아오는 길에도 거리에서 쉬지 않고 계속 얘기를 이어갔다.

그날 이후 본격적으로 토마스와 함께 영어 정복을 위한 길고도 먼 여정이 시작되었다. 최소 1주일에 세 번 이상 토마스와 함께 점심을 먹었는데 특별한 경우가 아니면 밥값은 대부분 내가 부담했다. 사실, 별도로 과외비도 내지 않고 영어공부를 하는 셈이니 점심값이 하나도 아깝지 않았다. 그리고 매번 다른 식당과 메뉴를 들고 와서 미리 나와 의논하였는데 정말 꼼꼼하고 치밀한 성격이라는 것을 다시 한번 확인할 수 있었다. 본인이 밥값을 부담하지 않아 미안해서 그런지 항상 가격이 비싸지 않은 식당을 골랐다. 오히려 너무 저렴한 식당을 자주 추천해 가끔은 괜찮은 레스토랑에 가고 싶을 때도 있었다. 걸어서 식당에 가는 경우가 많았으나 가끔은 지하철을 타거나 내 차를 이용했다. 익숙치 않은 영어 대화를 하며 운전하다 보니 길을 헤매거나 신호를 놓쳐 위험한 상황에 처할 때가 간혹 있었다. 그래서 생일과 같은 특별한 날이 아니면 도보나 대중교통을 이용할 수 있는 식당을 선택했다.

원래 술에 약해 과음하는 경우는 거의 없었지만, 가끔 대사관 동료들과 회식을 한 다음 날에는 토마스가 뜸양스프를 파는 식당을 추천했다. 시큼한 맛이 나는 태국 음식인데 그나마 우리나라 해장국과 가장 가까운 맛이 났다. 1주일에 세 번 이상 같이 밥을 먹다 보니 내가 고기보다는 야채를 좋아한다는 걸 토마스도 알게 되었다.

처음에는 바쿠테나 사테 같은 고기 메뉴를 후보로 가지고 왔었는데 나중에는 야채 위주의 메뉴가 추천목록에 자주 올라왔다. 물론, 가끔은 토마스가 좋아하는 치킨라이스나 락사와 같은 로컬음식도 먹었다.

사실, 점심 메뉴가 무엇인가는 전혀 중요하지 않았다. 식사시간은 최소한으로 줄이고 대화시간을 최대한 많이 확보하는 것이 목표였다. 지금 돌이켜보면 당시 내 영어 수준은 그야말로 간신히 왕초보를 벗어난 정도였다. 요즘 KDI 스쿨에서 같이 공부하는 외국인 학생 중 한국말을 배우고 싶어 하는 친구가 있다. 내게 한국말로 대화를 걸어오면 처음에는 좀 받아주다가 금방 답답해져서 영어로 바꾸게 된다. 그런데 토마스는 더듬거리는 내 영어를 점심시간 내내 듣고 있었으니 얼마나 고역이었을까 싶다. 그래도 정말 싫은 내색 한번 비친 적이 없다. 내가 무슨 말을 하든 고개를 끄덕이며 끝까지 진지하게 들어주었다. 스스로 생각해도 얼굴이 화끈해질 정도의 엉터리 영어를 쓰는 경우도 많았는데 그는 신기하게도 그 말을 다 알아들었다. 그리고 내가 기분 나쁘지 않을 수준에서 틀린 표현은 바로바로 교정도 해주었다.

토마스와 보내는 시간이 늘어나면서 자신감도 점점 커져 갔다. 그동안 주로 메일을 통해 연락했던 싱가포르 정부기관 공무원들을 직접 만나 업무협의를 하고 점심식사에도 초대했다. 말레이시아 골프 멤버가 될 뻔했던 3층 동료들도 나의 이런 변화를 인지하기 시작했다. 어느 날 총리실에서 파견 나온 홍보관이, 업무 파트너를 만나러 가는데 같이 가면 어떻겠냐고 물었다. 상대편에서 두 명이

영어 때문에 나만큼 아파봤니?

나온다고 했는데 혼자 만나기가 부담스러우니 같이 가자고 했다. 불과 몇 달 전 같으면 전혀 생각도 못 해볼 제안이다 보니 약간 으쓱해지는 기분이었다. 이제 동료들이 내 영어도 어느 정도 쓸모 있는 것으로 인정한다고 생각하니 기분이 좋아졌다. 이렇게 영어 실력이 조금씩 늘어갈수록 더 잘하고 싶은 욕심도 자라났다.

어느 날 토마스에게 취미가 뭐냐고 물어보니 혼자 영화 보러 다니길 좋아한다고 했다. 사귀는 여자친구가 없는 눈치였다. 그렇지 않다면 혼자 다닐 리가 없기 때문이다. 기회다 싶어 나랑 같이 영화를 보면 어떻겠냐고 물어보았더니 이번에도 바로 고개를 끄덕였다.

매주 수요일 저녁에 같이 영화를 보기로 했다. 점심 메뉴를 고르듯이 화요일 오후가 되면 후보 영화를 몇 개 추려서 내 방으로 왔다. 영화를 선택하는 기준도 점심 메뉴와 크게 다르지 않았다. 영어공부가 우선이었기 때문에 액션영화처럼 음향이 시끄러운 영화는 피하고 가능한 대사가 많은 영화를 골랐다.

그때 알게 되었지만, 영화가 뉴스방송보다 훨씬 알아듣기 어려웠다. 뉴스는 앵커가 정확한 발음으로 천천히 발음하는 데 반해 영화는 달랐다. 배우들이 말을 너무 빨리하거나 악센트가 강해 알아듣지 못할 때가 많았다. 사투리나 속어, 은어를 사용하는 경우도 많아 영화 줄거리를 이해하는 데 애를 먹었다.

영화는 대개 7시에 시작되는데 퇴근하고 바로 가도 늘 시간에 쫓겨 저녁은 주로 영화관 근처에서 간단히 때웠다. 주로 서브웨이에 가서 닭가슴살 샌드위치를 먹고 영화가 끝난 뒤에는 근처 커피숍에서 차를 마시면서 리뷰를 했다. 영화 내용 중 이해되지 않은 부분에 대해 물어보면 토마스가 자세하게 설명을 해줬다. 사실, 영화 대사 중 대부분은 못 알아들었는데 토마스의 친절한 해설을 듣고 나면 영화의 전체적인 스토리를 어느 정도 이해할 수 있었다.

시간이 지날수록 점심시간뿐만 아니라 근무시간 중에도 토마스를 만나는 일이 빈번해졌다. 싱가포르에 처음 와서 토마스와 영어로 대화가 안 되었을 때는 주로 메일을 이용해 정부기관 방문에 필요한 일들을 서로 논의했는데 이제는 내가 8층에 있는 토마스 방을 찾아가거나, 아니면 토마스가 내 방으로 와서 업무협의를 하는 경우가 점차 많아졌다. 가끔은 업무 얘기를 하다가 시간 가는 줄 몰라 퇴근시간을 훌쩍 넘기는 때도 있었다.

사실, 토마스는 내 개인비서가 아니다. 다른 직원들의 업무도 도와줘야 하는데 내가 너무 오랫동안 붙잡고 있어 동료들이 짜증이 났을 듯도 싶다. 가끔 동료들이 토마스 방에 왔다가 내가 앉아있는 것을 보고 그냥 돌아간 적도 있었다. 그때는 몰랐지만 돌이켜보면 내가 너무 토마스를 독점했던 게 아닌가 싶어 미안한 마음이 든다. 그렇게 한국으로 복귀하기 전까지 근 2년 동안 정말 틈만 나면 둘이서 같이 붙어 다녔다. 사무실에서도 그랬고 퇴근 후 바깥에서도 그랬다.

업무영역 확대는 토마스의 고도의 티칭 전략?

어느 날 토마스가 새로운 제안을 했다. 내가 대사관에서 교육 관련 업무를 맡고 있으니 싱가포르 교육에 대해서도 어느 정도는 알아둬야 하지 않겠냐고 물었다. 그러면서 싱가포르 학교를 방문해서 직접 설명을 들으면 도움이 될 거라고 했다. 본인이 학교와 연락해 방문 약속을 잡을 테니 나는 같이 가기만 하면 된다고 했다. 사실 토마스와의 대화는 이제 어느 정도 자신감이 생겼지만, 외교관 신분으로 싱가포르 학교를 공식 방문해 업무협의를 영어로 해야 한다고 생각하니 덜컥 겁이 났다. 그래서 결정을 못 하고 머뭇거리고 있었더니 토마스가 선방을 날렸다. 다짜고짜 탕린로드에 있는 초등학교와 협의가 되었으니 다음 주에 가자는 것이었다.

얼떨결에 첫 방문을 마치고 나니 해볼 만하다는 생각이 들었다. 식당이나 영화를 결정할 때와 같은 방식으로 토마스가 사전에 후보 학교를 몇 개 선정하여 나와 상의를 했다. 결정이 끝나면 토마스가 메일을 보내 해당 학교와 협의하여 방문일정을 잡았다. 학교 입장에서는 한국 외교관이 방문한다고 하니 부담이 되기도 했겠지만 학교를 홍보할 수 있는 기회로 생각하여 대부분 크게 환영했다.

싱가포르 학제는 다른 나라에 비해 굉장히 독특하다. 초등학교 6학년을 거친 후 성적에 따라 중학교에 간다. 명문 중학교에 가게 되면 대개 고등학교 과정을 마치고 4년제 대학에 진학한다. 성적이 낮은 학생들은 중학교를 거쳐 기술고등학교나 직업전문학교인 폴리테크닉을 간다. 초등학교 6학년 때 PSLE(Primary School Leaving Examination)라는 졸업시험을 치게 되는데 이 성적에 따라 명문 중학교에 들어갈 수 있느냐 없느냐가 결정된다.

이러다 보니 좋은 초등학교에 들어가기 위한 경쟁이 치열하다. 그래서 우리나라의 강남처럼 명문 초등학교 주변은 집값이 굉장히 비싸다. 학교를 배정받을 때는 근거리에 살고 있는 학생에게 우선권을 준다. 형제가 같은 학교에 다니고 있거나 부모가 그 학교를 졸업한 경우에도 우선권을 준다. 우리가 봤을 때는 납득하기 어려운 기준인데 싱가포르 사람들은 쉽게 받아들이는 모양이다. 싱가포르에 살고 있는 동안 학교 배정 문제가 사회적으로 이슈가 된 적은 한 번도 없었다.

토마스가 1주일에 한 번 꼴로 학교 방문 일정을 잡았는데 초등학교부터 대학까지 다양한 학교들을 섭외했다. 일반학교뿐만 아니라 예술고, 과학고, 체육고 등과 같은 특수학교들도 포함되어 있었다. 아까도 말했지만 학교 입장에서는 한국 외교관이 방문하는 것이다 보니 신경을 꽤 많이 썼다. 대부분 교장 선생님이 직접 나와 인사를 하고 학교 홍보팀에서 프리젠테이션을 준비했다. 싱가포르 일반 교육체계와 학교별로 차별성이 있는 교육커리큘럼에 대해 주로 설명했다.

프리젠테이션이 끝나면 토론시간을 가졌다. 대부분 내가 질문하는 편이었지만 가끔은 학교 홍보담당자가 한국교육체계에 대해 궁금해 하는 경우도 있었다. 질문에 대한 답변을 해주어야 하는데 그 때까지도 여전히 내가 하고 싶은 말을 영어로 표현할 수 있는 수준이 아니었다. 쩔쩔매다가 곤혹스러운 표정으로 토마스를 쳐다보면 알아서 대신 답변을 해주곤 했다. 이런 경우를 예상해서 토마스가 한국교육체계에 대해 미리 공부해 둔 것이다.

하루는 싱가포르 체육고등학교를 방문한 적이 있다. 내가 배드민턴을 좋아한다는 것은 토마스도 알고 있었다. 학교 홍보팀의 프리젠테이션이 끝나고 나서 체육관으로 나를 안내했다. 토마스가 미

영어 때문에 나만큼 아파봤니?

리 얘기해 두었는지 학교 배드민턴 선수들과의 친선경기가 준비되어 있었다. 국제경기에 출전하는 주니어 국가대표들이라고 했다. 인도네시아나 말레이시아만큼은 아니지만 싱가포르에서도 배드민턴은 상당히 인기가 있는 스포츠다.

학생들을 가르치는 코치와 내가 한 팀이 되고 고등학교 2학년 학생 둘이 한 조가 되어 복식 게임을 했다. 3세트를 했는데 2:1로 이겼다. 물론 코치가 워낙 잘 치기는 했지만 사실 내 실력이 선수들과 대등하게 경기를 할 정도는 아니었다. 학생들이 이기려고 마음만 먹었다면 나를 집중공략했겠지만 그렇게 하지 않았다. 친선경기다 보니 학생들이 많이 봐준 게 아닌가 싶다. 그래도 나이는 어리지만 국가대표 선수들과 경기를 했다는 생각에 가슴이 뿌듯했다. 한국에 돌아온 이후 한동안은 직장 동료들이나 배드민턴 클럽 회원들을 만날 때마다 내 무용담을 털어놓곤 했다.

토마스와의 역할분담을 통한 한국 국비유학 장학생 선발

교육부 산하에 있는 한국국제교육원에서 매년 우리나라 대학원 과정에 유학을 희망하는 외국 학생들을 선발한다. 주로 개발도상국 학생들이 대상인데 싱가포르에도 매년 두세 명이 배정되었다. 한국국제교육원에서 외국 학생들을 직접 선발할 수 없으니 각국에 있는 한국대사관에 선발 권한을 위임했다.

7월쯤 국제교육원에서 선발요청 공문이 와서 예전 서류들을 살펴보고 궁금한 사항은 전임자인 박 선배에게 물어봤다. 국제교육원에서 보내주는 영문 공고문을 대사관 홈페이지에 공지하고 지원자를 대상으로 서류심사를 거쳐 최종합격자를 결정하면 된다고 알려주었다. 그리고 서류심사는 토마스의 도움을 얻어 진행하라고 일러주었다.

사실 한국에서 근무할 때 인사업무를 오랫동안 한 경험이 있다 보니 서류심사만으로 대상자를 선발하는 건 뭔가 부족하다는 생각이 들었다. 한국정부에서 2년간 학비 전액과 매월 생활지원금까지 지급하는 장학생을 선발하는데 우수학생을 뽑으려면 서류심사만으로는 충분하지 않아 보였기 때문이다.

토마스하고 상의해 보니 면접시험을 치르면 어떻겠냐고 제안을 했다. 좋은 아이디어라는 생각이 들어 교육원에서 보내준 영문 공고문을 수정하여 면접시험 계획을 추가하였다. 대사관 홈페이지를 통해 1주일 정도 공고했는데 총 10명이 응모를 했다.

공모 기간이 끝나고 나서 토마스와 함께 지원자들이 제출한 서류들을 꼼꼼히 살폈다. 지원동기, 자기소개서, 대학원 수학계획서 등을 심사하다 보니 시간이 꽤 걸렸다. 대학원에 가게 되면 대부분 수업이 한국어로 진행되기 때문에 한국어 능력에 대한 검증도 필요했다. 몇몇 학생은 한국어 능력 시험 성적증명서를 제출했다. 지원자 중 서류심사에서 높은 점수를 얻은 순서대로 5명을 선발하여 면접시험을 치렀다.

면접시험에서는 주로 지원동기나 학업에 대한 열의, 졸업 후 한국기업 취업 희망 여부, 한국어 능력 등을 종합적으로 판단하여 합격자를 결정하기로 했다. 면접위원은 토마스와 내가 맡았다. 면접시험 일정을 잡고 두 사람이 역할분담을 해서 응시자들에게 다양한 질문을 했다. 토마스는 주로 영어로 지원동기나 학습열의 등을 물어보고 나는 한국어로 자기소개와 졸업 후 취업계획 등을 물어봤다.

면접시험을 해보니 확실히 응시자 간의 차이를 발견할 수 있었다. 일부 학생들은 구체적인 수학 계획 없이 막연히 지원한 반면, 다른 학생들은 사전에 치밀한 준비를 하고 왔다. 그중에서도 몇몇은 한국말을 아주 유창하게 구사했다.

면접시험이 끝나고 나서 최종합격자를 선발했다. 대학 성적도 우수하고 한국말도 유창한 지원자 2명이 뽑혔다. 그런데 공교롭게도 둘 다 토마스의 모교인 싱가포르 국립대학을 졸업한 여학생이었다. 그중 한 명은 지원서에 배드민턴이 특기라고 적어 놓았다. 면접 중에 궁금증이 발동하여 물어봤더니 학교 배드민턴 대표선수로 활동했다고 했다.

싱가포르 학교들은 매년 다양한 스포츠 종목의 대표선수를 선발하여 학교 간 친선경기를 연다. 최종합격자 발표가 나고 나서 과연 실력이 어느 정도인지 궁금해서 같이 배드민턴을 치기로 약속했다. 아들도 싱가포르에서 국제학교에 다닐 때 배드민턴 대표선수로 활동을 했었다. 그래서 내가 아들과 함께 체육관으로 가겠다고 했더니 남자친구를 데리고 왔다. 넷이서 복식 경기를 했는데 남자친구는 선수급이었고 여학생도 동호인 레벨에서는 상당한 수준이었다.

선발절차가 모두 완료되고 다음 해에 두 학생 모두 연세대학교 대학원에 진학했다. 대사관 근무를 마치고 한국에 복귀해서 연락했더니 대학교 기숙사로 초청했다. 난생처음 여자 기숙사에 갈 기회가 생겼다. 혼자 가기가 뭐해 아들과 함께 갔는데 학생들이 공동으로 사용하는 주방에서 둘이 한창 요리를 하고 있었다. 새우로 만든 사테와 볶음라면인 미고랭 등 싱가포르에서 먹었던 추억의 음식들이었다. 오랜만에 싱글리시 억양을 들으며 신나게 영어로 떠들었다. 나중에 들었는데, 한 학생은 졸업 후 한국에서 취업을 했고 다른 학생은 싱가포르로 돌아가 설계사무소에서 일하고 있다고 했다.

두 사람 사이는 로맨틱한 관계?

토마스와 함께 있는 시간이 많다 보니 대사관 내에 이상한 소문이 돌기 시작했다. 둘이 서로 좋아하는 사이라는 것이다. 나만 까맣게 모르고 있었는데 총무과 직원이 어느 날 내게 슬쩍 귀띔을 해줬다. 말도 안 되는 소리라고 펄쩍 뛰었더니 자기도 믿지는 않지만 직원들 사이에 그런 소문이 돌고 있다고 했다.

흥분을 가라앉히고 차분히 생각해 보니 이해가 되는 면이 있었다. 거의 매일 점심도 같이 먹고 저녁엔 영화도 같이 보러 다니니 그런 소문이 날 만도 했다. 그리고 우연의 일치였지만 내가 한국으로 복귀할 무렵에 토마스가 사직서를 냈다. 그야말로 오비이락이 된 셈이다.

사실 한국에 돌아가기 몇 달 전부터 토마스가 내게 곧 직장을 그만둘 계획이라고 말했었다. 대사관에서 연구원으로 일하는 것도 나쁘지는 않지만 더이상 발전 가능성이 없다고 했다. 승진을 할 수 있는 것도 아니고 다른 직장과 비교해 급여 수준이 높은 것도 아니라는 것이다. 그래서 대사관을 그만두고 대학원에서 영문학을 전공해 교수가 되고 싶다고 했다.

사실 나도 토마스의 의견에 전적으로 찬성했다. 대사관 업무가 힘들지는 않아 지금 당장은 편하겠지만 우리나라로 치면 서울대학인 싱가포르 국립대학을 졸업한 토마스가 평생직장으로 삼기에는 적절치 않다고 생각했다. 아직 미혼이고 하니 결심을 했으면 하루라도 빨리 실행에 옮기는 것이 좋겠다고 조언해 주었다.

토마스가 사직서를 제출하자 소문은 눈덩이처럼 불어나서 대사관 내의 모든 사람이 알게 되었다. 맹세코 말하지만 내게는 그런 감정은 손톱만큼도 없었다. 물론 그때는 토마스도 조금이라도 다른 감정을 가지고 나를 대했을 거라는 생각은 전혀 해본 적이 없다. 그런데 한국에 돌아온 이후 가끔 토마스가 정말 나를 좋아한 것은 아닐까 하는 생각이 들 때가 있었다. 돌이켜 보면 토마스의 행동이 다소 여성스러운 면도 있었고 정말 진심을 다해 나를 대했기 때문이다. 그땐 단순히 내가 영어를 정말 열심히 하겠다는 의지를 보였기 때문에 토마스가 선의를 베푼 것이라고만 생각했었다. 그런데 시간이 지나면서 정말 선의만으로 이국에서 온 낯선 사람을 위해 그렇게 많은 시간을 희생해 가며 도와줄 수 있었을까 하는 의문이 들 때도 있다.

이제 싱가포르에서 돌아온 지 10년이 넘다 보니 요즘은 토마스와의 연락이 거의 끊어졌다. 그러나 그때 이유가 무엇이었든 간에 토마스는 내 인생에서 정말 잊을 수 없는 아주 소중한 사람이다.

싱가포르에서 영어 재미 붙이기

6개월이 지나니 뉴스방송이 조금씩 들리기 시작했다

사라와 과외를 하고 토마스와 대화시간이 늘어나면서 오히려 영어에 대한 갈증이 커져 갔다. 듣기가 약하니 뉴스방송으로 공부를 해야겠다는 생각에 집에 있는 TV 채널을 돌려보니 CNN과 BBC 방송이 있었다. 좀 더 듣기 쉬운 걸 고르기 위해 두 방송을 다 시청해 봤는데 차이가 없었다. 둘 다 전혀 안 들렸기 때문이다. 그래서 혹시 다른 뉴스방송이 없나 채널을 돌리다가 CNA(채널뉴스아시아)를 발견했다. 동양인 앵커가 진행하는 싱가포르 현지 뉴스방송이었는데 동양인 발음이 원어민 발음보다는 좀 더 듣기 편하지 않을까 싶었다.

다음날 아침부터 매일 한 시간씩 CNA 방송을 듣기 시작했다. 6시에 시작하는 아침 뉴스를 들었는데 한국 여성이 메인앵커였다. 이름은 수잔 정이고 교포 2세였다. 수잔 정의 아버지는 싱가포르 한인회 회장을 역임하셨다. 싱가포르에서 태어나고 자라서 그런지 영어는 거의 원어민 수준이었다. CNA에 입사하기 전에는 아리랑 TV 앵커로도 활약했고 싱가포르 갑부 집안의 아들과 결혼해 싱가포르 내에서도 꽤 유명인사였다.

첫날 아침, TV 앞에 바짝 붙어 앉아 방송을 듣던 내 모습이 지금도 생생하다. 뉴스앵커가 하는 말을 하나도 놓치지 않으려고 온 신경을 집중해 들었다. 아침 뉴스는 30분 단위로 동일한 내용이 반복된다. 한 사이클이 끝나는 30분 동안 그야말로 최고의 긴장감을 유

영어 때문에 나만큼 아파봤니?

지하고 들었으나 결과는 허무했다. 거의 알아들은 내용이 없었기 때문이다. 후반부 30분 동안도 똑같은 자세로 집중하였으나 결과는 마찬가지였다. 크게 실망했으나 그래도 포기하지 않았다.

다음날도 똑같이 한 시간 동안 두 번 반복되는 내용을 집중해서 들었다. 역시 별 차이가 없었다. 이대로는 안 될 것 같아 토마스에게 물어봤다. 영문학과를 나왔으니 영어학습법에 대해서도 잘 알고 있을 것 같았기 때문이다. 안 들리는 데는 두 가지 이유가 있다고 했다. 단어 자체를 모르거나 아니면 단어는 아는데 그 단어의 강세나 발음을 몰라서 그런다고 했다. 그러면서 CNA의 모회사에서 발행하는 일간신문을 읽어보라고 권했다. Strait Times라는 신문이었다. 나중에 알게 된 것이지만 신문기사 내용과 앵커의 대본이 거의 똑같았다.

토마스가 권유한 대로 매일 사무실에서 신문을 읽었다. 단어 실력이 늘어나니 아침 뉴스방송도 조금씩 들리기 시작했다. 문장 전체는 귀에 들어오지 않았으나 중간중간 아는 단어가 나오면 내용을 유추할 수 있었다. 조금씩 들리기 시작하니 스스로 신기했다. 재미가 생기면서 탄력을 받기 시작했다. 오늘보다는 내일이 나아지고 내일보다는 모레가 좋아지는 경험을 했다. 재미를 느끼다 보니 꾸준함은 자동으로 따라왔다. 전날 업무가 많아 야근을 했거나 술을 마셔 피곤하더라도 아침뉴스 청취는 하루도 거르지 않았다.

한국으로 가는 비행기를 타는 날 아침에도 수잔 정 앵커의 낭랑한 목소리를 들었다. 그때 청취 실력이 스피킹 실력과도 밀접히 연계되어 있다는 것을 알게 됐다. 귀로 듣는 게 많아지다 보니 대화를 이어갈 수 있는 화젯거리가 늘어났다. 토마스가 좋은 실험 대상이었다. 점심에 같이 밥을 먹으면서 아침방송에서 들은 내용을 재구성하여 토마스에게 얘기했다. 사실 그때도 여전히 제대로 된 영어를 구사하는 수준이 아니어서 문장이 아닌 단어 위주로 대화를 했다. 그런데 워낙 함께 보낸 시간이 많아서 그런지 대충 얘기해도 다 알아들었다. 그러면서 대화가 길게 이어질 수 있었다. 살짝 미소 띤 얼굴로 뒤죽박죽인 내 영어를 묵묵히 들어 주던 그가 지금도 눈에 선하다.

지자체 해외연수단 정부기관 방문 시 무조건 따라가기

싱가포르에서 일하는 2년 동안 웬만한 정부기관은 모두 방문했다. 내무부, 보건부, 교통부, 교육부, 환경청, 정보통신부, 주택건설청, 부패행위조사국 등을 방문했는데 여러 번 간 곳도 꽤 많았다. 우리나라에서 오는 연수단들이 워낙 다양하다 보니 방문을 희망하는 기관도 제각각이었다. 아무리 바빠도 연수단이 정부기관을 방문하면 꼭 동행했는데 업무 수행 차원이기도 하지만 영어공부에 많은 도움이 되었기 때문이다.

기관방문을 할 때마다 느꼈지만 싱가포르 공무원들은 자기 업무에 대해 정말 최선을 다한다. 방문기관 협의 때는 굉장히 까다롭게 굴지만 일단 성사가 되고 나면 철저하게 준비를 한다. 방문일 하루나 이틀 전에 반드시 메일을 보내어 변경사항이 없는지 확인한다. 통상 연수단이 도착하면 기관업무 소개를 하고 질의응답 시간을 갖는다. 가끔 예정보다 방문시간이 길어지는 경우도 있지만 절대 불편한 내색을 비치지 않는다. 입장을 바꿔 생각해 보면, 그 많은 연수단이 방문하는데도 매번 그렇게 성의를 보이는 게 쉬운 일은 아니다.

기관방문을 하는 경우에는 대부분 전문통역사가 따라간다. 행정 업무가 전문적인 영역이다 보니 일반가이더가 통역하기는 어렵기 때문이다. 사실 전문통역사가 동반했을 때는 내가 해야 할 일은 별로 없다. 업무 담당자와 인사를 하고 연수단을 소개해 주면 끝이다. 그러나 설령 큰 역할이 없더라도 동행을 해서 업무 파트너와 친분을 쌓아두는 게 좋다. 메일을 통해 연락하는 것보다는 아무래도 직접 만나 명함을 교환하게 되면 훨씬 부드러운 관계가 되기 때문이다.

때로는 한국에서 급하게 기관방문 요청을 하는 경우가 있다. 이럴 때 평소 친분이 있다면 훨씬 쉽게 일이 성사된다. 가끔은 방문 일정이 워낙 급하게 잡혀 전문통역사를 구하지 못한 경우도 있었는데 그런 날은 어쩔 수 없이 내가 통역사 역할을 해야 했다. 발표 내용 전체를 통역할 수 있는 실력은 안 되었지만 최소한 질의응답 시간에는 누군가 통역을 해야만 했기 때문이다.

배드민턴과 영어, 두 마리 토끼 잡기

싱가포르에 도착한 지 6개월 정도 지났다. 업무도 어느 정도 익숙해지고 타국에서의 낯선 생활에도 점점 적응해 가고 있었다. 한국에 있을 때 배드민턴이 유일한 취미였다. 초임발령지인 고시 2과에서 총무과로 옮기고 나서 적응하는 데 상당히 애를 먹었다. 일도 많은 데다 업무 긴장도까지 높다 보니 스트레스가 점점 쌓이기 시작했다. 다른 부서처럼 1, 2년 근무하고 자리를 옮길 수 있다면 그럭저럭 참을 수 있었을 텐데 인사팀은 달랐다. 7급 때 들어가면 사무관 승진 때까지 있어야 한다는 말을 들었을 때 정말 눈앞이 캄캄했다. 그러다 보니 정말 어렵게 들어온 공무원을 그만두어야겠다는 생각까지 하게 되었다. 그때 내게 버틸 힘을 준 구세주가 바로 배드민턴이다.

배드민턴 클럽활동은 2000년 말에 우연히 시작하게 되었다. 회사 차원에서 1인 1 동호회 갖기 캠페인을 했었는데 직원들의 업무 스트레스를 줄이고 직장생활의 활력을 불어넣자는 취지였다. 모든 직원이 최소 하나 이상의 동호회에 의무적으로 가입해야 했다. 특별한 취미가 없었기 때문에 뭘 해야 할지 고민하다가 문득 누구나 공원에서 한 번쯤은 쳐 본 배드민턴이 생각났다. 나중에 보니 나 같은 생각을 한 사람이 꽤 있었다. 우리 부 직원 중 70여 명이 배드민턴을 신청했는데 대부분 라켓을 처음 잡아 본 초보자들이었다. 당시 회사 내에 배드민턴 동호회가 없었기 때문에 새로 결성해야 했다. 총무과에 재직하고 있다는 단순한 이유로 동호회 초대 총무를 맡았다. 회장은 정부청사 관리소에 근무하던 선배 공무원이 맡았는데 동네 배드민턴 클럽에서 오랜 기간 활동을 하신 분이었다. 공원에서만 배드민턴을 쳐 본 우리 같은 왕초보와는 급이 달랐다.

동호회 활동을 위해서는 먼저 체육관을 확보해야 했다. 공원 같은 야외가 아닌 실내에서 배드민턴을 친다는 것을 그때 처음 알았다. 이리저리 수소문하다가 성수공고 실내체육관을 빌려 매주 수요일 저녁에 모임을 가졌다. 회사와는 거리가 떨어져 있어 불편했는데

영어 때문에 나만큼 아파봤니?

다행히 얼마 뒤 덕수초등학교로 장소를 옮겼다. 그때 나는 30대 후반의 나이였고 회장님은 열 살 정도 연상이었는데 초보자인 내가 감히 쳐다보기 어려울 정도의 배드민턴 실력을 갖추고 있었다. 혼자서는 도저히 상대가 되지 않아 두 명이 달라붙었는데도 한 점을 따기가 어려웠다.

한참 젊은 놈들이 나이가 많은 회장을 상대로 쩔쩔매다 보니 자존심이 크게 상했다. 오기가 발동하면서 그때부터 미친 듯이 배드민턴을 치기 시작했다. 1주일에 한 번 하는 동호회 활동만으로는 실력을 쌓는 것이 불가능했다. 주말에 배드민턴을 칠 수 있는 곳을 알아보다가 토요일 오후에 정기적으로 모임을 갖는 클럽에 가입했다. 맞벌이 부부다 보니 주말에 혼자 배드민턴 가방을 메고 나가는 것이 무척 눈치가 보였다. 그렇다고 포기할 순 없어 머리를 짜내어 아내를 설득시킬 수 있는 방법을 찾아냈다.

당시 아들은 초등학교 4학년이었다. 배드민턴이 성장에 좋은 운동이니 주말에 아들과 같이 하겠다고 했더니 군말 없이 고개를 끄덕였다. 배드민턴에 재미를 느끼면서 더 잘하고 싶어 아들과 함께 레슨을 받았다. 주변 동료들이, 배드민턴 치는데 무슨 돈을 내고 배우냐며 의아해 했지만 아랑곳하지 않고 꾸준히 하다 보니 점차 실력이 늘었다.

그때부터 주말이 되면 여기저기 다른 클럽을 찾아다니며 모르는 사람들과 경기를 했다. 물론 매주 수요일 저녁에 하는 회사 운동모임에도 한 번도 빠지지 않고 참석했다. 실력이 늘어나면서 이젠 더 이상 회장님과 1대 2 게임을 할 필요가 없어졌다. 배드민턴을 시작한 지 2년이 지나 마침내 회장님과 1대 1로 붙었는데 놀랍게도 내가 이겼다. 사실 회장님은 구력은 꽤 오래되었지만 정식으로 레슨을 받지는 않았다고 했다. 나이도 젊고 꾸준히 레슨을 받다 보니 효과가 제대로 나타난 것이다.

싱가포르에 이삿짐을 보낼 때 골프채뿐만 아니라 배드민턴 장비도 함께 실어 보냈다. 그런데 싱가포르에 오자마자 영어에 몰두하다 보니 배드민턴을 생각할 겨를이 없었다. 한국에 있을 때 거의 매일 하던 배드민턴을 6개월이나 쉬다 보니 온몸이 근질거리기 시작했다. 운동을 다시 시작해야겠다는 생각에 인터넷을 뒤져 배드민턴 클럽을 찾았다. 기왕에 영어도 같이 배우면 좋겠다는 생각에 현지인들이 운영하는 클럽들을 위주로 검색했다. 그러다가 집에서 꽤 가까운 체육관에서 매주 토요일 오후에 운동하는 클럽이 있다는 걸 알게 되었다. 인터넷에 회원명단이 올라와 있었는데 대부분 중국계 싱가포르인들로 구성된 클럽이었다.

토요일 오후에 아내와 산책을 하다가 인터넷에서 찾은 체육관에 들렀다. 코트가 총 다섯 개였는데 배드민턴을 치는 사람들로 가득 차 있었다. 그중 한 코트에서 내가 찾던 클럽의 회원들이 열심히 운동을 하고 있었다. 한참을 쭈뼛거리다가 의자에 앉아 쉬고 있는 사람에게 다가가서 말을 건넸다. 한국에서 왔는데 배드민턴을 같이 칠 수 있느냐고 물었더니 곧바로 라켓을 빌려주었다. 얼떨결에 처음 본 사람들과 경기를 하고 나서 회원으로 가입하고 싶다고 했더니 흔쾌히 받아줬다. 회원 중 한두 명은 나와 실력이 비슷했고 나머지는 조금 아래였다. 그때부터 매주 토요일 오후가 되면 큰 가

　　　　　　　　　영어 때문에 나만큼 아파봤니?

방을 메고 배드민턴을 치러 다녔다.

싱가포르의 기온은 일 년 중 대부분 30도를 웃도는 더운 날씨다. 에어컨이 없는 실내에서 두 시간 정도 배드민턴을 치고 나면 땀이 비 오듯 흘러내렸다. 운동이 끝난 후 몸무게를 재어보면 보통 2킬로는 쉽게 빠진다.

토요일 오후 모임이다 보니 운동이 끝나면 저녁을 먹으러 가는 경우가 많았다. 주로 야외에 있는 호커센터에 갔는데 치킨라이스, 스팅레이, 사테꼬치 같은 로컬음식을 시키고 맥주도 마셨다. 원래 술은 좋아하지 않지만, 같이 어울리다 보면 영어가 늘 것 같아 빠지지 않고 열심히 따라다녔다. 그러다 보니 웬만한 로컬푸드는 다 한 번씩 먹어볼 수 있었지만 사실 영어 실력 향상에는 그다지 도움이 되지 않았다. 왜냐하면, 자기들끼리는 거의 중국어로 대화하고 나랑 얘기할 때만 가끔 영어를 썼기 때문이다. 그리고 회원들 대부분은 중국어에 비해 영어 실력이 많이 떨어지는 편이었다. 그래도 토요일마다 운동을 같이 하고 저녁도 함께 먹다 보니 정이 많이 들었다.

2년이 다 되어 한국으로 돌아가야 한다고 했더니 다들 굉장히 섭섭해 했다. 그러면서 본인들 전통에 따라 송별식은 최소한 세 번 이상은 해야 한다고 여러 차례 강조했다. 회원 중에 중견기업의 부사장으로 일하는 친구가 있었는데 시내 외곽에 큰 별장을 가지고 있었다. 그는 회원 모두를 별장으로 초대해서 첫 번째 송별회를 떠들썩하게 해주었다. 두 번째 송별회 장소는 다른 회원이 운영하던 와인 가게였다. 오래된 귀한 와인들을 내놓았는데 술을 잘 못 마시는 나로서는 그림의 떡이었다. 그리고 마지막 송별회 장소는 싱가포르 현지인들이 자주 가는 꽤 유명한 수산시장이었다. 우리나라 노량진 수산시장처럼 고객이 시장에서 싱싱한 횟감을 직접 골라 담으면 식당에서 다양한 요리를 해주었다. 식당 안에는 노래방도 있었는데 다들 술에 취해 신나게 놀았다.

그렇게 세 번의 진한 송별식을 마치고 귀국하기 바로 전 주에 체육관에서 마지막 게임을 한 후 아쉬운 작별을 하게 되었다. 비록 싱가포르에서 태어나고 살아온 사람들이었지만 손님 접대를 굉장히 중요하게 생각하는 중국인의 특성은 그대로 남아 있었다.

잠시 토마스 품을 벗어나는 꿈을 꾸다

싱가포르에 온 지 1년이 지나면서 영어에 어느 정도 자신이 붙었다. 그러나 여전히 대화상대는 토마스로 한정되어 있었다. 여기서 한 단계 도약하기 위해서는 다양한 사람들과 영어로 소통할 필요가 있다는 생각이 들었다.

방법을 찾기 위해 인터넷을 뒤지고 주변 사람들에게도 조언을 구했다. 그러던 중 누군지 정확히 기억은 안 나지만 브리티시 카운슬을 추천해 주었다. 회사에서 멀지 않은 오차드에 있었는데 영국문화원에서 운영하는 영어교육기관이었다. 성인반에 회화를 위주로 하는 비즈니스 과정이 있었다. 고급반에 들어간다면 원어민 수준의 학생들과 소통할 수 있을 것 같았다. 내 영어를 업그레이드할 수 있는 좋은 기회라 생각되어 바로 학원에 가 입학상담을 했다. 일단 레벨 테스트를 봐서 반을 결정해야 한다고 해서 그날은 시험

날짜만 예약하고 집으로 돌아갔다. 그리고 다음 주 토요일이 테스트 날이었는데 내심 그간 토마스와 열심히 공부한 게 있으니 고급반에 배정될 수 있을 거라 자신했다.

그러나 막상 시험 결과를 받아 들고 나서 크게 실망했다. 시험은 문법, 듣기, 그리고 면접시험으로 구성되어 있었다. 한국사람이니 문법에는 강할 것이라 생각했는데 의외로 헷갈리는 문제가 많았고 듣기시험도 여전히 어려웠다. 면접시험관은 영국사람이었다. 그는 성대를 울려 굵직한 소리를 내는 영국인 특유의 발음을 하고 있었다. 매일 CNA 방송에서 동양인 앵커의 발음을 듣는 내게는 여전히 익숙하지 않은 악센트였다. 면접관의 질문을 정확하게 이해하기 어려웠고 따라서 답변도 제대로 할 수 없었다.

시험을 끝내고 초조한 마음으로 대기실에 앉아 한 시간 정도 기다렸는데 드디어 테스트 결과가 나왔다. 고급반에서 다양한 사람들과 소통하며 영어 날개를 활짝 펼치려 했던 꿈은 접어야만 했다. 테스트 결과가 중급반 레벨이었기 때문이다. 중급반에는 주로 일본이나 중국 같은 동양에서 온 학생이 많다. 발음도 그렇지만 영어로 표현할 수 있는 대화 수준이 높지 않기 때문에 실력 향상에 크게 도움이 될 것 같지 않았다.

한참을 고민하다 결국 입학을 포기했다. 잠시 토마스의 품을 벗어나 자유로운 새처럼 훨훨 날아가는 꿈을 꾸었지만 현실의 벽은 여전히 높았다. 토마스는 나를 위해 자기 시간을 쪼개 가며 열심히 도와주고 있는데 딴마음을 먹었다고 생각하니 한편으론 미안한 마음이 들었다. 그리고 다시 내 영어 인생의 첫 번째 귀인이자 전환점을 만들어 준 토마스에게 돌아가 일편단심을 지키기로 굳게 마음먹었다.

에피소드들

대사관 출근 첫날부터 지각할 뻔하다

싱가포르는 나라는 작지만 여러 인종이 모여 사는 다민족국가다. 인구는 6백만이 채 안 되고 국토 크기는 우리나라의 서울 면적보다 약간 크다. 과거 영국 식민지 경험이 있어 대부분의 사람이 영어를 할 줄 안다. 그렇다고 영국식 발음을 하는 것은 아니다. 중국 억양이 강한 싱글리시를 많이 쓰며, 문장 끝에 강조의 의미로 중국어가 어원인 ~lah, ka와 같은 접미어를 자주 붙인다. 해외유학파가 많은 정부 고위 관료들은 미국식 또는 영국식 발음을 하지만, 일반

영어 때문에 나만큼 아파봤니?

대중들, 특히 택시기사와 같은 서민층은 대부분 정말 알아듣기 어려운 싱글리시를 쓴다.

싱가포르에 도착한 다음날, 대사관에 출근하기 위해 임시로 머물고 있던 호텔에서 나와 택시를 탔다. 대사관은 스캇로드에 위치해 있는데 뉴튼 지하철역을 나와 약 100미터 정도 걸으면 된다. 지하철을 탈까 생각해 보았지만 아직 지리도 익숙하지 않고 해서 선배가 알려준 대로 콜택시를 불렀다.

택시에 타자마자 영어로 대사관이 있는 건물로 가자고 했다.

"렛츠 고 투 골드벨(Goldbell)타워."

아주 짧은 영어였고, 그래도 혹시나 못 알아들을까 싶어서 나름대로 발음을 똑똑히 하려고 꽤 신경을 썼다. 그런데 택시기사의 반응을 보니 내가 한 말을 전혀 못 알아들은 표정이었다. 그래서 여러 번 되풀이해 "렛츠 고 투 골드벨(Goldbell)타워."를 외쳤으나 돌아오는 답변은 계속 "왓(what)?"이었다. 숙소에서 대사관 주소가 적힌 서류를 갖고 오지 않은 것을 뒤늦게 후회했지만 소용없는 일이었다.

결국 택시기사와 소통하는 것을 포기하고 인터넷을 뒤져 대사관 연락처를 찾았다. 다행히 총무과에 근무하는 행정직원과 바로 연결이 돼 택시기사를 바꿔줬더니 금방 알아들었는지 고개를 끄덕였다. 그제야 차가 움직이기 시작했다. 출근 첫날부터 지각할 것 같아 크게 마음을 졸였는데 다행히 9시 전에 사무실에 도착했다. 나중에 전화를 받은 행정직원에게 왜 택시기사가 내 말을 못 알아들었는지 물었더니 자기도 싱가포르에 처음 왔을 때 비슷한 경험이 있다고 했다. 나처럼 "골드벨타워"라고 발음하면 대부분 못 알아들으니

"골벨타워"라고 해야 한다고 알려주었다. 이후 택시를 탈 때마다 "렛츠 고 투 골벨타워"라고 하니 정말 신기할 만큼 잘 알아들었다.

우리 딸이 왕따를 당했다

세진이와 채현이는 싱가포르 시내에 있는 국제학교에 입학했다. Overseas Family School인데 유치원부터 고등학교 과정까지 있는 꽤 큰 학교였다. 땅이 작은 싱가포르 시내에 이렇게 큰 캠퍼스를 가진 학교가 있다는 게 좀 의아했었는데 몇 년 전에 싱가포르 외곽지역으로 이전했다고 들었다. 영국계 국제학교인데 다양한 나라에서 온 학생들이 있었다. 인도, 일본, 중국, 유럽에서 온 학생이 많았고 한국에서 온 학생도 꽤 있었다. 딸이 다녔던 초등학교 과정에는 한국 학생이 많지 않았으나 중고등 과정에는 같은 반에 한국 학생이 여러 명 있었다. 다른 국제학교와 마찬가지로 처음 입학하는 학생들은 반 배정을 위한 영어시험을 치러야 한다. 테스트 결과에 따라 SPP(학습준비과정)에 배정되거나 아니면 바로 메인스트림(본과정)에 합류하기도 한다. SPP 과정은 부족한 영어를 채워주기 위한 반이며, 총 3단계가 있는데 가장 낮은 단계가 SPP1이고 가장 높은 단계가 SPP3다.

세진이는 한국에 있을 때 영어를 꽤 잘했다. 초등학교 1학년 때부터 집 근처에 있는 영어학원에 다녔고, 5학년 때는 광화문에 있는 브리티시 어학원에서 공부했다. 그 덕택인지 영어 테스트 결과 바로 메인스트림 반으로 배정되었다.

채현이는 어릴 때 낯을 아주 심하게 가렸다. 엘리베이터에서 낯

영어 때문에 나만큼 아파봤니?

선 사람과 눈만 마주쳐도 울음을 터뜨리기 일쑤였다. 심지어 나주에 살고 계신 외할아버지가 귀엽다고 쓰다듬으려고만 해도 대성통곡을 하곤 했다. 자주 만나지 못하다 보니 낯설게 느껴져서 그랬겠지만 우리로서는 너무나 민망한 일이었다.

그래서 영어학원에 보내기도 어려워 간신히 학교에서 운영하는 방과 후 영어수업만 들었다. 영어단어시험을 치고 온 날에는 자기가 가장 많이 맞혔다고 자랑하곤 했지만 영어로 대화하고 글을 쓰기에는 턱없이 부족한 수준이었다.

테스트 결과, 가장 낮은 단계인 SPP1 반에 배정되었다. SPP1에 배정되었다고 해서 계속 거기에 머물러 있을 필요는 없다. 한 학기마다 평가를 해서 실력이 향상되면 레벨 업을 시켜준다. 한 번에 두세 단계를 건너뛰는 경우도 있는 반면, 진전이 없다고 판단되면 동일한 레벨에 머무는 경우도 있다.

채현이 영어 실력은 꾸준히 향상되었다. 매 학기마다 한 번씩 업그레이드가 되어 마지막 한 학기는 메인스트림에 합류했다. SPP1 반에 일본인 학생이 꽤 많았다. 채현이는 그중에 치에와 마야라는 학생과 친하게 지냈다. 치에는 채현이보다 한 살이 많았는데 우리 집에서 멀지 않은 띠옹바루에 살고 있었다. 낯을 많이 가리는 채현이가 가끔은 치에네 집에서 자고 오겠다고 엄마한테 떼를 쓸 정도로 친한 사이였다. 물론 치에와 마야도 우리 집에 꽤 자주 놀러 와 밤늦게까지 놀다 가곤 했다.

그러던 어느 날, 항상 명랑하던 아이가 갑자기 시무룩한 표정으로 있기에 이유를 물었더니 이상한 얘기를 꺼냈다. 치에가 자기와 마야를 이간질하고 왕따를 시킨다는 것이었다. 마야가 없을 때는 자기한테 마야 험담을 하고 또 마야한테는 채현이에 대해 나쁘게 얘기한다고 했다. 한두 번 그런 것이 아니라 거의 매일 본인 기분에 따라 둘 중 한 명을 왕따시킨다는 것이다. 결국 견디다 못해 마야와 함께 담임 선생님을 만나 그 사실을 털어놓았다고 했다.

이 일 때문에 치에 부모님은 학교에 호출되었고, 우리 집과 마야네 집을 방문하여 정중하게 사과도 했다. 갑작스런 방문에 꽤 당황스러웠지만, 아직 어린 학생들이니 잘 타일러서 다시 서로 친하게 지냈으면 좋겠다고 했더니 고맙다며 연신 고개를 숙이셨다.

그러고 나서 어느 정도 시간이 지난 후 예전만큼 친해 보이진 않았지만 셋이 다시 어울려 다니기 시작했다. 그러다가 다음 학기에 채현이가 SPP2 반으로 올라가고 치에는 그대로 SPP1 반에 남게 되면서 자연스럽게 서로 만남이 뜸해졌다. 한국으로 돌아온 이후 치에 소식을 물어본 적이 있다. 요즘도 SNS를 통해 꾸준히 연락한다고 했다. 작년 가을에 치에가 가족과 함께 한국에 여행을 왔었는데 둘이 만나 인사동에도 가고 서로 선물도 사주었다고 들었다. 여전히 서로 친하게 지내는 모습을 보면서, 그때는 두 사람 모두 영어가 서툴러 의사소통에 문제가 있었던 게 아닐까 하는 생각이 들었다.

귀여운 녀석이 나타난 날에는 밥을 굶어야 했다

임시숙소에서 나와 탕린 로드에 있는 아파트로 입주한 지 1주일 정도 지났을 때였다. 그날은 저녁을 일찍 먹고 거실에 앉아 TV를 보다가 11시쯤 침실로 갔다. 침대에 누워 잠을 청하는데 날씨가 너무 후덥지근해 도무지 잠이 오지 않았다. 한참을 뒤척이다가 다시 거실로 나와 불을 켜니 자그마한 물체가 후다닥 소리를 내며 벽걸이 에어컨 속으로 재빠르게 도망쳤다. 임시숙소에 있을 때 봤던 녀석들을 다시 만난 것이다. '(Home) Lizard'라는 작은 도마뱀인데 집안에 들어와 사람들과 같이 산다고 했다. 사실 도마뱀치고는 크기가 아주 작고 뱀처럼 독이 있는 것도 아니어서 현지인들은 크게 신경쓰지 않는다고 한다. 그러나 만약 아내가 우리 집에 도마뱀이 살고 있다는 사실을 알게 된다면 어떤 반응을 보일지는 너무나 쉽게 상상이 되었다. 원래 겁도 많은 편이지만 쥐나 뱀 같은 동물들을 유난히 무서워하고 싫어했기 때문이다.

처음에는 내 눈에만 띄었으나 점차 애들도 거실과 방에서 도마뱀을 봤다고 했다. 엄마가 지독히 싫어한다는 것을 애들도 알고 있었기 때문에 나한테만 조심스럽게 얘기했다. 다행히 아내 눈에는 아직 도마뱀이 안 띈 모양인지 별다른 일은 없었다. 셋이서 당분간 엄마한테는 비밀로 하자고 약속을 했으나 오래가지 못했다. 어느 날 아내가 저녁 준비를 하러 주방에 들어갔다가 녀석을 발견하고서는 깜짝 놀라 비명을 지르며 뛰쳐나왔다. 그리고 도마뱀이 없다는 것이 확인되기 전까지는 절대 부엌에 안 들어가겠다고 선언을 했다. 다들 배가 고파 있었는데 청천벽력 같은 소리였다. 애들과 함께 싱크대, 서랍장, 냉장고 등 부엌 전체를 샅샅이 수색했으나 행방이 묘연했다. 죽어 있는 시체라도 보여줘야 하는데 증거물을 찾을 수가 없었다. 거의 저녁 10시까지 수색작업이 계속되었으나 성과는 없었다. 결국 제대로 된 저녁을 먹는 것은 포기하고 아들이 라면을 끓였다. 배가 고프다 보니 금세 냄비가 동이 났다.

다음 날 아침에도 아내는 부엌에 들어가려 하지 않았다. 아침 먹는 것은 포기하고 집을 나와 아이들을 학교에 내려주고 사무실로 갔다. 오전 내내 어떻게 이 문제를 해결할 것인가를 고민했으나 마땅한 방법이 떠오르지 않았다. 다행히 대사관에 근무한 지 오래된 행정직원에게 물었더니 좋은 계책을 일러주었다. 본인의 와이프도 도마뱀을 무척 싫어해서 나와 비슷한 경험을 한 적이 있다고 했다. 그러면서 자기가 도마뱀 한 마리를 구해올 테니 퇴근할 때 가져가라고 했다.

퇴근시간에 맞춰 그 직원이 구해 온 자그마한 도마뱀 한 마리를

영어 때문에 나만큼 아파봤니?

비닐봉투에 넣어 집으로 가져갔다. 집에 도착하자마자 옷을 갈아입고 봉투를 몰래 숨겨 부엌으로 들어갔다. 그리고 10분간 도마뱀을 찾는 시늉을 하다가 드디어 잡았다고 큰소리로 외쳤다. 사무실에서 미리 준비해 둔 봉투를 들고 나가 아내에게 보여 준 뒤 얼른 창문 밖으로 내던졌다. 처음에는 약간 의심하는 듯 보였으나 그래도 안심이 되었는지 그날은 부엌에 들어가 정성껏 저녁을 준비하기 시작했다.

급한 불은 껐지만 임시방편이라 특단의 조치가 필요했다. 인터넷을 검색하고 싱가포르에 오래 거주한 교민들에게 물어 도마뱀 퇴치 정보를 모았다. 우선 여러 사람이 추천한 찍찍이를 사서 부엌, 안방, 거실 등 집안 구석구석에 붙였다. 특히 부엌에는 출입문부터 시작해서 서랍장, 가전제품 등 모든 가구에 일일이 붙였는데 부엌 전체가 찍찍이로 도배된 듯했다. 그리고 퇴근 후에는 매일 찍찍이를 확인하고, 잡혀 있는 도마뱀들은 비닐종이에 넣어 집 밖으로 내던졌다. 찍찍이 효과가 있었는지 한동안은 녀석들이 나타나지 않았다. 그러나 내 기대와는 달리 평화가 오래가진 않았다.

그날은 깜빡 잊고 휴대폰을 집에 두고 나왔는데 아내가 사무실로 전화를 했다. 어지간히 급한 일이 아니라면 사무실로 전화할 성격이 아니란 것을 잘 알고 있었기에 왠지 모를 불안감이 엄습했다. 아니나 다를까, 그 녀석이 또 나타난 것이다.

여섯 시가 되자마자 사무실을 나와 학교에서 아이들을 태우고 쏜살같이 집으로 갔다. 또 저녁을 굶을 수는 없다는 절박감으로 셋이 합심해서 총 수색작전을 펼쳤다. 근 한 시간이 넘는 대대적인 수색

끝에 드디어 부엌에 있는 찬장 사이를 빠르게 뛰어다니는 자그마한 놈 하나를 발견했다. 퇴로를 차단하고 이리저리 몰다가 마침내 녀석을 체포하고 나서 개선장군처럼 아내에게 당당히 알렸다.

그러나 우리의 피나는 노력에도 불구하고 그날도 저녁은 라면으로 때울 수밖에 없었다. 아내가 저녁 준비를 위해서는 녀석이 남긴 흔적을 먼저 지워야 한다고 했기 때문이다. 녀석이 뛰어다닌 찬장 속 그릇뿐만 아니라 부엌에 있는 모든 살림살이를 꺼내어 깨끗하게 씻어야만 했다. 도마뱀과의 전쟁은 한국에 돌아올 때까지 계속됐다.

환송식에서 기타 치며 노래하다

2년의 근무 기간이 화살처럼 지나갔다. 대사님께서는 근무가 끝나고 다른 국가로 이동하거나 한국으로 복귀하는 외교관들이 있으면 꼭 환송식을 열어 주셨다. 아내와 아이들은 학교문제로 먼저 한국으로 돌아가서 환송식에는 나 혼자 참석했다. 환송식 행사를 위해 총무과에서 대사관에서 가까운 곳에 있는 연회홀을 빌렸다. 한국에서와는 다르게 대사관 행사는 부부동반으로 하는 경우가 많다. 그리고 젊은 직원들은 행사에 아이들을 함께 데려오는 경우가 많아 가족행사가 되기도 한다. 대사관에 근무하는 2년 동안 먼저 떠난 동료들이 여러 명 있었는데 다들 행사장에서 다양한 장기를 선보였다. 어떤 동료는 색소폰을 연주했고 노래를 부르거나 시 낭독을 하는 직원도 있었다.

환송식 날짜가 점점 다가오면서 어떤 장기를 보여줘야 할지 고

영어 때문에 나만큼 아파봤니?

민이 깊어졌다. 싱가포르에 온 지 1년 반이 훌쩍 지났을 무렵, 싱가포르 교민단체인 한인촌에서 발간하는 잡지에서 우연히 기타교습 광고를 본 적이 있다. 한국에서 온 유학생이 낸 광고인데 아르바이트로 기타를 가르친다고 했다. 사실 어릴 적 봉화에서 자랄 때 잠깐 기타를 만져본 적이 있다. 형은 어릴 적에 시력을 잃어 초등학교 때부터 서울에 있는 맹아학교를 다녔는데 여름이나 겨울방학에 시골집에 내려오면 하루종일 방에 틀어박혀 기타를 치곤 했다. 그러다 보니 어깨너머로나마 기타 치는 법을 익힐 수 있었는데 정식으로 배운 게 아니다 보니 코드가 쉽고 멜로디가 단순한 몇 곡만 연주가 가능한 수준이었다. 그나마 악보를 볼 줄 몰라 코드를 외워서 쳤기 때문에 실력이 느는 데는 한계가 있었다. 그러나 음악을 좋아해 언젠가는 기타를 제대로 한번 배워보겠다는 마음은 늘 갖고 있었다.

대한교육보험 부천영업소에서 총무로 근무할 때 기타를 잠깐 배운 적이 있다. 영업소장이나 총무의 주요 임무 중 하나는 보험설계사분들이 영업을 잘할 수 있도록 응원하고 지원하는 것이다. 영업소장 중에는 아침 조회시간에 영업 촉진 목적으로 설계사분들과 함께 기타를 치며 노래를 부르는 이들이 있었다. 나중에 영업소장이 되면 나도 필요할지 모르겠다는 생각이 들어 회사 근처에 있는 기타학원에 등록을 했었는데 오래가진 못했다. 앞에서도 말했지만 파업에 참여하는 바람에 부산으로 발령이 난 후 회사를 그만두었기 때문이다. 공무원이 된 이후에는 기타를 완전히 손에서 놓았다. 늘 업무에 쫓기다 보니 다른 일에 신경쓸 겨를이 없었기 때문이다.

그래도 능숙하게 기타를 연주하면서 노래를 해보고 싶은 로망은 늘 남아 있었다.

싱가포르에 와서 그 본능이 다시 살아났다. 한인촌에서 광고를 본 지 한참 지나 연락을 했는데 레슨이 가능하다고 했다. 1주일에 한 번씩 과외를 받기로 결정하고 다음날부터 바로 시작했다. 기타를 쳐 본 경험이 있다고 했더니 기초는 생략하고 내가 배우고 싶은 곡을 선정해 집중적으로 연습하자고 제안했다. 그렇게 3개월 정도 레슨을 받고 나니 그래도 서너 곡 정도는 기타를 치면서 동시에 노래하는 것이 가능해졌다. 자연스럽게 환송식 장기자랑에서 기타 연주를 해야겠다는 마음이 생겼다. 노래도 같이하고 싶었지만 아직은 많은 사람 앞에서 두 가지를 동시에 보여 줄 자신이 없었다. 스승에게 고민을 털어놓았더니 지금까지 배운 것만으로도 충분히 할 수 있다며 용기를 불어넣어 주었다. 그 말을 듣고 나니 꼭 도전해 보고 싶은 욕심이 스멀스멀 올라왔다.

그동안 연습한 곡 가운데 환송식에서 부를 후보곡 몇 개를 골랐다. 기타 반주가 어렵지 않고 노래하기도 비교적 편한 곡들을 선정했다. 그날부터 기타 초보자들의 필수코스인 양희은의 '이루어질 수 없는 사랑'과 전영록의 '저녁놀' 두 곡을 집중적으로 연습했다. 저녁 일곱 시에 송별식이 있었는데 사전연습을 위해 다섯 시쯤 송별식 장소인 연회홀로 갔다. 도착해 보니 총무과 직원들이 먼저 와서 행사준비에 한창이었는데 기타와 앰프를 연결해 준비한 노래를 연습했더니 다들 잘한다며 칭찬했다.

저녁 일곱 시가 되자 대사님의 인사말을 시작으로 송별식 행사가

영어 때문에 나만큼 아파봤니?

시작되었다. 잔뜩 긴장한 채 순서를 기다리고 있었는데 사회자가 드디어 내 이름을 불렀다. 기타를 들고 나가 잠시 호흡을 가다듬고 연주와 노래를 시작했다. 난생처음 많은 사람 앞에서 연주와 노래를 동시에 하다 보니 연습 때처럼 자연스럽게 되지 않았다. 식은땀을 흘려가며 간신히 두 곡을 끝냈다. 어설펐지만 용기를 가상히 여겼는지 우레와 같은 박수갈채가 나왔다. 그렇게 평생 추억에 남을 환송식을 끝내고 다음날 창이공항에서 한국행 비행기에 몸을 실었다.

PART 04

한국에
돌아와서도
식지 않은
영어 열정

대학생들과 영어공부하기

싱가포르에서 복귀한 후 잠시 집에서 대기해야 했다. 복귀 직전에 과장급 인사가 이미 마무리되어 빈자리가 없었기 때문이다. 전셋집을 구하고 애들이 다닐 학교를 알아볼 시간이 필요했는데 나로서는 고마운 일이었다. 그러나 생각보다 대기기간이 길어지면서 집에서 지내는 것이 슬슬 눈치가 보이기 시작했다. 환한 대낮에 아파트 경비 아저씨와 자주 마주치다 보니 꽤나 민망스러웠다. 아내는 복직하고 아이들도 학교에 가게 되면서 혼자 집에 있는 시간이 많아지자 점차 생활이 무료해졌다.

이대론 안 되겠다 싶어 매일 아침 일찍 집을 나와 용마산에 올랐다. 용마산 정상 바로 아래에 야외 체력단련장이 있는데 연세가 좀 있으신 어르신들이 운동을 하고 계셨다. 대부분 60세가 넘어 보였는데 턱걸이, 평행봉, 역기 등을 전혀 힘들이지 않고 자유자재로 하셨다. 사실 고등학교 체력장시험 이후 턱걸이를 해본 기억이 없다. 그때도 배치기를 해서 겨우 10회를 넘겼는데 어르신들은 언뜻 봐도 족히 30회는 넘게 하시는 것 같았다. 호기심이 생겨 한참을 구경하다가 나도 한번 해보고 싶은 생각이 들었다. 그런데 사람들이 워낙 많아 빈자리가 없었고 괜히 시도했다가 한 번도 못 하면 무슨 창피인가 싶어 그날은 포기했다.

다음날 오전에 용마산 체력단련장에 도착한 후 벤치에 앉아 집에서 싸 온 간식을 먹으며 어르신들이 운동하는 것을 지켜보고 있었다. 그날은 다른 때에 비해 좀 늦게 도착했었는데 점심시간이 가

영어 때문에 나만큼 아파봤니?

까워지니 운동하던 사람들이 대부분 하산해서 체력단련장이 텅 비게 되었다. 주위를 둘러보고 아무도 없다는 걸 확인한 뒤, 먼저 철봉으로 가서 턱걸이에 도전했다. 팔에 잔뜩 힘을 주고 열심히 당겼으나 몸이 꿈쩍도 하지 않았다. 고등학교 때 익혔던 배치기 기술도 써 봤으나 무용지물이었다.

결국 턱걸이는 포기하고 옆에 있는 평행봉으로 갔다. 평행봉을 양손으로 잡고 뛰어오르기 위해 몇 번을 폴짝거렸으나 몸무게가 천근처럼 느껴졌다. 아무리 용을 써도 팔 힘을 이용해 뛰어 올라가는 것은 불가능해 보였다. 할 수 없이 어릴 때 키가 닿지 않는 높은 물체에 올라가기 위해 썼던 방법을 쓰기로 했다. 양발을 차올려 먼저 봉에 걸친 후 팔을 펴 간신히 평행봉 위로 올라갔다. 이제 다리를 흔들면서 팔을 내렸다 올렸다 하기를 반복해야 하는데 엄두가 나지 않았다. 그래서 다리는 흔들지 않고 팔만 이용해 상하운동을 하려고 했으나 이마저 실패했다. 내려가는 것은 성공했으나 팔힘이 없어 다시 올라오지 못하고 그냥 밑으로 뚝 떨어졌다. 주변에 사람이 없었기에 망정이지 크게 창피당할 뻔했다는 생각에 큰 충격을 받았다. 나보다 훨씬 연배가 높으신 어르신들이 저렇게 쉽게 하는 것을 단 한 번도 못 할 줄은 상상도 못 했다. 내심 배드민턴을 열심히 해 체력에는 자신이 있다고 생각했는데 이 분야는 전혀 다른 세계였다.

다음날부터 매일 산에 올라 턱걸이와 평행봉에 도전했다. 영어공부와 비슷하게 조금씩 천천히 실력이 늘기 시작했다. 그때부터 야외에 설치되어 있는 운동기구들을 보면 그냥 지나치지 않는다. 집

주변에 있는 학여울 공원이나 양재천에 가면 철봉과 평행봉이 설치되어 있다. 요즘도 턱걸이 10회와 평행봉 10회 정도는 거뜬히 할 수 있다.

그날도 여느 때처럼 용마산을 거쳐 아차산 정상까지 올라갔다가 집에 돌아가는 길이었다. 아파트 1층에서 엘리베이터를 탔는데 강남구립국제교육원에서 수강생을 모집한다는 공고문이 눈에 들어왔다. 직장인이나 해외유학을 준비하는 대학생을 위한 영어강좌였는데 강남구민은 특별히 교육비 10%를 할인해 준다고 했다. 그 말에 눈이 번쩍 뜨여 바로 전화를 했더니 등록을 위해서는 먼저 학원을 방문해 레벨 테스트를 받아야 한다고 했다.

싱가포르 브리티시 카운슬에서 겪었던 쓰라린 경험이 떠올랐다. 국제교육원을 방문해 시험을 봤는데 이번에도 기대했던 만큼 좋은 결과는 아니었다. 종이시험만 봐 온 내겐 익숙하지 않은 컴퓨터로 시험을 쳐서 그런지 최상위반이 아닌 두 번째로 높은 단계였다. 젊은 사람이 많이 듣는 주간과정을 신청했는데 수강생 대부분은 해외유학을 준비하는 대학생들이었다. 수업은 아침 아홉 시에 시작해서 오후 두 시에 끝났다. 강사는 모두 내가 싱가포르에서 애타게 찾던 미국이나 캐나다에서 온 원어민이었다.

첫 수업이 시작되었다. 수업은 원어민 강사가 지정해 준 그룹별 토론 형식으로 진행되었다. 그런데 같은 반에 배정된 학생들의 회화수준이 의외로 낮아 영어대화라고 하기엔 민망할 정도였다. 여기서 공부해서는 얻을 것이 없겠다 싶어 학원에 반 배정을 다시 해 달라고 요청했더니, 조정을 위해서는 원장과 직접 영어 인터뷰를

영어 때문에 나만큼 아파봤니?

해야 한다고 했다. 원장은 캐나다에서 온 원어민이었다. 약 30분간의 인터뷰 동안 지원동기나 학습목표 등에 대해 질문을 했다. 토마스와 함께 다져온 내공이 있어서 그런지 큰 어려움 없이 인터뷰를 끝냈다. 바로 결과가 나왔다. 원하던 대로 한 단계 높은 최상위반으로 조정되었다.

새로운 반에는 20명 정도의 학생이 있었다. 그들은 대부분 휴학을 하고 교환학생이나 해외유학을 준비하고 있었다. 수업방식은 이전 반과 마찬가지로 그룹을 나누고 특정 주제를 선정하여 토론하는 형태였다. 원어민 강사는 그룹별 토론 상황을 모니터링하고 피드백을 줬다. 대학생들을 위한 맞춤형 수업으로 취업이나 대학원 진학을 위한 자기소개 및 면접 스킬 향상 과정도 있었다. 그 수업에서는 학생들이 자기소개 PPT를 직접 만들어 발표하고, 마지막 시간에는 원어민 강사와 1대 1 가상 취업 면접시험도 봤다.

입학한 지 한 달 반 정도 지났을 무렵 인사팀에서 곧 발령이 날 예정이니 준비하라는 연락이 왔다. 아직 수업 종료 기간이 2주 정도 남아 있어 학원에 사정 설명을 하고 같이 수업받는 학생들에게도 곧 발령이 나 더이상 학원에 못 나올 것 같다고 얘기해 주었다. 길지 않은 기간이었지만 꽤 정이 많이 들었는지 다들 서운해 하는 눈치였다. 우리 반의 총무를 맡고 있던 학생이 송별식을 해주겠다며 참석할 수 있는지 물었다. 같이 수업을 듣는 동안 가끔 학생들에게 점심을 사주곤 했었는데 이번에는 자기들이 돈을 모아 송별식을 해주겠다는 것이었다. 회식 장소는 중국집이었다. 학생들의 입장으로는 꽤 비싼 저녁을 얻어먹고 선물로 남색 줄무늬 넥타이까지 받았다. 회사에 출근해서 한동안은 학생들에게 선물 받은 남색 넥타이만 줄곧 매고 다녔다.

그 바쁜 대통령직인수위원회 근무 때도 영어에서 완전히 손을 놓지 않았다

싱가포르에서 복귀한 후 발령받은 부서는 정규조직이 아닌 TF팀이었다. 대통령직인수위원회 행정실무지원단 총괄책임자로 발령이 났다. 대통령선거가 있는 해에는 행정안전부에서 인수위원회 설립을 지원할 TF 조직을 미리 꾸린다. 통상 12월에 치러지는 선거 결과가 발표되면 승리한 쪽은 최대한 빠른 시일 내에 인수위원회를 출범시키길 원한다. 해야 할 일은 많은데 대통령 취임 전 인수위 활동 기간은 아무리 길어도 2개월밖에 안 되기 때문이다. 그래서 행정안전부에서는 당선인 측으로부터 요청이 있으면 선거 다음날이라도 바로 인수위를 운영할 수 있도록 사전에 필요한 준비를 모두 해둔다. 인수위 직원들이 근무해야 할 사무실과 대통령 당선인이 업무를 볼 수 있는 공간을 미리 확보하고 책상, 의자, 컴퓨터와 같은 사무기기와 인수위 운영에 필요한 예산도 미리 확보해 두어야 한다.

실무지원단에는 단장인 나를 포함해 서무팀, 인사팀, 경리팀 등에 총 약 10명의 직원이 배치되었다. 나는 처음 맡아 본 일이었지만 직원들 중의 일부는 과거 정부의 인수위 실무지원단에서 근무한 경험이 있었다. 그래도 이것저것 준비하려면 참고할 자료가 필요한데 과거 기록들은 모두 국가기록원으로 이관되어 남아 있는 것이 없었다. 인수위 관련 기록도 대통령기록물이기 때문에 모두 국가기록원 이관 대상이었기 때문이다. 업무를 시작하자마자 바로 국가기록원에 과거 인수위 자료 열람을 요청했다. 필요한 자료들을 모두 확보하고 나서 하나하나 차근차근 준비해 나갔다.

우선 인수위원회가 쓸 사무실은 삼청동에 있는 한국금융연수원과 광화문에 있는 민간빌딩 등 두 가지 대안을 준비했다. 당선인과 비서실 직원들이 사용할 사무실은 통의동에 있는 금융감독원 연수원 외에는 마땅한 장소가 없었다. 예산 당국과 협의하여 운영예산을 확보하고 인수위 활동 기간이 짧은 점을 고려 사무기기들은 임차해서 쓰기로 했다.

12월 19일, 박근혜 후보가 선거에서 승리하고 며칠 지나 비서실에서 연락이 왔다. 그래서 그동안 우리가 인수위 출범을 위해 준비해 온 것들에 대해 설명해 주었더니 몇 가지 추가적인 요청이 있었다. 보완이 필요한 사항들은 신속히 정리하여 모든 준비를 마쳤으나 인수위원 선정이 다소 늦어지면서 2013년 1월 초에 인수위원회가 출범하였다. 김용준 위원장, 진영 부위원장, 임종훈 행정실장 등이 차례로 임명되었다. 그리고 나를 포함하여 실무지원단에 근무하던 직원 10명도 모두 인수위 행정실로 발령이 났다.

그날부터 2월 25일 취임식 전까지 하루도 쉴 틈 없이 새벽부터 밤늦게까지 일을 했다. 나름대로는 사전에 완벽하게 준비했다고 생각했지만 막상 일을 시작해 보니 부족한 게 많았다. 인수위 각

분과별로 요청하는 사항들은 매일 정리하여 최대한 신속하게 처리하였다. 그렇게 한 달 반 정도를 정신없이 일하다 보니 어느덧 인수위원회 종료 시기가 다가왔다.

보통 인수위원회에 근무하게 되면 청와대로 입성하는 것이 관례다. 당이나 민간에서 온 전문위원들은 물론 부처에서 파견 나온 공무원들도 마찬가지다. 청와대에 근무하는 직원들은 새 정부의 국정철학과 인수위에서 설계한 국정목표나 과제에 대해 이해하고 실천해야 하기 때문이다. 민간에서 온 사람들은 '어공', 부처에서 온 공무원은 '늘공'으로 불리며 청와대에서 근무하게 된다. 그런데 행정실 직원들은 인수위가 종료되기 며칠 전까지도 청와대 근무 여부가 확정되지 않았다. 그래서 모두 원소속인 행안부로 복귀하는 걸로 생각하고 있었는데 종료 3일 전쯤 대통령비서실 총무비서관으로 내정된 분이 내게 청와대로 같이 가겠냐고 물었다. 기회가 주어진다면 열심히 하겠다고 답변하고 나서 행정실 동료들의 거취가 궁금해 물었더니 묵묵부답이었다. 결국 나만 청와대로 가게 되었고, 근 두 달간 같이 고생한 직원들은 모두 행안부로 복귀했다. 나중에 알게 된 것이지만, 총무비서관실의 경우 기존에 근무하고 있던 직원들을 교체하지 않기로 방침이 정해져 빈자리가 없었기 때문이었다. 동고동락한 동료들에게는 너무나 미안했지만 내게는 아무런 결정권이 없었다.

싱가포르에서 돌아온 후에도 꾸준히 영어공부를 했으나 인수위

영어 때문에 나만큼 아파봤니?

원회에 근무하는 동안에는 정말 영어를 쳐다볼 시간이 없었다. 두 달간은 그야말로 눈코 뜰 새 없이 바빴기 때문이다. 그래도 영어를 완전히 손에서 놓지는 않았다. 집에서 인수위 사무실까지 한 시간 정도 걸렸는데 새벽에 지하철에서 졸음을 참아가며 싱가포르에서 보던 Strait Times를 읽었다.

PART 05

봉화 촌놈이
파리에 가다

싱가포르에서 골프를 쳤다면
도전할 엄두조차 못 냈다

　2013년 2월 25일에 대통령 취임식이 열렸다. 청와대 근무 확정이 너무 늦어지다 보니 사전에 업무를 파악할 시간이 없었다. 취임식 하루 전에야 청와대에 가서 총무비서관실 직원들을 만났다. 전에 같이 근무했던 동료들도 있었는데 모두 반갑게 맞아 주었다. 인사부서에서 오래 근무한 경력이 있다 보니 보직은 총무비서관실 인사팀장으로 결정됐다. 새 정부 출범 초기에는 앞에서 말한 '어공'들이 대거 청와대에 입성한다. 주로 선거에 기여한 공이 있거나 여당에서 추천한 사람들이다. 특별채용이기 때문에 공모나 필기시험 같은 복잡한 절차는 필요 없다. 그래도 워낙 많은 인원을 단기간에 뽑아야 하기 때문에 인사팀에서 해야 할 일이 엄청 많다. 어공은 주로 별정직 공무원으로 채용되는데 여의도 근무경력이나 대선 기여도에 따라 직급이 결정된다. 물론 청와대에 어공만 있는 것은 아니다. '늘공'이라 불리는 일반직 공무원들도 절반가량 된다. 늘공은 부처에서 파견받는데 정부가 바뀌면 대부분 원소속으로 돌아가고 새로운 사람을 뽑는다. 신규 파견자는 각 부처에서 후보자를 추천받고 근무 예정 비서관실의 의견을 물어 선발한다.

　청와대에 근무하기 위해서는 엄격한 인사 검증 절차를 거쳐야 한다. 정말 사돈의 팔촌까지 꼼꼼히 체크하는데 검증이 완료되기까지 보통 한 달 이상이 걸린다. 늘공의 경우 원활한 업무인수인계를 위해 정식 발령 전에 사전 근무 형태로 일하기도 한다. 사실 청와대 인

　　　　　　　　　　　영어 때문에 나만큼 아파봤니?

사업무는 일반 부처에 비해 복잡한 편은 아니다. 일반 부처는 정기 인사뿐만 아니라 인사요인 발생 시 수시로 승진 또는 전보인사를 실시한다. 대통령비서실은 수시인사는 거의 없고 보통 연 2회 정도 정기인사를 실시한다. 대신 별정직 공무원들이 당으로 복귀하거나 선거 출마를 위해 사직서를 내는 경우가 꽤 자주 있는데 이때마다 신규 채용을 해야 한다. 일반직 공무원들은 2년 정도 근무하면 대개 원소속으로 복귀를 희망한다. 복귀가 확정되면 해당 부처 및 비서관실과 협의하여 후임자 선발에 필요한 절차를 진행한다.

어공, 늘공 가릴 것 없이 공무원들은 승진에 관심이 많다. 새 정부 출범 첫해인 2013년 상반기에는 다들 청와대 근무 기간이 얼마 되지 않아 승진 인사를 하지 않았다. 그런데 연말이 가까워지자 여기저기서 승진 요구가 터져 나왔다. 청와대에 입성해서 1년 가까이 고생했으니 보상받고 싶은 것은 어쩌면 당연한 일이었다.

그해 12월 말에 첫 승진인사가 있었다. 예상보다 승진 규모가 크지 않아 실망한 직원들도 꽤 있었다. 공무원들은 사무관 이상 직급으로 승진을 하게 되면 대통령 직인이 찍힌 임명장을 받는다. 요즘은 많이 퇴색했지만, 사무관 임명장을 받게 되면 조상 묘에 가서 신고하고 가문의 가보처럼 소중히 여긴다. 승진한 사람들이 다들 언제 임명장을 받을까 기대하고 있었는데 문제가 생겼다. 대통령께서 임명장을 주지 말라고 하신 것이다.

인수위원회 시절에도 직원들이 명함을 사용하지 못했다. 대통령께서 인수위 명함을 이용하여 권한을 남용하는 것을 걱정했기 때문이다. 나 역시 3급으로 승진했을 때 임명장을 받지 못했다. 2년

6개월간의 청와대 생활은 긴장의 연속이었다. 아침 일찍 출근해야 하고 야근을 하는 날도 많았다. 초창기에는 주말에도 예외 없이 출근했는데 시간이 지나 조직이 점차 안정되면서 토요일이나 일요일 중 하루는 쉬었다.

긴장과 야근 속에서 계속 일하다 보니 체력이 고갈되는 느낌이었다. 이대로는 안 되겠다 싶어 주말에 시간을 내어 청계산에 올랐다. 아침 일찍 일어나 지하철을 타고 청계산입구역에서 내려 매봉까지 쉬지 않고 한 번에 올라간다. 정상에서 잠시 숨을 돌리고 나서 하산하면 얼추 점심시간에 맞춰 집에 돌아올 수 있다. 1주일 중에 가족들과 함께 편안하게 식사할 수 있는 유일한 시간이었다. 정신없이 일하다 보니 영어에 신경쓸 겨를이 없었지만 그래도 틈틈이 시간을 내어 영어신문을 읽었다.

숨 가쁘게 돌아가는 청와대 생활이 무척이나 고달팠지만 승진은 큰 메리트였다. 청와대에 근무하면 보통 부처에 있는 동료보다 2~3년 빨리 승진할 수 있다. 청와대에 들어온 지 10개월 정도 지나 3급 승진을 했는데 행안부 동료들에 비하면 굉장히 빨랐다. 통상 승진을 하게 되면 원소속 부처로 돌아가는데 승진 후에도 1년 6개월을 더 근무했다.

이젠 돌아갈 때가 되었다는 생각에 고민하던 중 때마침 OECD 한국대표부 주재관 자리가 생겼다. 인사기획관실에서 올린 파견자 선발공고문을 봤는데 가슴속 깊은 곳에서 무언가 꿈틀거리기 시작했다. 청와대 근무로 억눌려 있던 영어 욕구가 다시 분출한 것이다.

OECD 대표부 파견은 싱가포르 대사관에서 경험한 것과는 완전

영어 때문에 나만큼 아파봤니?

히 다른 차원의 영어를 접할 수 있는 기회였다. 우리나라를 대표해 국제회의에 참석하고 업무협의를 위해 수시로 사무국 직원들을 만나는 나의 모습이 머릿속에 그려졌다. 인터넷에서 지원서를 다운받아 작성한 뒤 담당자에게 이메일로 보냈다. 2주 정도 지나 인사팀에서 연락이 왔는데 희소식이었다. 아내에게 맨 먼저 기쁜 소식을 알리고 파리에 함께 갈 딸에게도 연락했다.

싱가포르에 갈 때와 마찬가지로 외교부 주관 면접시험이 남아 있었는데 시험 전에 영어점수를 제출해야 했다. 국제기구 근무여서 싱가포르에 갈 때보다 기준이 훨씬 높았는데 토익은 870점을 넘어야 한다. 청와대에 근무하게 되면서 영어공부를 거의 하지 못해 시험을 보는 것이 상당히 부담되었다. 그렇다고 학원에 갈 여건도 되지 않아 고민하다가 인사혁신처에서 제공하는 토익 인강을 들었다. 한 보름 정도 공부하고 나서 토익시험을 치렀다. 이번엔 한 번에 성공이었다. 895점이 나왔는데 싱가포르에서 골프를 포기하고 토마스와 함께 영어공부에 집중한 효과를 본 것이다.

인사팀에 성적을 제출하고 광화문에 있는 외교부 청사로 면접시험을 보러 갔다. 면접에선 주로 외교관으로서의 적격성을 심사하는데 싱가포르에 갈 때 경험이 있어 그다지 어렵잖았다.

면접시험을 통과하고 나니 출국일까지 한 달이 채 남지 않았다. 서둘러 이삿짐을 싸고 채현이가 다닐 학교도 알아봤다. 세진이는 성균관대에 다니고 있었는데 파리에 함께 가지 않고 한국에 남기로 했다. 병역문제를 우선 해결해야 했기 때문이다.

사실 싱가포르에 갈 때 가장 큰 걱정거리는 세진이였다. 당시 중학교 3학년이었는데 2년 근무를 마치고 오면 대학입시를 준비할 시간이 턱없이 부족했기 때문이다. 싱가포르에서 돌아온 후 원래 살던 행당동으로 가지 않고 대치동에 전셋집을 얻었다. 외국 생활로 국어와 수학 과목이 취약했는데 대치동에 학원이 많았기 때문이다.

학교문제는 생각보다 쉽게 해결되었다. 마침 집에서 가까운 휘문고에 빈자리가 있어 2학년으로 편입되었다. 7월 중순경, 한국에 돌아오자마자 세진이는 광명시에 있는 진성기숙학원에 들어갔다. 수능까지는 고작 1년여밖에 남지 않아 여름방학 기간에 최대한 보충을 해야 했기 때문이다.

휘문고에 편입한 후 세진이는 학교와 학원을 오가며 열심히 공부했다. 1년이 쏜살같이 지나 수능시험을 치렀는데 준비 기간이 짧은 것 치고는 꽤 괜찮은 성적이 나왔다. 국, 영, 수는 만점에 가까웠으나 사회탐구 과목이 발목을 잡았다. 수시전형에는 모두 실패하고 남은 것은 정시밖에 없었다. 대학별 모집 요강을 분석한 후 성균관대학교 글로벌 전형에 지원하기로 했다. 글로벌 전형은 성적이 우수한 학생을 전략적으로 선발하기 위한 특성화 전형이었다. 국, 영, 수 과목 점수가 높은 학생들에게 유리한 전형이었는데 세진이와 맞아떨어졌다. 합격과 동시에 4년간 등록금 전액 면제 대상인 성적 우수 장학생으로 선발되었다.

파리에 있는 동안 세진이는 휴학을 하고 군대에 지원했다. 경기도 연천에 있는 5사단(열쇠부대)에 배치되어 복무하다 한국으로 돌아오기 6개월 전쯤 제대를 했다. 복학 전에 파리에 와서 한 달간

영어 때문에 나만큼 아파봤니?

머물렀는데 군대 생활이 궁금해 물었더니 훈련소에 혼자 입소했다고 했다. 그리고 전방부대라 외출이나 외박을 하는 건 힘들었는데 대신 부대에서 가족 초청 행사를 종종 개최했다고 했다. 행사 날 동료 병사들은 가족을 만나 신이 났을 텐데 혼자서 내무반을 지켰을 세진이를 생각하니 무척 마음이 아팠다. 아무리 비행기 표가 비싸더라도 한 번쯤 면회를 갈 걸 하는 후회가 들었다.

꿈에 그리던 국제기구에서 근무하기

30대 시절, 파리에 가본 경험이 있다. 그때만 하더라도 공무원들을 위한 단기 해외연수가 활발하던 시기다. 2주 동안 프랑스, 독일, 영국 등을 방문하는 정책연수 프로그램에 참가할 기회가 있었다. 그때 느낀 것이지만 파리는 싱가포르와는 또 다른 매력이 있다. 싱가포르처럼 도시 전체가 깨끗하진 않지만 길을 걷다 보면 도처에 문화와 유적이 숨 쉬고 있는 것을 느낄 수 있다. 이렇게 아름다운 도시인 파리에서 국제기구 사람들과 함께 일할 수 있게 되었다고 생각하니 꿈만 같았다.

드디어 학수고대하던 출국일이 다가왔다. 전에 싱가포르에 갔을 때 집을 구하기 전까지 임시숙소에서 1주일 정도 머물렀었다. 가끔 외식도 했지만 입맛에 맞지 않아 주로 한국에서 가져온 쌀과 밑반찬으로 밥을 해서 먹었는데 3일이 지나자 다 떨어졌었다. 그때와 똑같은 실수를 되풀이하지 않으려고 파리 임시숙소에서 지내는 동안 먹을 음식을 잔뜩 챙겨 여행 가방에 넣었다. 저울이 없어 정확히 무게를 재어보지 않았지만 꽤나 무거웠다. 중량 초과가 아닐까 걱정되었지만 설마 하는 생각에 그냥 공항으로 출발했다. 그런데 막상 공항에 도착해 수화물 코너에 가서 무게를 달아보니 무려 4kg이 초과되었다. 할 수 없이 무게가 많이 나가는 짐은 가방에서 모두 빼내고 나서야 통과되었다.

13시간이 넘는 비행 끝에 샤를드골 국제공항에 도착하니 김문희 공사님과 대표부 직원들이 반갑게 맞아 주었다. 공항 근처에서 같이 저녁을 먹고 15구에 있는 임시숙소로 가서 짐을 풀었다. 대충 짐 정리를 끝내고 나자 너무 피곤해 다들 일찍 곯아떨어졌다.

다음날 아침, 첫 출근을 위해 일찍 숙소를 나섰다. 대표부는 임시숙소에서 도보로 30분이면 갈 수 있는 위치에 있었다. 전날 총무과 직원이 알려준 대로 휴대폰 내비게이션을 켜고 골목길 사이사이를 지나 무사히 대표부에 도착했다. 길치라 걱정을 많이 했는데 다행히 헤매지 않고 곧바로 찾을 수 있었다. 대사님께 인사를 드리고 총무과장의 안내를 받아 동료들과도 인사를 나눴다.

전임자로부터 업무를 인수하고 나서 대표부 터줏대감인 비르지느의 도움을 받아 집을 구하러 다녔다. 싱가포르에서도 그랬지만 외국 생활에 빨리 정착하기 위해서는 집을 구하는 것이 급선무다. 8월 30일에 파리에 도착했는데 한 달 정도는 집을 보러 다닐 여유가 있었다. 9월 하순까지 OECD에서 개최하는 회의가 없었기 때문이다.

대표부는 16구에 있었는데 동료들이 가장 많이 사는 지역은 15구

영어 때문에 나만큼 아파봤니?

였다. 걸어서 출퇴근이 가능하고 한국사람도 많이 살고 있어 생활하기에 편리했기 때문이다. 15구에만 열 개가 넘는 한국식당이 있었고 한국슈퍼마켓도 세 개나 있었다. 외교관들에게는 정부에서 주택 임차비용을 지원해 준다. 직급에 따라 지원 금액이 조금씩 다른데 보통 지원 한도에 맞춰서 집을 구한다. 15구와 16구에 임대 매물로 나와 있는 집들을 둘러봤는데 썩 마음에 드는 게 없었다. 파리에 있는 주택 대부분은 지은 지 100년이 넘는 저층 아파트다. 아무래도 오래된 건물이다 보니 내부가 굉장히 낡아 보였다. 다른 지역과 달리 15구에는 센 강변을 따라 고층 아파트가 줄지어 서 있다. 1970년대에 중동 자본을 유치해 건설했다고 들었는데 파리에서는 가장 최신식 아파트다. 한국에 살 때 고층 아파트 생활에 익숙해져서 그런지 오래된 저층 주택은 눈에 잘 들어오지 않았다.

결국 고르고 고르다가 15구에 있는 고층 아파트 중 한 곳을 계약했다. 우리 집은 13층에 있었는데 거실 측면에서 에펠탑과 센 강이 보였다. 중간층이어서 에펠탑 전체가 보이진 않았지만 거실 앞면에서는 몽파르나스 건물도 훤하게 보여 조망이 꽤 괜찮았다. 한국으로 돌아올 때 파리에서 쓰던 전자제품을 팔기 위해 중고시장에 올린 적이 있다. 광고를 보고 한국 분들이 우리 집을 방문했는데 물품 구경은 뒷전이고 휴대폰으로 에펠탑과 센 강을 촬영하기에 바빴다.

채현이 학교는 집에서 도보로 10분 거리에 있는 파리국제학교로 결정했다. 학부모들이 선호하는 미국계 아메리칸 스쿨이나 영국계 브리티시 국제학교에 보내고 싶은 마음도 있었으나 학비도 비싸고

통학 거리도 너무 멀었다. 사실 파리에 오기 전 아메리칸 스쿨에 미리 지원해 합격통보를 받았었다. 입학보증금으로 250만 원을 지급했는데 포기하면 돌려받을 수 없는 상황이었다. 돈이 아깝기는 했지만 결국 보증금은 포기하고 파리국제학교를 선택했다.

집과 학교문제는 해결되었고 이젠 해외 정착에 필요한 마지막 퍼즐만 남았다. 새 차를 구입하려고 했으나 대기기간이 너무 길어 중고차를 사기로 마음먹었다. 파리에는 OECD 사무국과 유네스코 본부가 있어 외교관이 많이 살고 있다. 보통 3년 정도 근무하는데 본국으로 돌아갈 때, 타던 차량은 대부분 팔고 간다. 가끔 매물이 나와 외교관 사이트를 확인했는데 마음에 드는 게 없었다. 그러다가 파리에 온 지 6개월이 지나서야 전산업무를 담당하는 행정직원의 소개로 한국 유학생이 타던 중고차를 간신히 구입할 수 있었다. 프랑스 브랜드인 푸조였는데 연식도 꽤 있고 마일리지도 높아 저렴한 가격에 샀다.

9월 말부터 OECD 공공행정위원회가 주관하는 각종 회의 및 세미나가 본격적으로 열렸다. 공공행정위원회에서 다루는 분야는 상당히 다양했는데 정부혁신, 공공데이터, 인사관리, 재난관리, 청렴, 조달, 사법 혁신 업무를 모두 포괄했다. 회의가 열리면 한국에서 온 대표단들과 함께 참석한 뒤 결과를 정리해 본국으로 보내야 한다. 또 OECD에서는 매년 다양한 정책 보고서를 발간하는데 공공행정 분야 보고서가 나오면 주요 내용을 요약하고 시사점을 발굴하여 우리나라 정책에 참고할 수 있도록 보내야 한다. OECD 사무국에는 한국정부에서 파견 나온 공무원들이 일하고 있다. 기획재정부, 고용부, 환경부 등 17개 부처에서 왔는데 파리 근무기간 동안 고용휴직을 하고 OECD 직원으로 채용된다. 이분들의 인사관리를 지원하는 일도 내 몫이었다.

해외파견 근무의 경우 통상 업무인수인계를 위해 1주일 정도 전임자와 합동근무를 한다. 그런데 개인 사정 때문에 전임자가 빨리 복귀해 같이 근무한 기간이 이틀밖에 안 되었다. 전임자가 떠난 후 과거 서류들을 펼쳐 꼼꼼히 살폈으나 처음으로 해보는 낯선 업무라서 얼른 머리에 들어오지 않았다. 어떻게 하면 신속하게 업무를 파악할 수 있을까 고민하다가 사무국 업무 파트너들을 직접 만나는 게 좋겠다는 생각이 들었다. 맨 처음 만난 사람은 공공행정사무국 정부혁신과 과장으로 근무하는 에드윈이었다. 업무 분야별로 프로젝트 매니저들은 따로 있지만 에드윈이 업무를 총괄했기 때문이다.

에드윈은 홍콩계 미국인이었는데 친절하면서도 매우 스마트한 사람이다. 처음 만날 때부터 오래전부터 알고 지낸 것처럼 친근하게 대했으며 업무에 대해서도 자세하게 설명해 주었다. 특히 OECD와 한국정부간 협력사업에 대해 관심이 많아 당시 진행 중이었던 정부신뢰 연구프로젝트에 대해 상세히 브리핑을 했다. 에드윈을 만나고 나서 잭, 수잔나 등 프로젝트 매니저들을 차례로 만나 소관 업무에 대해 자세한 설명을 들었다. OECD에서 일하는 한국 공무원 채용 담당자도 만났는데 나오토라는 이름을 가진 일본사람이었다. 나이는 30대 초반으로 굉장히 꼼꼼해 보였는데 한국정부의 신규파견자 채용 절차에 대해 자세한 설명을 들을 수 있었다.

공공행정위원회가 주최하는 국제회의나 세미나는 최소 1주일에 한 번 이상 열렸다. 특별한 경우를 제외하고는 거의 모든 회의에 참석했는데 통상적으로 회의가 열리기 2개월 전쯤 소관 부처에 대표단 파견을 요청한다. 대표단이 올 때도 있지만 국내 사정 때문에 참석하지 못하는 경우도 많다. 그럴 때는 할 수 없이 혼자 참석해 회의결과를 정리하고 본국에 보내야 한다. 가끔은 사무국에서 우리나라 정책사례 발표를 요청하는 경우도 있는데 대표단이 오지 않으면 직접 해야 할 때도 있었다.

OECD에서 일하는 한국 공무원들은 서류전형과 면접시험을 거쳐 선발한다. 인사혁신처에서 후보자를 3배수로 추천하면 채용 절차는 OECD 사무국 인사과에서 진행한다. 그러나 인사혁신처와 OECD간 직접적인 업무 채널이 없어 미들맨 역할이 필요했는데 내가 그 업무를 맡았다. OECD는 회원국 간 상호 학습 장려를 위해 여러 분야의 다양한 보고서를 발간한다. 공공행정 분야도 거의 매달 한 권 이상의 보고서들이 쏟아져 나오는데 정부혁신에서부터 재난관리까지 스펙트럼이 다양하다.

보고서가 나오기 전에 항상 초안을 사전에 입수해 검토한다. 혹시라도 한국 관련 통계나 콘텐츠 중 잘못 기술된 것은 없는지 확인하기 위해서다. 중요한 보고서인 경우에는 초안을 한국에 보내어 관련 부처에서 검토하도록 요청한다. 만약 수정이나 보완이 필요하면 OECD에 연락해 우리 의견이 최대한 반영될 수 있도록 협조를 구한다. 파리 근무 3년 동안 회원국들의 정부 성과를 일목요연하게 비교 설명하는 '한눈에 보는 정부 보고서'를 포함, 최소 30건

영어 때문에 나만큼 아파봤니?

이상의 보고서를 요약 정리해 한국으로 보냈다.

고위급 위기관리 포럼 참석 한국대표단과 함께

다시 영어에 집중해야 했다

국제기구 근무가 생각처럼 만만치는 않았다

사실 파리에 올 때만 해도 어느 정도 영어에 자신이 있었다. 싱가포르에서 2년 동안 토마스와 함께 정말 열심히 노력했고 한국에 돌아와서도 시간 나는 대로 틈틈이 영어를 공부했기 때문이다. 파리 정착 초기에 업무파악을 위해 에드윈이나 나오토를 만나 대화를 하는 데는 큰 어려움이 없었다. 그러나 9월 말부터 시작된 국제회의에 참석하게 되면서 상황이 달라졌다. OECD가 주최하는 회의에는 35개 회원국뿐만 아니라 브라질이나 인도 같은 핵심 파트너 국가들도 참석한다. 회원국은 우리나라와 미국, 일본을 제외하고는 대부분 유럽국가들이다. 보통 회의나 포럼이 열리면 아침 아홉 시에 시작해서 오후 다섯 시쯤에 끝난다.

회의가 시작되면 먼저 OECD 사무국 직원들이 그날의 회의 주제에 대해 발표하고 사전에 지정된 국가에서 우수 정책사례를 소개한 후 회원국 대표단들이 번갈아 가며 의견을 제시한다. 우리나라와 일본 대표단들은 정말 필요한 경우가 아니면 회의에서 잘 발언을 하지 않는다. 발언하더라도 짧은 시간 내에 핵심적인 내용 위주로 발표한다. 그런데 미국이나 유럽에서 온 회의 참석자들은 반대인 경우가 많다. 특히 분담금을 많이 내는 미국, 영국, 독일에서 온 참석자들은 최대한 발언권을 많이 가지려고 무척 애를 쓴다.

여기에서 동양과 서양의 문화 차이를 엿볼 수 있었다. 서양에서는 어릴 적부터 토론문화에 익숙해서 그런지 회의에서 한번 얘기를 꺼내면 끝이 없다. 발표시간도 긴 데다 나라마다 악센트도 달라 집중해서 듣지 않으면 핵심을 파악하기 어렵다. 특히 이탈리아나 인도영어는 악센트가 너무 강해서 알아듣기가 거의 불가능하다. 그렇다고 해서 미국이나 영국영어가 알아듣기 쉬운 것은 아니다. 원어민이다 보니 기본적으로 말하는 속도가 엄청 빠르다. 잠시 딴 생각을 하다 보면 이미 발표가 끝나 있다. 앞에서 얘기했듯이 회의가 끝나면 주요 내용을 정리해서 본국에 보고해야 하기 때문에 잠시라도 긴장을 늦출 수 없다.

온종일 회의에 참석하고 나면 그야말로 파김치가 된다. 한국에서 대표단이 오지 않아 직접 정책사례를 발표해야 하는 날은 더욱 긴장하게 된다. 발표 내용은 미리 대본을 만들어 준비할 수 있었으

영어 때문에 나만큼 아파봤니?

나 문제는 질의응답 시간이다. 특히 유럽국가에서 온 대표단들은 한국 사례에 대해 매우 관심이 많다. 그들 간에는 정보 공유가 활발하지만 한국이나 일본 같은 동양국가의 사례에 대해서는 정보가 많지 않기 때문이다. 그래서 발표가 끝나고 질의응답 시간이 되면 다양한 질문들을 쏟아내는데 정확히 알아듣기 힘든 경우가 많았다. 익숙한 발표 주제인 경우에는 질의내용을 대충 짐작하여 답변했으나 그렇지 않을 땐 자세한 내용은 나중에 메일로 알려주겠다고 하고 슬쩍 넘어갔다.

OECD가 발간하는 보고서를 요약해 한국으로 보내는 일도 만만치 않았다. 단순히 요약만 하는 것이 아니라 전체 맥락을 이해해 우리나라 정책에 시사점을 줄 수 있는 내용들을 찾아야 하기 때문이다. 그렇게 하려면 보고서 본문 전체는 아니지만 중요한 부분들을 발췌해 내어 꼼꼼히 읽어야 하는데 전문용어와 낯선 표현이 많아 시간이 무척이나 오래 걸렸다. 다시 영어공부를 열심히 해야겠다는 생각이 절로 들었다.

서양인들은 더치페이를 선호한다?

어떻게 다시 영어에 집중할까 고민하다 싱가포르에서 했던 방법이 떠올랐다. 현안이 있으면 가능한 메일보다는 업무 파트너를 직접 만나 협의를 하는 것이다. 공공행정국에 근무하는 프로젝트 매니저(PM)들이 주요 파트너들이었는데 업무협의가 필요하면 점심시간을 적극 활용했다. 아무래도 딱딱한 사무실보다는 함께 식사하며 얘기하다 보면 좀 더 쉽게 친해질 수 있을 것 같았기 때문이다.

정부혁신과장인 에드윈 밑에는 여러 명의 PM이 있었다. 재난관리를 담당하는 미국 출신의 잭, 정부혁신을 담당하는 이탈리아 출신 마르코, 공공인사 관리를 담당하는 캐나다 출신 다니엘, 공공데이터 담당인 이탈리아 출신 바바라, GaaG 보고서 발간 담당인 폴란드 출신의 수잔나 등이다.

PM들이 사실상 조직의 핵심역할을 수행하는데 자주 만나다 보니 점차 친분이 쌓이면서 사무국에서 추진하는 주요 프로젝트들에 대한 고급 정보를 얻을 수 있었다. 회의나 세미나 같은 공식적인 자리에선 듣기 힘든 비하인드 스토리가 많았다. 사실 PM들과 점심약속을 잡을 때 우리와는 문화가 다르니 더치페이를 제안하지 않을까 생각했었다. 그런데 한낱 기우에 불과했다. 계산서를 집어 들고 카운터로 향할 때 누구도 나를 따라온 적이 없었다. 아마 사무국에 오랫동안 근무하다 보니 식사 제안자가 밥을 사는 한국문화에 익숙해진 게 아닌가 싶다.

사무국 카페에서 영어 스트레스 해소하기

PM들은 주로 점심시간에 식당에서 만났지만 가끔 중요한 일이 있을 땐 직접 사무국을 방문한다. 사무국에서 에드윈이나 PM들을 만나 업무협의를 하다 보면 두 시간을 훌쩍 넘기는 것이 다반사다. 에드윈이나 잭은 미국식 영어를 한다. 다니엘은 캐나다에서 왔는데 미국 발음과 차이가 없다. 바바라는 이탈리아 억양이 강한 데다 말하는 속도도 굉장히 빠르다. 같은 이탈리아 사람이지만 마르코는 미국 표준발음에 가깝다. 수잔나는 영국에서 유학했다고 하는

영어 때문에 나만큼 아파봤니?

데 분명 영국식 발음은 아니다.

　이렇게 다양한 발음과 억양을 가지고 있는 업무 파트너들을 만나 장시간 영어로 대화하고 나면 엄청난 에너지가 소비된다. 상대의 말을 이해해야 대화가 이어지기 때문에 온몸의 신경을 곤두세워 집중해 들어야 한다. 그래서 일이 끝나고 나면 긴장이 풀리면서 기진맥진한 상태가 되는데 대표부로 돌아가기 전에 재충전이 필요했다. 이때마다 사무국에 근무하는 신인철 과장이 나의 비타민이 되어 주었다.

재난관리 담당인 잭과의 업무협의 장면

　신 과장은 인사혁신처에서 근무하다가 고용 휴직을 하고 사무국에서 일하고 있다. 인사혁신처는 행정안전부와 한뿌리인데 김대중 정부 때 행정안전부에서 분리되었다. 인사혁신처가 분리되기 전에 둘이 같은 부서에서 근무한 적은 없지만 서로 알고 있는 사이였다. 사무국에 파견 와서는 에드윈이 과장으로 있는 정부혁신과에서 근무했는데 같은 방에 있는 동료들이 모두 외국인이다. 고시 출신인 신 과장은 해외유학 경험이 있어서 영어를 나보다 훨씬 잘했지만 그래도 하루종일 영어를 써야 하는 환경에서 일하는 게 쉬운 것은 아니다. 그래서 그런지 내게 가끔 한국말로 편하게 대화할 수 있는 상대가 있었으면 좋겠다는 말을 하곤 했다. 근무 장소나 환경은 다르지만 둘 다 영어로 인해 스트레스를 받는 동병상련의 처지였다. 에드윈이나 PM들과 업무협의가 있는 날에는 미리 신 과장에게 연락해 둔다. 일이 끝나면 바로 전화해 사무국 1층 로비에 있는 카페에서 만나 커피를 주문한 후 푹신한 의자에 앉아 한국말로 편하게 대화를 나눈다. 동네 수다쟁이처럼 한참을 신나게 떠들고 나면 영어로 쌓인 스트레스가 다 날아갔다. 신 과장은 한국으로 돌아온 뒤 국장으로 승진해서 국방대학교에서 장기교육을 받고 있다. 요즘도 가끔 만나는데 그때를 추억하며 서로 웃음꽃을 피운다.

한국사람끼리 영어토론을 해보셨나요?

대표부에는 여러 부처에서 파견 나온 주재관들이 함께 근무한다. 외교부 직원들이 주축이 되는 대사관과는 사뭇 다른데 하는 일도 그렇고 인적 구성도 그렇다. OECD의 한국어 명칭은 경제협력개발기구지만 실제로 하는 일은 경제 분야에만 국한되어 있지 않다. 사무국 조직도를 보면 경제국뿐만 아니라 환경국, 개발협력국, 공공행정국, 금융기업국, 과학기술산업국, 고용노동국, 교육국, 무역농업국, 통계국 등 다양한 부서가 있다. 그야말로 한 나라의 정부가하는 모든 일과 관련이 있다.

영어 때문에 나만큼 아파봤니?

대표부에도 OECD가 수행하는 업무 분야별로 담당자가 따로 정해져 있다. 각 부처나 공공기관을 대표해 13명의 주재관이 근무하고 있다. 기획재정부, 산업통상자원부, 환경부, 공정거래위원회, 국세청, 고용노동부, 교육부, 국토건설교통부, 농림축산식품부, 외교부 등 중앙부처뿐만 아니라 한국은행, 수출입은행, 코이카와 같은 공공기관에서 온 동료들도 있다. 해외에서 우리나라를 대표하는 작은 정부라고 생각해도 크게 틀리지 않는다.

대표부 대사는 주로 기획재정부 출신들이 임명된다. 대사 아래에는 차석대사와 공사가 있다. 차석대사는 주로 외교부에서 임명되고 공사 두 명은 기획재정부와 교육부에서 각각 왔다. 내가 파리에막 왔을 때는 외교부 출신 대사님이 계셨는데 두 달 정도 지나 기획재정부 출신인 윤종원 대사님께서 부임하셨다. 외교부 주재관들은 대부분 부처를 대표하는 고시 출신 엘리트 과장들이다. 나이는 대체로 40대 초중반으로 나보다 열 살가량 어렸다. 대부분 사무관이나 서기관 때 해외유학을 다녀왔고 해외근무 경험이 있는 사람들도 꽤 있었다. 그래서 다들 영어에는 자신이 있는 것처럼 보였지만 서로 친해지면서 꼭 그렇지만은 않다는 것을 알게 되었다. 유학도 하고 해외근무 경험도 있지만 막상 국제회의에 들어가면 다들나와 비슷한 어려움을 느낀다고 털어났다.

바로 옆방에는 환경부에서 파견 나온 김 과장이 근무하고 있었다. 이웃사촌이라 더 친하게 지냈는데 김 과장 역시 영어 때문에 스트레스를 받는다고 했다. 사실 김 과장 남편이 영국사람이어서 전혀 그런 고민은 없을 거라고 생각했는데 의외였다. 원어민 남편과 함께 살고 있는데 무슨 걱정이냐고 물었더니 한국 부부의 일상을 떠올려보라고 했다. 부부간에 집에서 과연 얼마나 자주 대화를 하는지 생각해 보니 쉽게 이해가 되었다. 서로 같은 고민이 있다는 것을 알고 나서 함께 영어공부를 해보자고 제안했더니 흔쾌히 동의했다.

처음엔 영어에 관심 있는 직원들을 모아 그룹과외를 받기로 하고 김 과장의 남편인 알렉스를 과외선생으로 초대하자고 했더니 고개를 저었다. 그건 남편한테 운전을 배우는 것과 똑같다고 했다. 다른 방법을 찾다가 우리끼리 하는 영어토론 동아리를 만들기로 했다. 김 과장이 나서 공정거래위원회에서 파견 나온 이 과장과 수출입은행에서 온 김잔디 차장을 회원으로 영입했다. 매주 한 번씩 모였는데 한 명씩 돌아가며 주제발표를 한 후 자유토론을 했다.

처음에는 예상했던 대로 너무나도 어색한 분위기였다. 주제발표를 하다가 설명이 잘 안 되면 답답한 나머지 자신도 모르게 한국말이 튀어나왔다. 그래도 시간이 지나면서 차츰 적응해 나갔다. 가끔은 열띤 토론이 이루어졌는데 여성 인권과 같은 민감한 주제를 다룰 때는 영어로 언성을 높여가며 싸웠다.

동아리 활동은 6개월 정도 지속되었다. 하지만 솔직히 발음이나 듣기실력에는 크게 도움이 되지 않았다. 토론을 모니터링해서 발음을 교정해 주고 피드백을 해줄 사람이 없어 한계가 있었기 때문이다. 그러나 확실히 발표능력 향상에는 꽤 효과가 있었다. 다들 회의에 참석할 때 이전보다는 한층 편해졌다고 얘기했다. 김 과장도 한국으로 돌아온 후 국장으로 승진해 지금은 전라북도 환경청장으로 근무하고 있다.

영어 때문에 나만큼 아파봤니?

에펠탑이 보이는 우리 집 거실에서
영어토론 동아리방 친구들과 함께

테레사와 친해지기(또 다른 토마스를 기대하며)

대표부에서 근무한 지 한 달 정도 지나서 테레사를 처음 만났다. 처음에는 주재관 업무를 지원해 주는 행정직원들은 모두 프랑스 현지인들인 줄만 알고 있었다. 그러나 대표부에도 토마스처럼 영문자료 조사나 대사님 연설문 작성을 도와주는 행정직원이 있었는데 바로 테레사였다. 미국사람이었는데 남편은 파리에서 국제변호사로 일하고 있었다.

테레사가 대표부에서 근무하고 있다는 것을 처음 알았을 때 속으로 쾌재를 불렀다. 싱가포르에서도 만나보지 못한 원어민과 함께 근무하면 영어 실력이 일취월장할 것 같았기 때문이다. 토마스에게서 얻지 못한 네이티브 발음도 금방 배울 수 있을 것만 같았다. 그러나 내가 생각하는 것과 현실은 다르다는 것을 깨닫는 데 그리 오래 걸리지 않았다. 우선 테레사는 파트타임 직원이었다. 주 3일만 근무하다 보니 토마스처럼 자주 볼 기회가 없었다. 그리고 나와 직접적인 업무 접촉점이 없다 보니 사무실에서 만날 기회가 거의 없었다.

비록 업무적인 연결고리는 없었지만 개인적으로라도 친해지고 싶어 부부동반으로 저녁식사에 초대했다. 약속 당일에 테레사에게 집 주소를 알려주고 아내를 돕기 위해 일찍 퇴근했다. 집 근처에 있는 한국 슈퍼에서 사 온 다양한 재료로 잡채, 갈비찜, 파전 등 풍성한 한정식을 준비해 놓고 테레사 부부가 오기를 기다렸다. 약속 시간이 오후 일곱 시였는데 30분이 지나도 오지 않았다. 절대 약속을 어길 성격이 아니라는 것을 알기 때문에 의아하게 생각하며 문밖을 계속 쳐다봤다. 혹시 오다가 교통사고라도 당했을까 걱정이 되어 현관문 앞에 나가 초조하게 기다리고 있었는데 여덟 시가 다 되어서야 두 사람이 나타났다. 식사하면서 물어보니 주소만 가르쳐 주고 동 호수는 알려주지 않아 집 근처에 와서 전화했더니 도무지 연락이 되지 않았다고 했다. 1층 경비실에도 사람이 없어서 애를 태우고 있었는데 뒤늦게 경비가 나타나 동호수를 확인할 수 있었다고 했다. 분명히 전화기를 꼭 쥐고 기다리고 있었는데 이상해서 확인해 보니 그날따라 전화기가 먹통이 되어 있었다.

원래 예정된 시간보다 저녁식사가 늦었지만 오히려 시장이 반찬이 된 셈이다. 식탁에는 우리 세 식구와 테레사 부부, 이렇게 다섯 명이 둘러앉아, 정성껏 준비한 음식을 맛있게 먹으며 이야기꽃을 피웠다. 미리 준비해 둔 고급 와인 두 병도 어느새 모두 비워졌다. 테레사는 술을 잘 못 하는 편이었고 남편은 와인을 좋아한다고 했다. 테레사 부부는 자식이 없어서 그런지 채현이한테 무척 관심이 많았다. 저녁을 먹는 내내 학교생활이나 교우관계 등에 대해 물어봤다. 나중에 회사에서 만날 때도 항상 아내와 딸의 안부를 묻곤 했다.

그렇게 저녁식사를 같이 하고 난 후부터 좀 더 친한 사이가 되었다. 회의에서 발표할 자료를 만들거나 중요한 메일을 보내야 하는 경우 자주 테레사의 도움을 받았는데 자료를 작성하여 초안을 메일로 보내주면 테레사가 확인한 후 수정을 해주곤 했다. 파리에서도 주재관들이 한국으로 복귀하면 송별식 행사가 열렸다. 싱가포르에서처럼 연회홀을 빌려 거창하게 하지는 않았지만, 간단한 음식과 와인을 준비해서 대표부 로비에서 행사를 진행했다. 행사가 있을 때마다 테레사는 꼭 내가 있는 테이블로 와서 이런저런 얘기를 하곤 했다. 테레사도 내가 영어를 더 잘하고 싶어 하는 것을 알고 있었기 때문에 시간이 될 때마다 도움을 주려고 했던 것 같다. 그러나 아무래도 파리에서 또 다른 토마스와의 만남을 기대하기는 어려웠다.

알렉스와 영어과외하기

앞에서 잠깐 언급했지만 알렉스는 영어토론 동아리방을 함께 한 김 과장의 남편이다. 김 과장이 영국 유학 중일 때 영어과외를 위해 만났는데 스승과 제자의 관계가 연인 관계로 발전한 것이다. 영어에 집중하기 위해 업무 파트너들을 직접 만나고 동료들과 영어토론도 해봤지만 여전히 뭔가 부족했다. 싱가포르에서처럼 영어과외를 해야겠다는 생각이 들어 찾아보니 OECD 사무국에서 직원들을 대상으로 영어를 가르치는 강사가 있었다. 호주 출신 강사였는데 1주일에 한 번 사무국으로 찾아가 과외를 받았다.

하지만 한 달 정도가 지났는데도 기대했던 것보다 성과가 나지 않았다. 다른 방법을 찾아야겠다고 생각하던 중 알렉스가 퍼뜩 떠올랐다. 김 과장에게 남편과 영어과외를 하고 싶다고 했더니 빙그레 웃으며 연락처를 건넸다. 그리고 알렉스가 한국에 있을 때 환경부 직원들에게 영어를 가르친 적이 있다는 말을 덧붙였다.

알렉스한테 문자를 보내어 점심 약속을 잡았다. 수요일에 회사 근처 일식집에서 처음 만났다. 머릿속에 그렸던 대로 키가 크고 잘생긴 영국 남자였다. 메인 요리로 초밥을 주문하고 와인도 한 잔씩 곁들였다. 과외시간을 정하기 위해 물었더니 점심시간이 좋겠다고 했다. 유치원에 다니는 딸을 늦어도 두 시까지는 픽업해야 하기 때문이었다. 그래서 수업시간은 오후 열두 시부터 한 시까지로 정하고 과외비는 1회당 30유로씩 지급하기로 했다.

다음 날 아침 출근길에 복도에서 김 과장을 만났는데 어제 알렉스와 얘기가 잘되었느냐고 내게 물었다. 어제 일에 대해 당연히 김 과장도 알고 있을 거라 생각했는데 역시 대화에 인색한 우리 한국 부부들과 별 차이가 없다는 것을 확인시켜 주었다. 그래서 알렉스와 합의한 내용을 알려주었더니 30유로는 너무 비싼 것 아니냐고 되물었다.

다음 날 김 과장은 내 방으로 와서 과외비는 25유로만 내면 된다고 했다. 어제 남편에게 왜 30유로를 받기로 했냐고 물었더니 한국에서 과외 할 때 시간당 3만 원을 받아 어림잡아 30유로를 제시했

영어 때문에 나만큼 아파봤니?

다는 것이었다. 정확히 환율을 따져 계산하면 3만 원은 25유로 정도가 되니 그것만 받으라고 알렉스에게 얘기한 것이다.

알렉스와 만나고 난 후 바로 다음 주부터 과외를 시작했다. 한국 사람을 대상으로 영어를 가르친 경험이 있어서 그런지 그는 나의 약점을 금방 파악했다. 처음에는 알렉스가 가져온 다양한 교육 자료를 활용했지만 시간이 지나면서 부족한 부분을 집중 연습하는 맞춤형 교육으로 발전했다. 한동안은 듣기 연습에 집중했다. 내가 국제회의에서 다른 사람들의 발언을 알아듣기가 힘들다고 그에게 말했기 때문이다. 컴퓨터에 다양한 콘텐츠의 듣기 연습용 파일을 다운받아 와서 반복훈련을 시켰다. 듣기 연습과 더불어 대화 능력을 향상시킬 수 있는 수업도 병행되었다. 그림카드를 활용해 다양한 상황에서 대화를 이어갈 수 있는 연습을 지속적으로 반복했다.

한국사람들은 대개 미국식 발음에 익숙하다 보니 영국식 발음은 알아듣기 어려워한다. 나도 마찬가지였는데 다행히 알렉스는 아주 강한 영국 악센트를 갖고 있진 않았다. 한국에서 산 지 꽤 오래되어 발음이 순화된 게 아닌가 싶다. 그리고 원어민치고는 말하는 속도도 그다지 빠르지 않아 수업을 이해하는 데 큰 어려움이 없었다. 가끔 영어로 된 보고서를 써야 할 때가 있어서 작문 실력을 기르고 싶었다. 그래서 1주일에 한두 편씩 짧은 에세이를 써서 알렉스에게 보내면 정말 꼼꼼하게 피드백을 해주었다.

한국으로 복귀할 때까지 1년 가까이 알렉스와 함께 공부하면서 점차 실력이 향상되는 것을 느꼈다. 회의에 참석하거나 사무국 파트너들을 만날 때 훨씬 더 편하게 영어대화를 이어갈 수 있었기 때문이다. 드디어 파리에서 내 영어 인생의 또 다른 귀인을 만난 셈이다. 한국으로 돌아온 뒤에는 서로 자주 만나진 못했다. 그래도 영어 연설문이나 강의자료를 작성할 땐 카톡을 통해 수시로 조언을 구한다. 바쁜 아내를 둔 덕택에 알렉스가 딸 육아를 전담하다시피 하는데 요즘은 짬을 내어 공주대학교에서 영어강사로 일하고 있다.

재흠

I am going to give a speech on Thursday. Can you give me any comments on my speech script?

Yeah sure. Perhaps you could send the file to alex ○○○@gmail.com? It will be a lot easier to make comments that way.

Alex

영국 친구 알렉스의 가족사진

영어 때문에 나만큼 아파봤니?

성격 좋고 영어도 잘하는 김영기 판사님

OECD는 2년에 한 번씩 'GaaG'라고 이름 붙여진 보고서를 발간한다. 'Government at a Glance'에서 첫 글자만을 따서 'GaaG(개그)'라고 하는데 우리나라 말로 번역하면 '한눈에 보는 정부'다. 이 보고서는 회원국들의 정부 업무 성과를 비교해 일등부터 꼴찌까지 순위를 공개한다. 경제, 보건, 복지, 환경, 고용, 공공행정, 교육 등 거의 모든 분야가 망라되어 있는데 그중에 정부 신뢰에 관한 내용도 있다. 나라별 정부 신뢰도는 OECD에서 직접 조사하지 않고 World Gallop의 설문조사 자료를 활용했다. 당시 기준으로 35개 회원국 시민 1천 명을 대상으로 "당신은 중앙정부를 신뢰하십니까?"라는 질문을 던지고 yes, no로 답한 결과를 가지고 순위를 매긴다. 다들 순위에 민감하다 보니 보고서 초안이 나오면 회원국 대표부에 사전 공람을 시키는데 평가 결과에 이의가 있으면 의견을 제출해야 한다. 물론 이견이 있다고 해서 다 받아들여지는 것은 아니다.

OECD 사무국에 근무하는 폴란드 출신의 수잔나가 'GaaG' 보고서 작성 총괄 PM이다. 나보다 몇 살 위였는데 아주 활달하고 솔직한 성격이다. 현안이 있으면 수시로 만나 업무협의도 하고 점심도 자주 같이 먹으면서 평소에 친분을 쌓아두었다. 보고서 초안이 나오면 최대한 빨리 보내 달라고 부탁했더니 정말 35개 회원국 대표부 직원 중 맨 먼저 내게 보내줬다. 경제 분야부터 국제학업성취도 비교(PISA)와 같은 교육 분야까지 워낙 평가 분야가 광범위하다 보니 관련되지 않은 부처가 거의 없다. 보고서 초안을 입수하자마자 각 부처에 공문을 보내 초안에 대해 꼼꼼히 검토하고 수정의견이 있으면 제출해 달라고 요청했다. GaaG 보고서를 총괄하는 행정자치부에서도 화상회의를 통해 부처별 업무 담당자를 소집하여 의견 제출을 독려했다. 공문 발송 후 2주 정도 지나 몇몇 부처에서 수정 또는 보완 의견을 보내왔는데 대부분 서면 형식이었다.

그런데 당시 대법원에서 사법정책심의관으로 근무하던 김영기 판사님은 달랐다. 대표부에서 보낸 공문을 받고 나서 내게 직접 전화를 했다. 보고서 초안을 살펴보니 커다란 오류가 있다고 했다. 사법부 신뢰 평가에 관한 내용이었는데 초안 그대로 발간되면 크게 문제가 될 수 있으니 본인이 파리를 방문해서 관계자들에게 직접 설명하겠다고 했다. 사실 그동안 내 업무에 이렇게까지 관심을 보인 분은 그분이 처음이었기 때문에 크게 감동했다.

곧바로 보고서 총괄인 수잔나에게 연락하여 회의 일정을 잡았다. 그리고 김 판사께 전화했더니 즉시 파리 출장 일정을 잡겠다고 했다. 너무나 적극적으로 일을 처리하는 모습에 고마운 마음이 들어 공항에 직접 마중을 나갔다. 출국 게이트를 빠져나올 때 보았던 첫인상만큼이나 성격도 서글서글했다. 대표부 차를 타고 몽파르나스 근처에 있는 숙소로 이동해 같이 저녁을 먹고 헤어졌다.

다음날 오전에 김 판사님과 함께 사무국을 방문하여 수잔나와 담당 직원을 만났다. 김 판사께서 직접 보고서 초안에 있는 자료의 문제점에 대해 논리적이고 열정적으로 설명을 했다. 싱가포르에서 모신 오준 대사님 이후 내가 만난 한국사람들 중에서 영어를 이렇게 또박또박 자신 있게 말하는 분은 본 적이 없다. 나도 옆에서 몇

영어 때문에 나만큼 아파봤니?

마디 거들기는 했지만, 이렇게까지 존재감이 없기는 파리에 온 이후 처음이었다.

수잔나는 한국정부에서 염려하는 부분에 대해 충분히 이해했으니 걱정하지 말라고 했다. 초안이 수정되면 곧바로 보내 달라고 부탁하고 사무실을 나왔다. 우리 의견이 받아들여진 것 같아 기분이 매우 좋았다. 김 판사께서 내게, 오늘 열심히 노력한 보람이 있었으니 저녁에 소주 한잔 어떠냐고 제안했다.

15구 센 강 근처에 있는 한국식당으로 갔다. 파리에 온 이후 한국식당에서 회를 먹은 것은 처음이었는데 부산 해운대에 있는 고급 횟집이 부럽지 않았다. 평소에는 와인에 비해 너무 비싸서 잘 먹지 않는 소주도 한잔 곁들이며 오늘의 성과에 대해 서로 자축했다.

1주일 정도 지나 수잔나가 수정된 초안을 메일로 보내주었다. 우리 측에서 요구한 사항들이 대부분 반영된 것을 확인하고 김 판사께 전달했다. 이후에도 몇 번 더 파리에 출장을 오셨는데 사법 신뢰 제고와 관련된 회의에 한국대표단으로 참석했다. 회의에 참석할 때마다 발표 자료를 꼼꼼히 준비해 와서 내가 특별히 도와드릴 일이 없었다. 김 판사께서 준비한 발표주제는 한국의 사법체계와 주요 정책에 대한 소개였는데 다른 나라 참석자들이 한국 사례에 대해 깊은 관심을 보였다.

회의가 끝나면 항상 사무국에 있는 파트너들을 만나 업무협의도 하고 식사도 같이했다. 워낙 친화력이 뛰어나고 영어 소통 능력이 좋다 보니 사무국 직원들 사이에서도 김 판사님은 꽤 유명인사였다. 책 발간 소식을 전하려고 얼마 전에 모처럼 통화했는데 나와 비슷한 시기에 사이버한국외대 영어학부에 입학해 통번역학 전공을 하셨다고 했다. 파리에서의 특별한 인연이 이심전심으로 이어져 학교 동문까지 된 게 아닌가 싶다. 지금은 대법원을 떠나 특허법원에서 고법판사로 일하고 계시다.

김 판사님과 OECD 업무 파트너들

영어 때문에 나만큼 아파봤니?

에피소드들

발음보다는 강세가 중요

채현이 학교에서 학부모 친목 행사를 개최했다. 파리국제학교는 초등부터 고등과정까지 있는데 행사는 회사 근처에 있는 초등학교 캠퍼스에서 열렸다. 사전예약을 하고 행사 당일에 아내와 함께 학교로 갔다. 시내에 있는 오래된 건물을 학교로 사용하고 있다 보니 실내에는 많은 사람이 모일 만한 장소가 없었다. 그래서 날씨가 꽤 쌀쌀했는데도 불구하고 학교 정문 안쪽에 있는 야외 잔디밭에 임시천막을 치고 행사를 진행했다.

천막 안에는 우리나라 출장 뷔페 스타일의 음식들이 차려져 있었는데 테이블마다 학부모들이 삼삼오오 모여 수다를 떨고 있었다. 초등학교 학부모로 보이는 젊은 부부가 꽤 많았다. 테이블을 옮겨 다니며 인사를 나누다가 동양인 커플을 발견했다. 반가운 마음에 어디서 왔느냐고 물으니 싱가포르에서 왔다고 했다. 중학생인 아들과 초등학교에 다니는 딸이 모두 이 학교에 다닌다고 했다.

싱가포르에서의 추억을 회상하며 이런저런 얘기를 이어가다 문득 도마뱀 얘기가 나왔다. 싱가포르에 살 때 "아내가 정말 도마뱀을 싫어했다."라고 말했는데 뭔가 이상한 느낌이 들었다. 지금까지 물 흐르듯이 자연스럽게 이어져 가던 대화가 갑자기 멈칫했다. 표정을 보니 내 말을 못 알아들은 눈치였다. 어려운 영어를 쓴 게 아닌데 왜 그럴까 하다가, 혹시 도마뱀이라는 단어를 못 알아들은 게 아닐까 싶었다.

학력고사 시험 때 영어와 수학 점수는 바닥이었지만 암기과목 점수는 만점에 가까웠다. 기억을 되살려 생물 수업 시간에 주워들은 지식을 총동원해 가면서 도마뱀에 대해 열심히 설명했다.

"이것은 다리가 네 개 달린 파충류의 한 종류이다."

"다리는 짧고 꼬리는 긴데 집안에 들어와 산다."

"그리고 몸은 온통 비늘로 덮여 있다."

이렇게 한참을 설명했더니 그제서야 알았다는 듯이 이렇게 물었다.

"Do you mean lizard?"

아, 드디어 내가 한 말을 이해한 것이다! 너무 기뻐서 나도 모르게 큰 소리로 "yeah!"라고 외쳤다. 그런데 왜 처음에는 못 알아들었을까, 의아한 생각이 들었다. 분명히 "My wife really hated a lizard."라고 똑똑히 말했는데 말이다.

궁금증은 바로 해소되었다. 그때 상대방이 "Why did your wife hate the lizard?"라고 되물어 주었기 때문이다. 그 질문을 듣자마자 왜 내 말을 이해하지 못했는지 곧바로 알아차릴 수 있었다. lizard를 발음할 때 강세를 엉뚱한 곳에 둔 것이다. 싱가포르 학부모는 lizard를 발음할 때 첫음절에 강세를 두었는데 나는 둘째 음절에 강세를 둬서 발음하니 못 알아들은 것이다. 자칫 사소해 보일 수도 있지만 올바른 강세를 사용하는 것이 정말 중요하다는 것을 알게 해준 사건이었다. 그 후로는 휴대폰에서 단어를 찾아볼 때마다 항상 강세 위치를 확인한 후 소리 내어 원어민의 발음을 따라 해보는 습관을 갖게 되었다.

사실 학교 다닐 때 영어를 싫어했던 이유 중의 하나가 바로 강세 때문이다. 시험에는 항상 강세 문제가 출제되었는데 죽자고 외워도 금방 까먹기 일쑤였다. 지금은 자연스럽게 강세가 중요하다는 것을 알게 되었지만, 그때는 쓸데없는 것을 위해 왜 천금 같은 시간과 노력을 낭비해야 하는지 도무지 이해할 수 없었다. 강세는 단어 하나하나가 아닌 문장 전체 속에서 자연스럽게 익혀야 하는데 잘못된 방법으로 죽도록 외우니 재미도 없고 전혀 쓸모없는 영어가 된 것이다.

국제회의 통역사로 데뷔할 뻔하다

매년 12월이면 OECD 주최로 고위급 위기관리 포럼이 열린다. 각국에서 재난관리를 담당하는 고위공무원들이 참석하는 행사다. 회원국뿐만 아니라 재난관리에 관심이 있는 여러 나라가 참석하는데 우리 정부도 빠지지 않고 대표단을 보냈다. 앞에서도 말했지만, 유럽국가들은 우리나라 정책사례에 대해 특별한 관심을 갖고 있다. 회의 개최 한 달 전쯤 재난관리 담당 PM인 잭한테서 연락이 왔는데 이번 회의에서 한국의 재난관리 우수사례를 소개해 달라고 부탁했다. 전화를 받자마자 국민안전처 국제협력부서에 협조를 요청했지만 쉽지 않을 것 같았다. 사실 국제회의에서 영어로 발표한다는 것이 쉬운 일은 아니다. 특히 재난업무는 늘 바쁘게 돌아가기 때문에 차분하게 미리 준비할 시간이 없다. 비록 재난부서에 근무해 본 적은 없었지만 그런 사정은 충분히 알고 있었다. 그렇지만 OECD에서 모처럼 부탁해 온 것을 거절하기가 어려웠고, 한편으론 우리나라의 우수사례를 국제회의에서 홍보할 수 있는 아주 좋은 기회였기 때문에 꼭 준비해 달라고 부탁했다.

시간이 흘러 회의 전날 행정안전부 대표단이 파리에 도착했다. 본부에 근무하는 이한경 국장님과 국립재난안전연구원 소속 연구관께서 함께 오셨다. 연말이라 한창 바쁜 시기인데 먼길을 와 줘 너무나 고마웠다. 공항에 나가 영접하고 호텔 근처 식당으로 이동해 저녁을 같이 먹었다. 식사를 끝내고 숙소까지 배웅한 뒤 다음날 아침 8시 30분에 회의 장소에서 만나기로 약속하고 헤어졌다.

회의는 아침 9시에 시작해서 오후 5시에 끝나는데 우리 대표단의 발표는 오후로 예정되어 있었다. 오전 회의를 마치고 구내식당에서 점심을 먹은 후 로비에 있는 카페로 이동하여 오후 발표에 대해 논의했다. 한국의 재난경보시스템을 소개할 예정인데 자료는 재난연구원에서 작성했고 발표는 이 국장께서 직접 하신다고 했다. 그런데 업무가 너무 많아 파리에 오기 전날까지도 발표 자료를 제대로 못 봤다며 걱정했다. 어쩔 수 없이 지난밤 늦게까지 호텔에서 발표 자료를 살펴보고 연습을 했는데 여전히 자신이 없다고 하셨다. 그러다가 오후 회의 시작 시간을 불과 30분 남겨놓고 갑자기 내게 통역을 부탁하셨다. 아무리 생각해도 각국의 대표단이 모인 국제회의에서 영어로 발표하기에는 준비가 덜 되었다고 판단하신 것이다.

시간은 다 되었는데 갑자기 발등에 불이 떨어졌다. 회의 진행 프로그램 책자에 이미 우리나라 사례 발표가 예정되어 있어서 취소할 수도 없는 상황이었다. 그렇다고 전혀 준비도 안 된 상태에서 내가 갑자기 통역하는 것도 위험한 일이었다. 통역하려면 물론 영

영어 때문에 나만큼 아파봤니?

어도 잘해야 하지만 사전에 내용 파악이 되어 있어야 가능하다. 그러나 시간이 촉박해 별다른 방법이 없었기 때문에 일단 부딪쳐 보기로 하고 둘이 나란히 발표석에 앉았다. 큰 회의실에 미음 자 형태로 테이블이 배치되어 있는데 발표자들은 출입문 쪽을 바라보는 헤드테이블에 앉았다. 회의장을 꽉 메운 100개가 넘는 눈동자들이 모두 우리만 쳐다보는 것처럼 느껴졌다.

드디어 발표순서가 돌아왔다. 떨리는 마음을 진정시키려고 숨을 크게 내쉬었다. 이 국장께서 먼저 한국말로 발표하기 시작했다. 그런데 두 사람 다 경험이 없다 보니 서로 호흡이 잘 맞지 않았다. 이 국장께선 길게 설명하고 싶어 하셨는데 내가 그걸 모두 기억할 자신이 없었다. 본인이 말하는 것을 내가 거의 한 문장 단위로 잘라서 통역하다 보니 답답하게 느낀 것 같았다. 발표를 시작한 지 5분 정도 지나 본인이 직접 영어로 하겠다고 내게 사인을 보냈다.

직접 영어로 발표하는 것을 보니 괜한 걱정을 했다 싶을 정도로 차분하게 끝까지 잘 마무리했다. 대개 발표가 끝나고 나면 질의응답 시간을 가진다. 이 국장께서 가장 걱정했던 부분이다. 앞에서도 얘기했지만, 회의 참가자들의 발음이 워낙 다양해, 특히 국제회의에 처음 참석하는 경우에는 정말 알아듣기 힘들다. 우리나라의 사례발표 내용이 꽤나 흥미로웠는지 여러 나라에서 질문을 해왔다. 질문 내용을 정확히 파악하기 위해 헤드폰을 끼고 초집중을 하며 들었다. 내가 들은 내용을 이 국장께 설명하고 답변은 본인이 직접 영어로 했다. 그렇게 무사히 회의를 마치고 저녁을 먹으러 갔다. 그날은 와인도 한잔하며 편안한 마음으로 파리의 밤을 즐겼다. 그렇게 국제회의 통역사로의 첫 데뷔는 해프닝으로 끝났다.

고위급 위기관리 포럼 회의 장면

파리 도착 6개월이 지나서야 마트에서 배달시키기 성공

　파리 시내에는 대형 마트들에 대한 규제가 있다. 초대형 슈퍼마켓은 파리 시내에서 영업할 수가 없다. 그래서 오샹과 같은 큰 마트는 대개 파리 외곽지역에 위치해 있다. 시내 영업이 허가된 중형 마트가 몇 개 있는데 모노프리가 대표적이다. 집에서 도보로 10분 거리에 모노프리가 있었다. 15구에는 한국사람이 많이 살고 있어서 한국슈퍼도 꽤 많았다. 야채나 고기, 과일 같은 일반 상품은 한국마트보다는 로컬마트가 훨씬 싸고 싱싱했다. 주로 주말에 장을 보는데 1주일 분량을 한꺼번에 샀다. 로컬마트에서 먼저 필요한 물

　　　　　　　　　　　영어 때문에 나만큼 아파봤니?

건을 사고 부족한 게 있으면 한국마트를 가서 된장이나 고추장 같은 양념도 사고 딸이 좋아하는 과자나 떡볶이 같은 간식도 구입했다.

처음 파리에 왔을 때는 차가 없어 모노프리에서 장을 보고 나면 무거운 짐을 들고 다녀야 했다. 장을 본 후 세 식구가 힘을 합쳐 낑낑거리며 집으로 날랐는데 다른 물건들은 옮기기에 크게 어렵지 않았지만 문제는 생수였다. 유럽국가 대부분은 수돗물에서 석회가 나와 음용으로는 부적합하다. 파리도 마찬가지였다. 수돗물로 설거지를 하고 나면 그릇에 하얀 가루가 남아 있었다. 그래서 밥을 하거나 국을 끓일 때는 반드시 생수를 사용했다.

그러다 보니 한국에 있을 때보다 생수 사용량이 크게 늘었다. 그땐 짐을 실어 나르는 카트도 없어서 생수를 한꺼번에 많이 사다가 쌓아 둘 수도 없었다. 그래서 매주 장을 볼 때마다 2리터짜리 여섯 개가 묶인 생수를 사서 양손에 하나씩 들고 15분을 걸어야 했다. 팔이 떨어져 나갈 것처럼 아팠지만 그 방법 외에는 뾰족한 생각이 떠오르지 않았다. 그럴 때마다 우리나라 마트의 환상적인 배달 서비스가 그리워졌다. 물건값만 계산하면 집까지 척척 배달되는데 여기는 왜 그런 기본적인 서비스조차 없을까 하는 의문이 생겼다.

하루는 여느 때와 마찬가지로 주말에 장을 보러 갔는데 채현이 학교 준비물을 사기 위해 마트 안 구석구석을 살펴보고 다녔다. 전자계산기와 각도기가 필요하다기에 마트 전체를 몇 번 돌면서 둘러봐도 찾을 수가 없었다. 그러다가 우연히 마트 제일 안쪽 구석진 곳에서 각자 구입한 물건을 담아 놓은 카트를 대놓고 길게 줄지어 서 있는 사람들을 발견했다. 애완동물 먹이를 파는 코너의 바로 앞이었는데 그동안 한 번도 가보지 않았던 곳이다.

사실 전에 카운터에 근무하는 직원에게 배달이 가능한지 물어보려다가 포기한 적이 몇 번 있었다. 한국 같으면 출입문 앞쪽에 있는 카운터에서 계산을 하고 배달을 요청하면 되는데 파리에서는 전혀 그런 모습을 본 적이 없었기 때문이다. 모노프리에서는 사람들이 물건을 구입하고 카운터에서 계산을 마치면 각자 가져온 개인 카트에 물건을 싣고 갔다. 그래도 불어를 할 줄 알았다면 혹시나 하는 마음에 배달 서비스에 대해 물어봤을 텐데 왠지 영어로는 카운터 직원과 소통이 되지 않을 것 같아 포기했었다.

애완동물 코너 앞 구석진 곳에서 사람들이 카트를 대고 줄지어 서 있는 광경을 한동안 지켜봤다. 계산이 끝나면 코너에 있는 직원들이 순서대로 물건을 포장하여 어디론가 보냈다. 바로 이곳이 배달을 시키는 곳이라는 확신이 들었다. 한국과는 달리 배달을 원하는 사람은 출입문 앞에 있는 카운터가 아닌 이곳에서 계산해야 하는 것을 몰라 지금까지 생고생을 한 것이다.

장을 다 보고 나서 다시 그곳으로 가 줄을 섰다. 순서가 되어 배달을 원한다고 영어로 말했더니 직원 중 하나가 유창한 영어로, 회원에 가입했느냐고 되물었다. 비록 프랑스인 특유의 악센트가 있었지만 충분히 알아들을 수 있는 세련된 영어였다. 회원이 아니라고 말했더니 신청서류를 내밀었다. 서류를 작성하는 동안 친절하게 배달 서비스에 대해 설명을 해주었는데 50유로 이상 구매하면 배달료가 무료라고 했다. 대신 배달시간은 일정하지 않아 짧게는 30분, 길게는 여섯 시간이 걸릴 수도 있으며, 배달 물품을 받으려

영어 때문에 나만큼 아파봤니?

면 누군가가 반드시 확인 사인을 해주어야 한다고 했다. 우리나라처럼 집에 사람이 없으면 배달 물품을 문 앞에 두고 가는 것이 아니라 다시 가져가 버린다는 것이다.

회원신청서 작성을 끝내고 계산을 마친 뒤, 구입한 물건은 마트에 남겨두고 빈손으로 집에 돌아갔다. 파리에 도착한 지 6개월 만에 드디어 그 어려운 배달시키기에 성공한 것이다. 한 가지 불편한 점은, 집에 사람이 없으면 물건을 다시 가져가기 때문에 장보기가 끝나고 배달을 시킨 후에는 다른 곳에 들르지 못하고 곧바로 집에 가서 대기해야 한다는 것이다. 어떤 날은 배달 물품을 받기 위해 여섯 시간이나 집에서 꼼짝 못 하고 기다린 적이 있다.

매주 마트에 가다 보니 점차 배달 코너에 있는 직원들과 친해져 불어로 말을 건네기 시작했다. 때마침 그 무렵 대표부에서 불어를 배우기 시작했는데 실전연습이 필요했다. 물론 왕초보라 아주 간단한 대화만 가능한 수준이었다. 먼저 불어로 "봉쥬르"라고 인사하면 직원이 웃으면서 불어로 응답을 해준다. 다음엔 대개 직원이 불어로 전화번호를 물어본다. "껠레 보뜨 누 메호드 뗄레뽕?" 우리말로 "당신의 전화번호는 무엇입니까?"이다. 처음에는 내가 못 알아들을까 봐 완전한 문장을 사용했지만 점차 짧게 물어보기 시작했다. "누 메호드 뗄레뽕?" 우리 말로 "전화번호는?"이다.

사실 답변도 간단하게 전화번호만 얘기해 주면 되는데 연습 차원에서 항상 완전한 문장을 썼다. "저의 전화번호는 2466-5969입니다". "누메호드 몽 뗄레퐁 에 방 까트 스와상트 시 상캉트 너프 스와상트 너프."라고 대답했다.

처음에는 직원들이 나의 형편없는 불어 숫자 발음을 잘 못 알아들어 여러 번 되묻곤 했다. 그냥 영어로 얘기할까 하는 마음도 있었지만 포기하지 않고 씩씩하게 다시 불어로 알려줬다. 어느 정도 시간이 지나면서 내가 하는 말을 한 번에 알아듣기 시작했는데 내 불어 발음이 좋아진 건지 직원들이 내 발음에 적응을 한 건지는 확실치 않다. 어쨌든 엉터리 발음이지만 조금씩 생활 불어를 쓰기 시작하면서 파리 생활에 빠르게 적응해 나갔다. 나중에 딸이 한 얘긴데, 아빠는 배달 코너에만 가면 직원이 전화번호를 물어보기도 전에 불어로 뭔가 말하려고 입이 들썩들썩한다고 했다.

비밀은 구글번역기에 있었다

파리에 오기 전에 프랑스 사람들은 불어에 대한 자부심이 강해 영어를 쓰지 않는다는 얘기를 많이 들었다. 그래서 불어를 모르면 일상생활이 어려울 것 같았는데 막상 파리에 와보니 꼭 그렇지만도 않았다. 나이가 드신 분들은 그럴지 몰라도 젊은 세대들은 달랐다. 영어를 잘하기도 하지만 영어 사용에 대한 거부감 자체가 없어 보였다. 레스토랑이나 마트 같은 곳에는 젊은 직원이 많았기 때문에 불어를 몰라도 큰 문제는 없었다. 그래서 특별히 불어를 배워야겠다는 생각을 하지 않았다. 그러다가 파리에 온 지 1년쯤 지나 점차 불어에 관심이 생겼다. 대표부에서 같이 근무하는 주재관 중 불어를 꽤 잘하는 직원이 있었다. 나보다 1년 먼저 파리에 온 그는, 식당에 가면 우리와는 달리 항상 불어로 음식과 와인을 주문하곤 했는데 그 모습이 참으로 멋져 보였다.

영어 때문에 나만큼 아파봤니?

아내와 딸은 파리에 온 지 얼마 되지 않아 불어를 배우기 시작했다. 아내가 먼저 시작했는데 과외선생님은 한국에서 유학 온 학생이었다. 국제학교에서 불어를 배운 딸은 불어를 제2외국어로 선택했다. 선택과목이다 보니 수업이 1주일에 두 시간밖에 안 돼 실력이 빨리 늘지 않았다. 채현이도 과외를 하겠다고 해서 아내를 가르치던 선생님께 부탁했다.

이처럼 가족들은 열심히 불어를 공부하는데 나만 혼자 뒤처지고 있다는 생각이 들던 차에 때마침 회사에서 불어학습 희망자를 조사했다. 외교관들의 현지 어학 능력 향상을 위한 지원프로그램의 일환이었다. 가장 단계가 낮은 입문반에 들어가 1주일에 두 번씩 수업을 받았다. 강사 선생님은 한국 분이셨는데 파리에 온 지 20년이 넘었다. 불어만 가르치는 것이 아니라 프랑스 학생들을 대상으로 한국어도 가르쳤다. 입문반에 들어가긴 했지만 영어공부도 계속해야 했기 때문에 불어에 투자할 시간이 많지 않았다. 사무국에서 회의가 있는 날이면 수업에 빠지고 복습도 게을리하다 보니 실력이 늘지 않았다. 불어 문자가 영어 알파벳과 비슷하여 쉽게 배울 수 있을 것으로 생각했는데 완전히 다른 언어였다.

매주 월요일에 수업이 있었는데 그날은 정말 참석하기가 두려웠다. 왜냐하면, 선생님께서 학생들에게 돌아가며 주말에 있었던 일을 불어로 얘기하라고 시켰기 때문이다. 같이 공부하던 동료들은 꽤 잘하는데 나만 못하는 것 같았다. 몇 번은 그럭저럭 넘어갔지만 월요일은 어김없이 찾아왔다. 매번 그냥 얼버무릴 수도 없어서 고민하다가 방법을 찾아냈는데 구글 번역기를 활용하는 것이었다. 한국어를 영어로 번역하면 어색한 경우가 많지만 영어와 불어 간의 번역은 달랐다. 수업시간에 해야 할 애기를 영어로 입력하면 완벽한 불어 문장이 나왔다. 월요일 아침에 출근해 컴퓨터를 켜면 맨 먼저 주말에 있었던 일을 정리해 영어로 번역기에 입력했다. 그리고 불어로 번역된 내용을 출력해 달달 외웠다. 수업에 들어가 내 차례가 오면 아침에 외운 내용을 불어로 술술 애기했다.

갑자기 확 달라진 내 모습을 보고 깜짝 놀라시던 선생님의 모습이 지금도 눈에 선하다. 입문자 반 실력에 어울리지 않는 너무나 고급진 불어를 사용하니 입을 다물지 못하셨다. 같이 수업을 듣던 동료들도 부러움과 동시에 의구심의 눈초리를 보냈다.

몇 번은 이렇게 해서 어물쩍 넘어갈 수 있었으나 그것이 길게 가진 못했다. 이상하게 생각하신 선생님이 내가 발표하고 난 후 계속해서 후속질문을 하셨는데 전혀 응답할 수 없었기 때문이다. 결국 사실대로 고백하고 나서 얼마 뒤 불어 배우기 도전은 막을 내렸다. 변명 같지만, 여전히 영어공부에 집중해야 하는 상황이다 보니 생각만큼 불어에 투자할 여력이 없었다. 영어도 아직 갈 길이 먼데 불어까지 공부하기에는 상당히 힘에 부쳤다. 그래도 식당에 가면 항상 쓰는 불어 문장 하나는 확실히 배웠다. "꺄하프도 실부쁠레." 미네랄 워터나 생수가 아닌 일반 수돗물을 달라는 의미이다. 보통 웨이터들이 불어로 어떤 물을 주문할 것인지 물어본다. 그때 대답하지 않고 가만히 있으면 대개 생수를 가져오는데 식당에서 에비앙 생수 한 병을 주문하면 최소 5유로 또는 6유로를 지불해야 한다.

영어 때문에 나만큼 아파봤니?

talkative라는 단어는 함부로 쓰면 안 된다

파리에 오자마자 배드민턴을 칠 수 있는 곳을 찾았다. 대표부에 있는 직원들에게 물어봤지만 한 명도 아는 사람이 없었다. 다들 테니스장은 알고 있지만 배드민턴장은 모른다고 했다. 어쩔 수 없이 포기하고 몇 달을 지내다가 점차 파리 생활에 적응하고 나니 다시 배드민턴 생각이 간절했다. 어쩔 수 없이 이번에도 대표부 만능 해결사인 비르지니에게 부탁했더니 프랑스 배드민턴 연합회에 메일을 보냈다. 한국에서 온 외교관이 배드민턴을 치고 싶어하는데 도와달라고 한 모양이다.

그리고 나서 1주일 정도 지나 드디어 연락이 왔다. 퇴근 후 비르지니한테서 받은 주소와 전화번호를 들고 클럽을 찾아갔다. 집에서 도보로 40분 정도 걸리는 곳에 있었는데 20대와 30대 회원이 주축인 클럽이었다. 클럽 총무를 만나 회원가입을 하고 그날부터 바로 운동을 시작했다. 젊은 친구들이라서 그런지 체력도 좋고 실력도 뛰어났다. 우리나라 클럽 기준으로 보면 최소 B조 이상의 수준이었다. 우리나라 동호인들은 단식은 거의 안 치는데 이곳은 달랐다. 할 수 없이 젊은 친구들과 단식을 쳐야 했는데 50이 넘은 내게는 너무 벅찼다.

한 달 정도 다니다가 다른 클럽을 찾아야겠다는 생각에 총무에게 물었더니 우리 집 근처에 있는 클럽을 알려줬다. 주말에 총무가 알려준 대로 집에서 가까운 곳에 있는 실내체육관을 방문했다. 걸어서 5분이면 갈 수 있는 비르하켐 다리 근처의 체육관에 가보니 사람들이 모여서 배드민턴을 치고 있었다. 회원 대부분이 현지인들이었다. 집에서 워낙 가까워 편리하긴 했지만 초보자가 많아 가입이 망설여졌다. 그래서 다음 주 일요일에 집 근처의 모노프리 바로 옆에 있는 다른 체육관을 방문했다. 클럽 회장은 나이가 지긋한 인도네시아 사람이었다. 5년 전에 중풍을 앓았다는 그는 거동이 불편해 보였다. 배드민턴은 못 치지만 그래도 꾸준히 체육관에 나와 회장 역할을 충실히 하고 있었다.

이 클럽은 10년 전 인도네시아 대사관 직원들이 주축이 되어 설립했는데 대사가 배드민턴을 좋아해 직원들과 함께 운동할 목적으로 만들었다고 했다. 그렇지만 현재 활동하고 있는 회원들의 국적은 다양했다. 프랑스 현지인들이 가장 많았고 인도네시아, 베트남, 대만 등 아시아에서 온 회원들도 꽤 있었다.

그날 바로 가입비와 회비를 납부하고 회원이 되었다. 매주 일요일 오전에만 운영되는 주말 클럽이었다. 회원들 중 일부는 영어를 할 줄 알았지만 대부분 불어를 쓰다 보니 의사소통에 한계가 있었다. 그래서 한동안은 어쩔 수 없이 영어를 쓰는 사람들하고만 대화할 수밖에 없었다. 회원 중 대만에서 온 친구가 한 명 있었는데 파리에 있는 시중은행에서 일했다. 영어는 기본이고 불어도 유창한 그 친구와는 같은 동양인이다 보니 금세 친해졌다. 30대 초반인 그는 내가 불어를 못 하는 걸 알고 통역사 역할을 자청했다. 이 친구를 알기 전까지는 영어를 쓰지 않는 회원들과는 눈인사 정도밖에 못 했는데 이 친구의 도움으로 점차 그들과도 친해지게 되었다. 하루는 너무 고마운 마음에 점심을 사겠다고 했더니 흔쾌히 응했다. 운동이 끝난 후 그녀와 함께 클럽 근처에 있는 한국식당에 갔다.

영어 때문에 나만큼 아파봤니?

파리 시내 크기가 우리나라의 영등포구 정도 되는데 무려 70개가 넘는 한국식당이 있다. 숫자만 많은 것이 아니라 맛도 한국과 비교해 절대 떨어지지 않았다. 메뉴도 다양해서 보쌈부터 족발, 파닭, 골뱅이 소면 무침까지 그야말로 없는 게 없다. 그리고 어느 한국식당을 가봐도 항상 손님이 넘친다. 물론 한국 손님들이 주류지만 현지인들도 꽤 있다. 사무국 파트너들과 점심을 먹을 때도 한국식당이 가장 인기 있는 장소다.

이날도 점심시간이 한참 지났는데도 불구하고 식당이 손님들로 꽉 차 있었다. 할 수 없이 밖에 서서 한참을 기다리다 겨우 자리가 나서 식당 안으로 들어갔다. 메뉴판을 건네줬더니 결정을 못 하고 한참을 고민하기에 돌솥비빔밥을 추천했다. 나도 같은 걸로 시키고 사이드 메뉴로 해물파전을 주문했다. 돌솥비빔밥은 내가 먹기에도 고추장 양념이 꽤 매웠는데 바닥 긁는 소리까지 내며 알뜰히 비웠다.

식당에 오후 두 시쯤 들어갔는데 수다를 떨다 보니 네 시가 넘었다. 밥값을 내려고 계산서를 집어 들고 일어나자 반반씩 부담하자고 했다. 무슨 얘기냐며 오늘은 내가 사겠다고 했더니 지갑에서 돈을 꺼내 들었다. 자기도 연장자가 밥을 사는 한국문화에 대해 알고 있으나 여기는 파리이니 같이 내겠다며 끝까지 고집했다. 결국 정확히 반반씩 계산하고 식당을 나왔다.

어느 날 클럽에서 운동을 하고 있는데 대만 친구가, 다음 달에 네덜란드에서 배드민턴대회가 열리는데 같이 가지 않겠느냐고 물었다. 네덜란드 주재 인도네시아 대사가 매년 주변 유럽국가 배드민턴 동호인들을 대상으로 대회를 주최한다는 것이다. 동호인 대회이긴 하지만 어쨌든 국제대회에 참석할 수 있는 기회인데 마다할 이유가 전혀 없었다. 대회 전날 클럽 회장이 운전하는 차를 타고 네덜란드로 갔다. 저녁 여덟 시쯤 도착했는데 미리 예약해 둔 콘도에서 하룻밤을 보냈다.

다음 날 아침 일찍 일어나 간단히 아침을 먹고 경기장으로 갔다. 초대형 실내체육관에는 유럽 각국에서 온 사람들로 굉장히 붐볐다. 남자복식과 혼합복식 경기에 참가했는데 파트너는 둘 다 프랑스 현지인이었다. 두 경기 모두 첫 번째 게임은 이겼고, 남자복식은 두 번째 게임에서 패배해 예선 탈락했다. 혼합복식은 준결승까지 진출했으나 아쉽게 결승전에서 우승한 팀에 패해 공동 3위를 했다. 우리 클럽 회원 중에서 가장 성적이 좋은 팀은 남자복식조였다. 결승전까지 올라갔으나 상대가 너무 강한 팀이어서 준우승에 머물렀다. 오후 6시쯤 대회가 모두 끝나자 일행은 다 함께 저녁식사를 하고 주변에 있는 관광지를 돌아봤다.

숙소로 돌아가 간단히 씻고 잠을 청했는데 하루종일 긴장 상태로 경기를 하느라 힘들었는지 순식간에 곯아떨어졌다. 다음 날 아침 일찍 일어나 짐을 챙겨 숙소를 나온 뒤 로테르담 일대를 둘러봤다. 우리나라 관광객들에게도 유명한 몽땅연필 건물과 건축가 피트 블롬이 지은 큐브하우스를 방문했다.

점심은 우리나라 사람들이 후기를 많이 남긴 중식당 타이우에서 먹었다. 파리에 돌아올 때도 회원들과 함께 클럽 회장이 모는 차를 탔다. 뒷자리에는 나와 대만 친구, 그리고 프랑스 친구, 이렇게 세

영어 때문에 나만큼 아파봤니?

명이 앉아있었는데 이런저런 얘기를 하다가 우연히 영어공부에 대한 얘기가 나왔다. 깊은 생각 없이 "외국어는 아무래도 남자보다는 여자들이 더 쉽게 배우는 것 같다. 그 이유는 여자들이 수다스럽기 때문이다."라고 말했더니 프랑스 친구가 갑자기 정색했다. 내 말이 성차별적인 발언이라고 생각한 것 같았다.

실수한 것 같아 얼른 두 여성에게 절대 그런 의도가 아니었다며 미안하다고 사과했다. 사실 대만 친구는 내 얘기를 그렇게 심각하게 받아들이지 않았는데 동서양 간의 문화 차이가 있다고 하면서 둘 사이를 중재하려고 했기 때문이다. 그 일이 있고 난 후부터는 더이상 'talkative'라는 영어단어는 사용하지 않는다. 대신 꼭 필요한 경우 'sociable'이나 'gregarious'라는 말을 쓴다.

사실 배드민턴 동호회가 생각보다 진입 장벽이 높은 편이다. 실력이 비슷한 사람끼리 쳐야만 운동 효과도 있고 재미도 있다 보니 초보자가 끼어들기 쉽지 않다. 클럽에서 나와 함께 자주 운동하는 회원들이 있었는데 우리 클럽에서는 최상위 그룹이었다. 프랑스 친구, 인도네시아에서 이민 온 친구, 파리에서 태어났지만 부모님이 베트남 사람인 친구였다. 거의 매주 만나 운동을 같이 하다 보니 서로 많이 친해졌다.

어느덧 시간이 흘러 한국으로 돌아갈 때가 되어 송별회 겸 점심 식사에 친구들을 초대했다. 지난번 대만 친구를 만났을 때처럼 클럽 근처에 있는 한국식당을 예약했는데 다들 한식당에는 처음 와본 것 같았다. 개인별로 메인메뉴를 하나씩 고르게 하고 추가로 양념치킨과 파전을 시켰다. 대낮이긴 했지만 송별 모임이니 소주와 와인도 주문했다. 수저를 사용하는 것이 서툴렀지만 다들 생각보다 맛있게 잘 먹었다. 처음 먹어보는 음식일 텐데 모두 남기지 않고 깨끗하게 그릇을 비우는 모습을 보며 오늘도 한류 확산에 기여했다는 자부심을 느꼈다.

식사가 끝나갈 무렵, 한 친구가 가방에서 무언가를 꺼냈다. 선물을 준비해 온 것인데 배드민턴 반팔 티셔츠 석 장이었다. 한국브랜드 제품인 '모아'였는데 지금도 공주에서 동료들과 배드민턴 칠 때 애용하고 있다. 식당에서 나와 모노프리 옆 골목길에서 기념촬영을 한 후 함께 땀 흘렸던 정든 친구들과 마지막 작별의 포옹을 하고 헤어졌다. 역시 파리에서는 예전의 싱가포르에서와 같이 화끈한 송별식을 기대할 수는 없었다.

배드민턴 동호회 친구들과의 마지막 송별 오찬 후 모노프리 옆에서

영어 때문에 나만큼 아파봤니?

복귀할 때가 되어서야 파리의 쓴맛을 경험하다

유럽국가 정책연수 프로그램에 참가했을 때 파리가 마지막 여정이었는데 함께 간 여행 가이더가 소매치기를 조심하라고 신신당부했었다. 가방은 꼭 앞으로 메고 핸드폰도 손에 들지 말고 가방 속에 넣어두라고 해서 다들 조심했는데도 일행 중 하나가 소매치기를 당했다. 근 20년이 지나 다시 파리를 오게 되었는데 소매치기는 여전했다. 혼잡한 지하철이나 에펠탑처럼 사람이 많이 모이는 관광지에서 휴대폰이나 지갑을 분실하는 한국인 관광객이 많았다. 공항에서 차를 타고 오다가 지나가는 오토바이가 창문을 깨고 가방을 훔쳐 갔다는 얘기도 심심찮게 들렸다. 다행히 우리 가족은 3년간 파리에 사는 동안 소매치기 같은 나쁜 일을 겪은 적은 한 번도 없었다.

회사 근처에 불로뉴 숲이 있다. 파리 서쪽인 16구에 위치해 있는데 동쪽에 있는 뱅센 숲에 이어 두 번째로 크다. 대표부에서 도보로 10분 정도면 불로뉴 숲에 갈 수 있다. 점심시간에 동료들과 함께 자주 산책을 했는데 숲이 워낙 크고 무성해 인적이 드문 곳에 가면 무서운 생각이 들 때도 있다. 그래서 낮시간이더라도 혼자서는 잘 가지 않았다.

그런데 한국 복귀를 며칠 앞둔 날이었다. 다른 동료들이 대부분 회의에 참석하여 할 수 없이 혼자서 점심을 먹고 숲으로 갔다. 오늘이 아니면 다시 파리에 와 불로뉴 숲을 볼 기회가 없을 것 같았기 때문이다. 평상시에 늘 다니던 길을 따라 걷고 있는데 그날따라 인적이 드물었다. 약간 좁고 으슥한 길에 이르렀을 때 맞은편에서 키가 크고 건장한 흑인 한 명이 걸어왔다. 좁은 길이라서 옆으로 비켜서자 그가 말을 걸어왔다. 불어로 뭐라고 얘기하는데 무슨 말인지 통 알아들을 수가 없었다. 불어는 모르니 혹시 영어를 할 줄 아느냐고 되묻자 느닷없이 공격을 가해 왔다. 190센티가 넘는 덩치가 갑자기 내게 주먹을 날린 것이다. 주변을 살펴보았지만 도와줄 사람이 아무도 없었다. 이리저리 피하다가 이대로는 큰일 나겠다는 생각이 들었다. 워낙 키가 커서 주먹을 뻗어도 그의 가슴밖에 닿지 않을 것 같아 기회를 노리다가 낭심 부위를 힘껏 발로 차고 도망쳤다.

고등학교 때 종출이와 어울려 다니며 싸움박질한 것이 도움이 되었다. 때로는 삼십육계 줄행랑이 최고라는 것을 일찌감치 알았던 것이다. 다행히 팔꿈치가 까지고 얼굴에 살짝 상처가 난 것 외에는 크게 다친 곳이 없었다. 다만 공격을 피하면서 몸싸움을 하던 도중에 핸드폰이 어디론가 날아갔는데 나중에 동료들과 함께 핸드폰을 찾으러 갔으나 숲이 워낙 우거져서 찾을 수가 없었다. 3년간 열심히 모아온 사진과 연락처들이 모두 다 날아갔다. 파리에 대한 좋은 기억이 많았는데 마지막으로 오점을 남긴 사건이었다. 내가 불어를 못 한다고 하자 관광객으로 생각하고 강도짓을 하려 한 것 같다. 유창하지는 않더라도 몇 마디라도 불어로 말했다면 피할 수도 있는 사고였다는 생각이 들어 입문반에서 좀 더 열심히 할 걸 하는 후회가 들었다.

별아의 원어민식 영어 발음에 웃음보가 터졌다

파리에 있다 보니 채현이의 대학입시 정보를 얻기가 어려웠는데 반가운 소식이 들렸다. 강남에 있는 학원에서 파리를 방문해 입학 설명회를 개최한다는 것이다. 사전 신청서를 내고 가족들과 함께 설명회에 참석했다.

그때 딸에게는 파리에 와서 만난 '별아'라는 친구가 있었다. 별아는 대표부 김 공사님의 딸인데 학교는 달랐지만 서로 꽤 친하게 지냈다. 별아는 JM을 다녔다. 그곳은 불어와 영어를 모두 잘해야만 입학할 수 있는 곳이다. 김문희 공사님은 파리 근무가 두 번째다. 처음 파리에 왔을 땐 대표부가 아닌 OECD 사무국에서 일했는데 그땐 별아가 초등학생이었다.

입학설명회장에 도착해 보니 벌써 사람들로 붐비고 있었다. 그중에 반가운 얼굴들이 눈에 띄었다. 김 공사님과 별아가 와 있었다. 학원 원장이 직접 나와 한국 대학뿐만 아니라 미국, 캐나다, 영국 등 외국 학교들의 입시요강, 지원요건, 합격 노하우 등을 설명하고 질의응답 시간을 가졌다. 학부모들의 열기가 뜨겁다 보니 설명회는 오후 일곱 시가 넘어서야 끝났다. 마침 저녁시간이고 다들 배가 고프다고 해서 별아네 가족과 함께 근처에 있는 한국식당에 갔다.

별아는 엄마가 유학 중일 때 미국에서 태어났고 파리 생활도 벌써 두 번째라서 그런지 대화 중간에 영어가 자연스럽게 튀어나왔다. 별아에게 장래 진로를 물었더니 대학에서 생물학을 전공하고 싶다고 했다. 그러면서 '바이알라쥐'라는 단어를 여러 번 썼는데 한국식 발음이 아닌 두 번째 음절인 '알'에 강하게 악센트를 두는 오리지널 영어발음이었다.

별아의 원어민식 발음을 듣고 아내가 먼저 웃음을 터트렸다. 아마 이명박 정부 인수위에서 우리나라 영어교육 개혁 필요성을 언급하며 화제가 됐던 '아륀쥐'가 떠올랐던 것 같다. 그 후 가족끼리 파리 추억을 회상할 때마다 별아의 원어민식 발음 에피소드는 빠지지 않는 웃음 소재다.

입학설명회에 참석하고 나서 본격적으로 대학입시 관련 자료를 모으기 시작했다. 그때 우리나라 대입제도가 정말 복잡하고 난해하다는 걸 알았다. 채현이는 파리에서 고등학교를 마칠 예정이었기 때문에 수능시험을 볼 수 없었다. 그래서 수능 없이도 지원 가능한 대학에 대한 정보가 필요했는데 아무리 찾아봐도 종합적으로 정리된 자료가 없었다. 내가 필요한 자료를 직접 만들어야겠다는 생각에 대학별 홈페이지에 들어가 입학공고문을 확인하고 필수 정보들을 따로 모았다. 지원자격, 제출서류, 면접시험 일정, 어학 성적 가산점 등을 발췌해 한 장의 표로 일목요연하게 정리했는데 나중에 아내가 입시상담을 위해 대치동 학원을 방문했을 때 이 자료를 보여주었더니 담당자가 깜짝 놀랐다고 한다.

채현이는 확실히 문과 체질이어서 생물 과목은 굉장히 어려워한 반면, 영어나 불어는 항상 A학점을 받았다. 채현이가 다니는 학교에 한국어 선생님이 계셨는데 채현이의 장점을 파악하셨는지 어문계열 진학을 적극 추천했다. 아울러 프랑스어 자격증을 취득하게 되면 대학입시에서 가산점을 받을 수 있다는 정보도 알려줬다. 불어 자격증은 델프(DELF)와 달프(DALF)가 있는데 토익시험과는 달리

영어 때문에 나만큼 아파봤니?

한번 취득하면 평생 효력이 유지된다. 델프는 A1부터 B2까지 있고 상위단계인 달프는 C1과 C2가 있다. 불어 자격증을 따기로 결정한 뒤 6개월 정도 과외를 받고 나서 A1과 A2는 건너뛰고 바로 B1에 도전했다.

불어 자격증 시험을 보기 위해 루앙에 갔다. 루앙은 파리에서 차로 두 시간가량 걸린다. 오전에 인터뷰 시험을 보고 오후에는 듣기, 독해, 작문 시험을 치렀는데 채현이가 오전 시험을 보는 동안 아내와 함께 루앙 일대를 둘러봤다. 루앙은 센 강을 통해 바이킹이 노르망디에 정착했던 역사가 남아 있는 곳이며 인상파로 대표되는 모네가 활동했던 도시로도 유명하다. 먼저 루앙 대성당에 가자 프랑스에서 가장 높은 첨탑의 위용을 뽐내고 있었다.

대성당에서 나와 14세기에 제작된 루앙 대시계가 있는 골목길을 둘러 본 후 점심시간이 되어 다시 시험장소로 돌아갔다. 오후 시험은 한 시에 시작해 네 시가 다 되어 끝났다. 일찍 끝낸 학생들이 하나둘씩 먼저 시험장에서 나오고 있었다. 채현이는 끝나는 종이 울릴 때까지 자리를 지키고 있었는데 나올 때 보니 표정이 어두웠다. 오전 시험은 괜찮았는데 듣기와 독해 시험을 망친 것 같다며 울상을 지었다.

3주 정도 지나자 드디어 시험 결과가 나왔다. 사실 첫 도전이라서 크게 기대를 하지 않았는데 의외의 결과가 나왔다. 최저 합격점보다 살짝 높아 턱걸이로 합격한 것이다. 그날은 모두 신이 나서 저녁식사에 와인을 곁들여 자축파티를 벌였다.

B1에 합격한 후 3개월 만에 바로 B2 시험에 도전했다. 이번에도

루앙으로 갔다. 그리고 오전 시험 동안 지난번에 둘러보지 못한 루앙미술관과 구시장 광장에 갔다. 루앙미술관은 무료관람이라서 크게 기대를 안 했는데 의외로 볼 것이 많았다. 미술관 규모도 꽤 크고 전시된 작품의 수도 상당히 많았으며, 모네와 마르셀 뒤샹과 같은 유명작가의 작품도 구경할 수 있었다. 미술관을 나와 잔 다르크 화형식이 거행된 구시장 광장으로 갔다. 광장에는 특이하게 생긴 잔 다르크 교회가 있었다. 여기에 쓰인 스테인드글라스는 제2차 세계대전 때 파괴된 성 빈센트 성당에서 가져왔다고 했다.

이번에도 3주 후에 결과가 나왔는데 불합격이었다. 합격 기준이 50점인데 아쉽게도 2점이 모자랐다. 조금만 더 하면 될 것 같아 3개월 후 다시 시험을 봤는데 또 떨어졌다. 첫 시험에서 바로 합격을 해 너무 만만하게 본 게 아닌가 싶었다.

두 번 연속 시험에서 떨어지자 자신만만하던 채현이도 풀이 죽어 보였다. 잠시 쉬어가는 게 좋겠다는 생각이 들어 한 달 정도 과외를 중단했다. 그 후 마음을 가다듬고 다시 시작했다. 이번에는 가장 어려워했던 듣기과목에 집중적으로 대비했다. 과외를 다시 시작한 후 3개월 정도 지나 다시 시험을 봤다. 드디어 삼세판 만에 합격했다. 그날 학교에서 돌아와 합격 통지서를 보고 뛸 듯이 기뻐했지만, 그간 시험공부가 너무 힘들었는지 이제 프랑스어 시험은 절대 보지 않겠다고 선언했다. 사실 불어 공부 시작 1년 만에 B2를 딴 것도 대단하다는 생각에 더이상 강요하지 않았다. 시험을 위한 공부는 그만두었지만 학교에 프랑스 친구들이 있어 불어에 대한 흥미를 잃지는 않았다.

영어 때문에 나만큼 아파봤니?

한국으로 돌아오기 두 달 전, 아내가 마지막으로 C1에 한번 도전해 보면 어떻겠냐고 딸에게 조심스럽게 물었다. 처음에는 질색을 하더니 C1을 따게 되면 더 좋은 대학에 갈 수 있다고 말하자 며칠 고민하다 시험을 보겠다고 했다. 급히 일정을 확인해 보니 출국 2주일 전 루앙에서 C1 시험이 있었다. 인터넷으로 응시 예약을 하고 그날부터 다시 과외를 시작했다. 루앙에 가서 시험을 치고 아내와 딸은 먼저 한국으로 돌아갔다. 이번엔 한 달 후 시험 결과가 나왔는데 정말 믿기지 않았지만 합격이었다. 사실 공부 기간이 짧은 데다 C1은 난이도가 상당히 높아 큰 기대를 안 했는데 천운이 따랐다.

C1을 따고 나서 불어불문학과 지원에 초점을 두고 입시전략을 짰다. 고려대, 이화여대, 한국외대 불문학과 특별전형에 지원했다. 고려대는 면접에서 떨어지고 이화여대와 한국외대는 서류전형과 면접시험 둘 다 통과했는데 외대를 가고 싶다고 했다. 다행히 코로나 발생 이전에 입학해 1년간은 밴드 동아리 활동도 하며 대학 생활을 즐겼으나 2학년부터는 화상수업으로 전환됐다. 3학년 1학기를 마치고 휴학을 했다. 휴학하면서 관광통역사 자격증도 따고 중학교에서 방역요원 아르바이트도 했다. 작년 5월에는 불어 자격증 중 가장 높은 단계인 C2에 도전해 단번에 합격했다. 이번 여름에 파리로 교환학생을 갈 예정인데 프랑스 학생들을 대상으로 한국어 과외를 하려고 자격증 시험 공부를 하고 있다.

여행 보조 가이더로 활약하다

파리에 있는 3년 동안 가족과 함께 유럽 여행을 다녔다. 사실 웬

만한 유럽국가들은 파리에서 차로 갈 수 있다. 국경이 인접한 벨기에나 스위스뿐만 아니라 조금 멀리 떨어진 네덜란드, 스페인이나 독일도 충분히 가능하다. 중고차량을 구입하고 나서 벨기에와 독일에 간 적이 있는데 혼자 장거리를 운전하는 게 너무 힘들었다. 그래서 다음부터는 주로 여행사를 이용했다. 아내와 딸이 가고 싶어 하는 관광지가 있으면 유로자전거나라를 통해 사전예약을 했다.

파리에서 맞은 첫 휴가 때는 이탈리아 남부 투어를 신청해서 2박 3일간 나폴리를 시작으로 폼페이, 아말피, 포지타노 등 전 세계적으로 유명한 이탈리아 남부도시들을 둘러봤다.

두 번째 휴가 때는 스페인 남부여행을 갔다. 수도 마드리드에서 한국 가이더를 만나 남부 3대 도시인 그라나다, 론다, 세비야에 있는 유명 관광지들을 방문했다. 로마여행도 했다. 한국 관광객들의 필수코스인 콜로세움, 트레비 분수, 바티칸 박물관과 성 베드로 대성당을 갔다. 그리스를 갔을 땐 아테네에 있는 파르테논 신전, 아크로 폴리스, 신타그마 광장, 올림피아 제우스 신전을 둘러봤는데 고대 건축물의 숨결을 느낄 수 있었다.

파리에서의 마지막 휴가 땐 딸이 꼭 가보고 싶어 했던 동유럽 국가를 선택했다. 유로자전거나라에는 동유럽 여행상품이 없어 한국 여행사들이 운영하는 동유럽여행 패키지 상품을 예약했다. 인천공항에서 출발하는 7박 9일짜리 프로그램이었는데 오스트리아, 슬로베니아, 크로아티아, 체코, 헝가리 등 동유럽 5개 국가 주요 관광지를 도는 코스였다.

한국에서 오는 단체 여행객을 만나 합류하기로 하고 약속 전날 비행기를 타고 오스트리아 비엔나로 갔다. 다음날 하루종일 시내 관광을 하고 저녁에 약속장소인 호텔로 이동했다. 비엔나 외곽에 있는 허름한 호텔이었는데 한국에서 오기로 한 팀은 아직 도착하지 않은 상태였다. 체크인하려고 프런트 데스크에 갔지만 아무도 없었다. 그래서 로비에 앉아 한참을 기다리니 호텔 직원이 나타났다. 예약 확인을 위해 이름을 알려줬더니 한참을 살펴보고는 명단에 없다고 했다. 한국에서 오는 단체여행객 명단은 있느냐고 물었더니 역시 예약이 안 되어 있었다. 급히 가이더에게 연락해 예약확인증과 여행자 명단을 받아 호텔 직원에게 재확인을 요청했다. 그러자 한참을 다시 살펴보더니 착오가 있었다며 오늘 투숙하는 데 문제는 없다고 말했다.

한국 팀은 밤 열 시가 다 되어 호텔에 도착했다. 미리 확인을 안 했다면 길에서 하루를 보내야 할 뻔했다. 한국에서 온 가이더와 단체 여행객들을 로비에서 만나 우리 가족 소개를 하고 앞으로 7박 8일간 잘 부탁드린다고 했더니 박수를 쳐 주셨다. 한국에서 여행 오신 분들은 약 20명 정도였는데 엄마와 딸, 이모와 조카, 친구 사이 등 다양한 관계였다. 가이더와 나를 제외한 분들은 모두 여성이었다. 바쁜 한국 아빠들이 가족과 함께 유럽여행을 온다는 것이 쉽지 않겠다는 생각이 들었다.

다음 날 아침에 잘츠부르크로 갔다. 오전 관광을 끝내고 오스트리아 대표 음식인 슈니첼을 맛보기 위해 시내 유명 레스토랑으로 이동했다. 점심시간치고는 이른데도 불구하고 손님들이 줄을 지어서 있었다. 한참을 기다렸다가 간신히 식당 안으로 들어가 세 식구 모두 슈니첼을 주문했다. 우리나라에서 파는 돈가스처럼 생겼는데 고기 사이즈는 훨씬 커서 접시 밖으로 튀어나올 정도였다. 오후엔 알프스산맥 중 하나인 운터베르크로 이동해 케이블카를 탔다.

다음날 아침 일찍 슬로베니아로 이동해 드라마 〈흑기사〉 촬영지로도 유명한 블레드 섬을 방문했다. 조그만 나룻배를 탔는데 아주 훤칠하게 잘생긴 젊은 사공이 노를 저어 우리를 섬으로 데려갔다. 섬 내부를 구석구석 둘러보고 드라마 촬영지에서 가족사진도 찍었다.

블레드 섬에서 나와 다음 목적지인 크로아티아로 향했다. 먼저 수도인 자그레브로 가서 대성당, 반 젤라치크 광장, 성 마르코 성당과 돌의 문 등을 둘러 본 후 발칸반도 국립공원 중 가장 신비하고 아름답다는 플리트비체 국립공원에 갔다. 공원을 한 바퀴 둘러보고 나니 다들 허기가 져서 근처 식당으로 가 점심으로 송어 그릴 구이를 맛있게 먹었다.

다음 코스는 낭만의 도시 프라하였다. 현지 가이더를 따라 프라하성, 바츨라프 광장, 시청사, 천문시계와 카를교 등을 차례로 둘러봤는데 한국 관광객도 꽤 많았다. 자유 일정 시간에는 크리스마스 마켓에 들러 겨울 장갑도 사고 굴뚝 빵도 사 먹었다. 프라하성 근처에 와인을 따뜻하게 끓여서 만든 뱅쇼를 파는 노점상이 있었다. 뱅쇼를 산타클로스 신발처럼 생긴 용기에 담아서 팔았는데 아내와 딸은 뱅쇼보다는 용기를 마음에 들어 했다. 두 잔을 사줬는데도 불구하고 노점상 주변을 계속 맴돌고 있었다. 그릇 때문에 더 사고 싶어 하는 눈치였다. 용기 무게가 꽤 나가 보여서 짐이 될 것 같아 모른 척했는데 지금도 두고두고 한소릴 듣고 있다. 집에 있는 진열

영어 때문에 나만큼 아파봤니?

장 안에 그때 산 신발 두 개를 나란히 비치해 놓았는데 그걸 쳐다볼 때마다, 비싸지도 않은데 자린고비처럼 굴었다며 지금도 원망하곤 한다.

여행의 마지막 일정으로 동유럽의 파리로 불리는 헝가리를 방문했다. 첫날은 저녁 늦게 도착해 다뉴브강에서 여객선을 타고 야경을 즐겼다. 다음날, 이번 여행의 마지막 코스로 어부의 요새, 성 이스트 반 성당, 영웅광장 등을 둘러봤다.

이제 7박 8일간의 여행 일정을 모두 마치고 한국 팀들과 헤어질 시간이 되었다. 관광버스를 함께 타고 부다페스트 국제공항으로 간 뒤 작별인사를 하고 우리 가족은 파리행 비행기를 탔다. 짧은 기간이었지만 한국에서 오신 분들과 꽤 정이 들었는지 아내와 딸이 눈물을 글썽이고 있었다. 여행 기간 내내 가이더 혼자서 20명이 넘는 사람들을 돌봐야 하다 보니 상당히 바빴다. 가이더가 잠깐 자리를 비웠을 때 한국에서 오신 분들이 현지인과 소통할 수 있도록 잠깐씩 도와드렸는데 보조 가이더가 된 느낌이었다. 퇴직하게 되면 그때의 경험을 살려 관광통역사 자격증을 취득해 딸과 함께 부녀통역사로 활동해 볼 생각이다.

PART 06

일상이 된
영어

마크와 코로나 논쟁하기

파리에서 돌아와 한 달 정도 집에서 대기했다. 전셋집도 알아보고 딸 대학 지원 전략도 짜다 보니 금세 한 달이 지나갔다. 추석 연휴를 앞두고 인사팀장에게서 연락이 와, 수습지원과장으로 발령 예정이니 연휴가 끝나면 곧바로 출근하라고 했다. 부서 명칭이 낯설어 어떤 일을 하는 곳이냐고 물었더니 신설 부서라 본인도 잘 모른다고 했다.

전화를 끊자마자 수습지원과에 근무하고 있는 팀장한테서 연락이 왔다. 그는 파리에 가기 전부터 알고 지내던 사이였다. 도대체 무슨 일을 하는 곳이냐고 물었더니 재난이 발생하면 지자체 지원을 위해 현장에 출동하는 부서라고 하면서 자세한 사항은 나중에 보고하겠다고 했다.

4급 이상 공무원의 인사발령사항은 언론에 보도가 되곤 하는데 신문을 보고 파리에 있는 대표부 동료들이 카톡으로 연락을 했다. 내 전공과 딱 맞는 부서로 발령이 났으니 축하한다는 것이었다. 내가 인사부서에서 오랫동안 근무한 사실을 알고 있어 수습사무관 지원 부서로 발령 난 것으로 오해한 것이다.

추석 연휴가 끝나고 첫 출근을 했다. 수서역에서 새벽기차를 타고 오송역에서 내린 뒤 BRT로 갈아타고 나성동에 있는 사무실로 갔다. 과 직원들과 인사를 나누고 차관님과 간부들에게도 신고를 했다.

그렇게 재난부서에서의 첫 근무가 시작되었다. 사실 공무원 생활

영어 때문에 나만큼 아파봤니?

을 시작한 지 25년이 넘었지만 재난 부서 근무 경험은 한 번도 없었다. 나중에 알았지만 수습지원과는 신설 조직인 데다 소방관처럼 재난 발생 시 즉각 출동해야 하는 부서다 보니 다들 꺼리는 곳이었다. 그리고 직원 수도 적었는데 과장인 나를 포함해 총 7명이 근무하는, 그야말로 미니 조직이었다. 아직 업무체계도 잡혀 있지 않다 보니 빠른 시일 내에 수습지원 관련 제도나 시스템을 구축해야만 했다. 다행히도 재난 분야 초짜인 나와 달리 주무계장은 이 분야의 베테랑이었다. 비록 인원은 적었지만 직원들과 힘을 합해 열심히 하다 보니 조금씩 업무체계가 잡혀가기 시작했다.

그러던 어느 날, 부임 2개월 만에 드디어 사고 현장에 출동하게 되었다. 서울 종로구에 있는 국일고시원에서 대형화재가 발생해 7명이 목숨을 잃었는데 피해자는 주로 일용직 근로자들이었다. 국일고시원은 스프링클러 설치 의무화 이전에 지어진 오래된 건물이다 보니 화재에 매우 취약했다. 사고가 발생하자마자 중앙재난안전상황실에서 연락을 받고 세종에서 차를 몰아 종로구청으로 달렸다.

구청에 도착하자마자 재난대응 총괄담당자를 만나 지역재난안전대책본부 설치와 피해자 지원을 위한 전담인력 배치를 요청했다. 마침 재난대응을 총괄해야 하는 부시장이 휴가 중이어서 건설국장에게 임무를 맡겼다.

국일고시원 화재가 발생한 지 얼마 되지 않아 강릉에서 KTX 열차 탈선사고가 일어났다. 그날은 주말이라 서울 집에서 대기하고 있었는데 연락을 받자마자 곧바로 강릉으로 내려갔다. 강릉에 도착해 사고 현장을 살펴보니 정말 아찔한 상황이었다. 다행히 인명

피해는 없었지만, 만약 열차가 조금만 늦게 멈췄더라면 대형재난이 될 뻔한 사고였다.

수습지원과장으로 1년 2개월을 근무했는데 공교롭게도 재난현장에 출동한 것도 총 열두 번이다. 한 달에 한 번꼴로 출장을 간 셈이다. 울산농수산물도매시장 화재, 대구 대보사우나 화재, 헝가리 여객선 침몰사고, 강릉 아라레이크 펜션 질식사고, 통영 무적호 침몰사고, 제주 대성호 침몰사고, 강원 동해안 일원 산불, 파주 아프리카돼지열병 등 다양한 재난이 발생했다. 현장에 가게 되면 짧게는 이틀, 길게는 한 달 정도 그곳에 머물렀는데 처음엔 모든 것이 낯설고 어려웠지만 경험이 쌓이면서 점차 익숙해졌다.

해가 바뀐 2019년 새해 초부터 사고가 발생했다. 경남 통영 욕지도 남쪽 해상에서 낚시어선이 화물선과 충돌하여 전복된 것이다. 사고가 나자마자 직원들과 함께 여수로 내려갔다. 사고는 통영 근해에서 발생했지만 사고 선박의 등록지가 여수였기 때문이다.

사고수습을 위해 여수시청에 지역재난안전대책본부가 꾸려졌다. 시청에 도착해 책임자인 재난관리총괄과장님을 만났는데 발령 난지 채 1주일이 안 되었다면서 굉장히 당혹해 하셨다. 그래서 우선 피해자 명단을 확보하고 가족들에게 연락한 후 직원 한 명씩 가족별로 전담 배치하여 수시로 요구사항을 청취하고 지원하도록 조치했다. 그리고 매일 가족들에게 실종자 수색작업 상황을 브리핑해 주고 사고 선박이 가입한 보험의 보상 범위와 부상자의 의료비 지원에 대해서도 가족들에게 자세히 설명해 주도록 요청하였다. 일부 가족들은 실종자 수색작업이 진행되고 있는 통영 현장으로 가

영어 때문에 나만큼 아파봤니?

기를 원해 해경 및 통영시와 협의하여 탑승할 선박과 숙소를 지원해 주었다.

2019년 4월에 발생한 강원도 동해안 일원 산불은 고성에서 처음 시작됐다. 그날은 모처럼 과 직원 전체가 모여 함께 저녁을 먹었다. 자주 사고가 발생하다 보니 직원들이 다 함께 모일 시간이 없었는데 때마침 기회가 된 것이다. 돼지갈비에 맥주 한 잔씩 하고 2차는 커피숍으로 이동했다. 혹시라도 사고가 나면 현장에 가야 하니 더 이상 술을 마셔서는 안 될 것 같았기 때문이다.

그런데 불안한 예감은 그대로 적중했다. 강원도 고성에서 대형 산불이 발생했으니 현장으로 즉시 출동하라는 연락이 왔다. 취할 정도는 아니지만 다들 맥주 한 잔씩은 마셨던 터라 운전할 사람이 없었다. 할 수 없이 산불 담당 부서인 환경재난과 주무관에게 부탁해 박양수 주무계장과 함께 셋이 현장으로 달려갔다.

고성 근처에 도착하니 벌써 산불 발생 지역 주변은 교통이 통제되어 있었다. 경찰에게 행안부 수습지원과장이라고 설명하고 토성면사무소에 설치된 재난현장통합지원본부로 급히 차를 몰았다. 본부로 가는 도중에도 거센 바람 때문에 빨간 불꽃들이 도로 위를 쉭쉭 날아다니고 있었는데 금방이라도 차 위로 떨어질 것 같아 가슴을 졸이며 정신없이 달렸다.

강원 산불 현장에서는 15일간 머물렀는데 갑작스럽게 연락을 받고 내려간 터라 옷가지를 챙겨갈 여유가 없었다. 임시방편으로 중앙수습지원단이 꾸려진 속초시청 근처 옷가게에서 티셔츠와 내의, 양말 등을 사서 근근이 버텼다. 2018년 9월, 수습지원과가 신설된 이래 최초로 중앙수습지원단이 운영되었는데 행정안전부를 중심으로 국토교통부, 환경부, 국방부 등 다양한 부처에서 직접 재난현장에 내려와 지자체와 함께 이재민 구호 및 신속한 피해 복구를 위해 총력을 기울였다.

2019년 9월, 경기도 파주에서 우리나라 최초로 아프리카돼지열병이 발생했다. 아프리카돼지열병은 전염성이 강하고 치사율이 거의 100%다. 그래서 한 농장에서 발생하면 그 농장에 있는 돼지들은 모두 살처분해야 한다. 전염성이 강하기 때문에 그 농장뿐만 아니라 주변 농장에 있는 사육 돼지들도 예방적 살처분을 하게 되는데 상황에 따라 반경 1km 또는 3km 이내에 있는 농장이 대상이 된다.

아프리카돼지열병이 발생하자마자 파주로 가서 정부합동수습지원단을 꾸렸다. 바이러스 확산을 막기 위해서는 살처분한 돼지들을 신속하게 처리해야 하는데 두 가지 방법이 있다. 하나는 사체를 불태워 처리하는 것, 즉 렌더링 방법이다. 이는 시간이 많이 걸리는 단점이 있다. 그래서 보통 매몰처리를 하게 되는데 매몰 장소 찾기가 어려웠다. 파주시에서 여기저기 적합한 장소를 물색하다가 국방부 소유의 땅을 발견했으나 신속하게 협의가 되지 않았다. 상황이 급박하여 내가 직접 나섰다. 현장에서 바로 국방부 재난관리과로 연락해 바이러스 확산 우려 때문에 긴급히 매몰해야 한다고 설명했더니 흔쾌히 협조해 주었다.

예방적 살처분을 위해서는 열병 의심 신고가 들어온 돼지 사체에 대한 확인절차가 필요하다. 코로나바이러스처럼 검체를 채취해서 연구소에 보내어 양성 여부를 판단해야 한다. 검사결과가 나오려

영어 때문에 나만큼 아파봤니?

면 하루 정도의 시간이 걸리다 보니 신속한 현장조치가 필요할 때가 있다. 수습지원단에는 동물검역본부에서 파견 나온 전문가들이 있는데 일단 열병 의심 신고가 들어오면 이 전문가들이 농장을 방문해 돼지 사체를 해부했다. 돼지의 장기 중에는 보통사람의 주먹만 한 크기의 비장이란 게 있다. 열병에 걸린 돼지의 경우 이 비장이 대부분 거의 세 배 가까이 커져 있다. 이처럼 비장이 커져 있는 것을 비장종대라고 하는데 전염확산을 막기 위해 때론 최종 검사 결과가 나오기 전이라도 현장 판단에 의해 예방적 살처분을 진행해야만 했다. 파주에서 발생한 아프리카돼지열병이 김포, 평택, 강원도 철원까지 퍼져 근 한 달간을 현장에서 보냈다.

수습지원과장으로 일하는 동안 해외재난도 발생했다. 2019년 5월에 헝가리 부다페스트 다뉴브강에서 한국인 승객 33명이 탄 유람선이 크루즈 선박과 충돌한 후 침몰한 것이다. 해외재난의 경우 외교부가 재난관리주관기관이다 보니 내가 직접 사고 현장인 헝가리로 출장을 가지는 않았다. 대신 행정안전부는 사고로 돌아가신 분들의 시신 또는 유해를 국내로 운구하는 과정에서 피해자 가족들을 지원하는 임무를 맡았다.

당시 피해자 가족 대부분은 인천공항을 통해 입국할 때 언론에 노출되는 것을 극도로 꺼렸다. 그래서 사전에 공항 관계자와 협의하여 유가족들은 일반승객 출입문이 아닌 귀빈통로를 이용하여 언론과 마주치지 않도록 사전에 필요한 조치들을 했다. 현지에서 실종자 수색작업이 늦어지면서 가족들이 한꺼번에 돌아오지 못하고 여러 차례 나누어 입국하였는데 그때마다 공항에 나가 비행기 하차 게이트에서 직접 가족들을 만나 귀빈통로로 안내했다. 귀빈통로를 나온 가족들은 주차장에 미리 준비해 둔 차량을 이용해 언론과 마주치지 않고 바로 고향이나 장지로 이동할 수 있었다.

아내가 서울에서 직장을 다니다 보니 세종에서 혼자 원룸을 얻어 지냈다. 재난이 발생하게 되면 정신없이 일해야 하지만 다행히 평시에는 야근까지 할 필요는 없었다. 퇴근 후 무료함을 느껴 그간 소홀히 했던 영어를 다시 해야겠다는 생각이 들었다. 방법을 찾던 중 문득 알렉스가 세종에 살 때 만나던 친구들이 있다고 한 말이 떠올랐다. 한국 여성과 결혼한 외국인 남편끼리 정기적인 만남을 가졌는데 모임 명칭은 '파파클럽'이라고 했다.

알렉스에게 카톡을 보내어 세종에서 영어과외를 하고 싶다고 했더니 곧바로 답장이 왔다. 마크라는 친구의 연락처를 알려줘 문자를 보냈더니 과외 문제는 한국사람인 아내하고 먼저 상의하라고 했다. 마크의 아내에게 전화하여 매주 수요일 일곱 시에 한 시간씩 과외를 하고 회당 5만 원씩 지급하기로 결정했다.

집 근처 카페에서 마크를 처음 만났다. 캐나다 출신의 키가 아주 큰 백인이었다. 처음 몇 주간은 마크가 수업자료를 가져왔는데 나중에는 자유토론 형태로 수업을 진행했다. 주제를 미리 정하지 않고 하는 즉석토론 형태였다. 어떤 이슈에 대해서도 한국말처럼 자연스럽게 얘기할 수 있는 수준에 도달하고 싶었기 때문이다. 둘 다 정치에 관심이 많다 보니 자연스레 그 분야에 대한 얘기를 많이 했다. 마크의 정치적 성향은 전통적인 백인 보수주의자였다. 영어공부를 위해 CNN을 자주 시청하다 보니 트럼프에 대해 늘 좋지 않게 생각했는데 백인들 사이에서는 상당히 인기가 높다는 것을 마크를 통해 알았다.

2020년 1월에 코로나가 발생하면서 자연스럽게 세계 각국의 코로나 대응정책이 수업 주제가 되었다. 마크는 백신의 효과와 안전성에 대한 불신이 컸고 사회적 거리두기나 봉쇄정책에 대해서도 매우 부정적이었다. 미국이나 캐나다의 보수언론 매체나 유튜브에 나오는 코로나 관련 뉴스들을 수시로 알려주면서 한국정부의 백신이나 거리두기 정책도 변화가 필요하다고 주장했다. 그때마다 한국정부는 가짜뉴스가 넘치는 유튜브가 아니라 미국의 질병관리청과 같은 공식기구에서 발표하는 데이터나 정보를 근거로 정책을 펼친다고 강변했다.

 Mark

> Quick question: in restaurants, are you required to wear a mask when waiting for food? I was told at Lotteria I had to wear a mask while waiting for my food. I refused so they kicked me out.

재흠

> Unfortunately, it is still mandatory to wear a mask indoors.

Mark

So I have to wear a mask for 3 minutes while food is being prepared, but then I can take my mask off for 15 minutes while having my meal. That's right? Pure madness. Almost 3 years of this nonsense. I take it you disagree. I was just venting. Asian way of seeing things is quite different than western way. Sometimes good, sometimes bad. Sometimes nonsensical.

재흠

Don't be offended too much. I hope we will lift remaining restrictions by early next year.

워낙 의견이 첨예하게 다르다 보니 서로의 간극을 좁히는 것이 쉽지 않았다. 가끔은 서로 흥분해서 목소리가 커지기도 했는데 그럴 때면 카페에 있는 사람들이 싸우는 줄 알고 놀라서 우리를 쳐다보곤 했다. 원래 한 시간 수업이지만 가끔 시간 가는 줄 모르고 두 시간이 넘게 논쟁을 펼친 적도 있다.

마크의 영어 발음은 CNN 뉴스에서 듣는 미국 앵커의 발음과 별반 차이가 없다. 마크와 2년 가까이 과외를 하면서 내 발음도 점점 좋아지는 것을 느낄 수 있었다. 2월 초에 국가민방위재난안전교육원장으로 자리를 옮기면서 마크와의 코로나 논쟁도 끝이 났다. 세

영어 때문에 나만큼 아파봤니?

종에 갈 기회가 거의 없어 마크에게 공주로 한번 놀러 오라고 했더
니 작년 6월에 우리 원을 방문했다. 마크는 현재 공주교대에서 시
간강사로 일하고 있는데 아무리 바빠도 도움을 요청하면 즉각 반
응이 온다. 영어강의 PPT를 만들 때나 스피치 원고를 쓰고 나면 꼭
마크에게 보내어 조언을 구하는데 여태껏 한 번도 싫은 내색을 한
적이 없다.

캐나다 친구 마크의 가족사진

영어강의에 도전하다

가슴 설레는 첫 도전

2020년 7월에 재난복구정책관으로 승진을 했다. 부이사관으로 6
년이 넘게 근무하다가 국장으로 승진을 하게 되어 뛸 듯이 기뻤다.

그러나 기쁨도 잠시, 발령 난 지 1주일도 채 안 되어 비가 억수처럼 쏟아지기 시작했다. 중부지방부터 시작된 피해가 전국적으로 확대되면서 피해를 입은 지자체들과 정치권에서 특별재난지역을 선포해 달라는 요청이 빗발쳤다. 특별재난지역 선포를 위해서는 먼저 중앙합동피해조사 절차를 거쳐야 한다. 지자체에서 입력한 피해 상황에 대한 확인이 필요하기 때문이다. 피해조사는 통상 비가 그친 후 행정안전부에서 민관합동으로 구성된 전문가를 현장에 파견해 실시하게 되는데 조사가 끝나야 선포기준에 부합하는 지자체를 대상으로 특별재난지역을 선포하게 된다. 그러나 이번 장마는 이런 통상적인 절차를 따르기엔 너무나 긴박한 상황이었다. 중부지방에는 무려 54일간이나 장마가 지속되었다. 1973년 기상관측을 실시한 이래 최장기간이었다. 과거의 관례를 뛰어넘는 특단의 조치가 필요했다.

비는 아직 그치지 않았지만 장마로 큰 피해를 입은 지자체들에 대한 신속한 지원을 위해 재난피해 조사업무 경험이 있는 직원들을 긴급 차출했다. 우선 중부지역을 대상으로 조사를 실시해서 하천제방이나 교량 붕괴 등 공공시설에 대규모 피해를 입은 지자체를 대상으로 특별재난지역을 선포했다. 그 후 피해가 극심했던 남부지방에 대한 긴급조사를 실시해 2차로 특별재난지역을 선포했다.

새로운 일을 맡자마자 전례를 찾기 힘들 정도의 장마 피해 복구를 위해 여름과 가을을 정신없이 보내고 나서야 겨우 숨을 돌릴 수 있었다. 이번 장마 때문에 특별히 고생한 직원들이 있었다. 그들은 특별재난지역 선포 및 피해 복구 계획 수립을 위해 며칠씩 밤을 새

영어 때문에 나만큼 아파봤니?

위가며 일했다. 어느 정도 일이 마무리되고 나서 고생한 직원들을 격려하기 위해 특별휴가도 보내주고 근사한 점심도 샀다.

자연재난복구팀과 점심식사를 하는 동안 신영섭 팀장이 갑자기 강의를 해볼 생각이 없느냐고 물었다. 국가민방위재난안전교육원에서 본인에게 강의 요청이 왔다며 외국인 대상 교육과정이니 내가 하면 좋겠다는 것이었다. 작년에도 똑같은 과정에서 외국 공무원을 대상으로 강의를 했었는데 통역을 쓰다 보니 굉장히 힘들었다고 했다.

사실 파리에서 돌아와 수습지원과장으로 발령 난 후 기회가 있을 때마다 주변 사람들에게 나의 영어공부 경험담을 들려주곤 했었다. 이러한 모습을 보고 신 팀장이 갑자기 강의 제안을 한 것이다. 통역을 통한 강의보다는 직접 영어로 강의를 하면 훨씬 전달력이 좋을 것 같다는 달콤한 말도 덧붙였다. 영어강의뿐만 아니라 한국말로도 강의를 해본 적은 없었지만, 그 말을 듣는 순간 솔깃해지면서 새로운 도전에 대한 설렘으로 가슴이 쿵쾅거렸다.

한참을 고민하다가 까짓것 한번 해보자는 심정으로 그 자리에서 승낙했다. 엉겁결에 강의 제안을 받아들이긴 했지만, 시간이 지나자 덜컥 겁이 났다. 강의일까지는 아직 한 달 가까이 남아 있었는데도 마음이 급해져 다음날부터 바로 야근 체제로 돌입했다. 다행히도 강의 PPT는 교육원에서 영문으로 번역을 해줘 시간을 벌 수 있었지만 강의 준비는 오롯이 내 몫이었다. 매일 저녁식사 후 사무실로 돌아와 영어로 강의 대본을 쓰기 시작했다. 사실 한국어 PPT도 직접 작성한 것이 아니어서 세세한 내용은 잘 몰랐는데 신 팀장과 담당 직원에게 물어보며 공부를 해나갔다.

야근을 시작한 지 꼬박 20일이 넘게 걸려 마침내 영어 대본을 완성했다. 그때쯤 교육원에서 영어 버전의 PPT를 보내왔는데 꼼꼼히 살펴보니 수정할 부분이 꽤 많았다. 아무래도 재난복구 분야가 전문성이 있는 내용이다 보니 번역이 쉽지 않았던 모양이다.

영문 PPT 수정작업과 영어 대본 작성을 모두 끝내고 발표 연습을 시작했다. 비대면 교육이다 보니 교육생들을 직접 만나는 것은 아니었다. 연수생들은 각자 나라에서 줌으로 접속하고 강사는 동시통역 부스가 있는 국제강의실에서 강의를 진행한다.

드디어 강의 날짜가 다가와 교육원으로 가서 김미숙 국제교육팀장과 첫인사를 나눴다. 코로나 이후 국제강의는 모두 비대면이었고 동시통역으로 강의가 이루어졌는데 나처럼 통역 없이 강의하겠다는 경우는 처음이었다고 한다. 한 10분 정도 리허설을 마치고 강의를 시작했다. 자연스러운 강의를 위해 나름대로 열심히 준비했는데 시작 사인과 함께 모든 게 허물어졌다. 카메라를 통한 자연스러운 아이 컨택, 너무 빠르거나 느리지 않은 발표 속도, 분명한 목소리 톤 유지 등, 원래 계획했던 것은 하나도 생각나지 않고 대본을 읽기에 바빴다.

한 시간 정도 지나 10분간 휴식 시간을 가졌다. 강의 후반부에는 교육생과 꼭 눈맞춤을 해야겠다고 마음먹었다. 그래서 영어 대본을 읽다가 교육생들을 쳐다보기 위해 잠시 눈을 돌렸는데 대형사고가 발생했다. 대본에서 눈을 떼다 보니 다음에 읽어야 하는 부분을 놓쳐버린 것이다. 한참을 헤매다가 다시 대본을 읽어내려갔다.

영어 때문에 나만큼 아파봤니?

그런데 이번에는 대본에 있는 몇 단락을 통째로 빠트려 버렸다. 그러다 보니 대형모니터 화면에 비친 슬라이드 내용과 내가 읽는 부분이 서로 달랐다.

등에서 식은땀이 줄줄 흘렀다. 정신없이 대본을 다 읽고 나니 교육생들이 질문하기 시작했다. 그런데 오디오 음질이 좋지 않은 데다 잔뜩 긴장해서 잘 들리지 않았다. 할 수 없이 통역사분들의 도움으로 질문 내용을 파악해 답변했다. 영어로 답변할 수 있는 질문은 직접 하고 어려운 것은 통역을 요청했다.

드디어 질의응답 시간이 끝나고 강의를 모두 마쳤다. 체중이 한 2킬로는 빠진 느낌이었다. 시간이 어떻게 지나갔는지 모를 정도로 정신이 없었지만, 그래도 처음으로 영어강의를 했다는 성취감은 컸다. 그리고 또 기회가 온다면 더 잘할 수 있겠다는 자신감을 얻었다.

국가민방위재난안전교육원에서 첫 번째 영어강의.
대본을 읽으며 긴장한 모습이 역력하다.

두 번째 강의는 직접 만들어낸 기회였다

어느 날 안전차관 비서실에서 연락이 왔다. 차관님께서 나를 찾으신다고 했다. 차관님 방에 들어가니 빙그레 웃으시며 이번에 자리를 옮길 것 같은데 알고 있느냐고 물으셨다. 금시초문이라 어디로 가는 거냐고 되물었더니 계속 미소만 지으셨다. 구체적인 답변은 하지 않고 지금 근무하는 곳보다는 조금 더 힘들 수도 있다고만 하셨다.

뭔가 불안한 느낌이 들었다. 보통 공무원들은 자리를 옮기게 되면 최소 1년 이상은 근무를 한다. 재난복구국장으로 발령난 지 6개월밖에 안 되었는데 벌써 전보라니 뭔가 이상하다는 생각이 들었다. 얼마 가지 않아 궁금증이 풀렸다. 재난협력정책관으로 발령이 났던 것이다. 사회재난정책수립, 국가안전대진단, 재난원인조사와 재난안전연구개발 업무를 총괄하는 직위다.

그러나 그땐 코로나 대응이 최우선이었기 때문에 고유 업무보다는 코로나와 관련된 일들에 치중해야 했다. 코로나 비상대응기구인 중앙재난안전대책본부의 일원으로 자가격리자 관리 총괄과 정부합동방역점검팀 운영 업무를 전담했다. 매일 아침 열리는 코로나19 중대본 회의도 빠지지 않고 참석했다. 장관님이 중대본 회의를 주재하는 날에는 사회자로서 회의 진행도 맡았다. 하루하루가 비상근무의 연속이었다. 자리를 옮겨 보니 그때 왜 김희겸 차관님께서 인사발령에 대해 미리 얘기를 안 해 주셨는지 이해가 되었다.

힘든 일이었지만 배우는 것도 굉장히 많았다. 중대본 회의에 참석하면서 세계 각국의 코로나 대응정책, 우리나라의 코로나 대응

영어 때문에 나만큼 아파봤니?

전략, 지방자치단체들의 우수 대응 사례 등 다양한 정보들을 접할 수 있었다. 한국의 코로나19로 인한 치명률이나 중증환자 발생률은 다른 선진국들에 비해 크게 낮다. 그러다 보니 주요 외신들도 우리나라 코로나 대응전략의 우수성에 대해 앞다투어 보도했다. 그러나 정부 전체의 역량을 모아 코로나 대응에 집중하다 보니 대외적인 홍보에까지 신경쓸 겨를이 없었다. 그래서 내 힘으로 뭔가 정책홍보에 기여할 방법이 없을까 고민하다가 한국을 방문하는 외국 연수생들을 대상으로 코로나 관련 강의를 해보면 좋겠다는 생각이 떠올랐다.

다음날부터 바로 '한국의 코로나19 대응체계 및 전략'을 주제로 강의자료를 만들기 시작했다. 세계 각국의 코로나19 발생 현황, 코로나 대응을 위한 우리나라의 3T 전략, 코로나 대응에 있어 행정안전부의 역할과 지방자치단체의 코로나 대응 우수사례 등을 정리했다. 보건복지부에서 영문으로 홍보자료를 만들었는데 강의자료 작성에 큰 도움이 되었다. 우선 한국어 버전을 만든 후 바로 영문번역 작업에 들어갔다. 자가격리지원반에 갓 공무원이 된 수습 사무관들이 여러 명 근무하고 있었는데 그들의 도움을 받아 영문 PPT 작성을 완성했다.

강의자료가 완성될 무렵에 때마침 국가공무원인재개발원에서 국제교육과정을 담당하는 박문규 팀장하고 연락이 되었다. 그와 통화하면서 한국의 코로나19 대응정책에 대해 외국 공무원을 대상으로 강의하면 어떻겠냐고 물었더니 시의성 있는 주제여서 안성맞춤이라고 했다. 그리고 마침 다음 달에 말레이시아 고급공무원을 대상으로 하는 국제교육과정이 있으니 거기에 출강해 줄 수 있느냐고 물었다.

다음날부터 바로 강의 준비를 시작했다. 첫 번째 강의와 마찬가지로 강의 대본을 쓰긴 했는데 지난번 실수를 거울삼아 핵심내용 위주로 간추려 썼다. 대본에 모든 내용을 다 담게 되면 처음부터 끝까지 대본에 의존할 수밖에 없기 때문이다.

드디어 두 번째 강의 날이 다가왔다. 세종에서 차를 타고 국가공무원인재개발원이 있는 과천으로 갔다. 박 팀장과 반갑게 인사를 나누고 국제강의실로 이동했다. 그곳에는 비대면 학습을 위한 전용 대형스크린과 화상교육 시스템이 갖추어져 있었다.

강의 시작 전에 모니터 화면을 살펴보니 약 20명의 교육생이 접속해 있었다. 강의시간이 되어 준비해 간 대본을 교탁 위에 꺼내놓고 강의를 시작했다. 먼저 간단하게 내 소개를 하고 강의 도중에라도 질문이 있으면 주저하지 말고 손을 들어 달라고 했다. 이번에는 대본에만 의존하지 않고 상호 소통하는 형태로 강의를 하고 싶었기 때문이다.

첫 번째 강의보다는 훨씬 나아졌지만, 이번에도 여전히 대본에서 눈을 떼기가 어려웠다. 그래도 다행히 지난번처럼 특정 슬라이드를 통째로 빼먹는 대형 실수는 발생하지 않았다. 그리고 내가 말한 대로 강의 중간중간에 교육생들이 질문을 했는데 그날은 동시통역사가 없어서 직접 답변할 수밖에 없었다. 완벽하지는 않았지만 그래도 대부분의 질문에 대해 이해하고 답변해 줄 수 있었다. 그날 함께 간 직원이 오히려 첫 질문이 나온 이후부터 강의가 훨씬 자연

영어 때문에 나만큼 아파봤니?

스러워졌다고 피드백을 해줬다. 역설적으로, 대본에 없는 내용을 말하다 보니 좀 더 자연스러운 영어를 할 수 있었던 게 아닌가 싶다. 하지만 아직도 여전히 대본에 의존하는 반쪽짜리 강의였다.

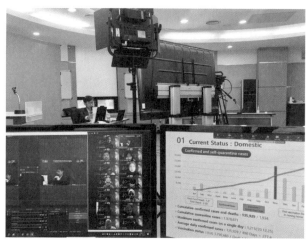

국가공무원인재개발원 말레이시아 고급공무원 과정 강의 장면.
여전히 대본을 읽는 수준이다.

환경인재개발원에서 강의하다

어느 날 파리에서 같이 근무하던 김 과장한테서 연락이 왔다. 김 과장하고는 한국에 돌아온 이후에도 꽤 자주 봤는데 그날은 나성동에 있는 이탈리안 레스토랑에서 만났다. 알렉스의 안부를 물었더니 다음 학기부터 공주대학교에서 시간강사로 일할 계획이라고 했다.

둘이 만나면 항상 파리에서 함께 근무할 때의 추억들이 튀어나온다.

그날도 예외는 아니었다. 대표부에서 우리끼리 영어토론을 했던 얘기를 하면서 깔깔대고 웃었다. 그러다가 본인은 한국에 돌아온 이후로 영어에서 거의 손을 뗐는데 아직도 여전히 영어공부에 열성적이냐고 물었다. 요즘은 영어공부가 아니라 영어강의를 하러 다닌다고 자랑을 했더니 깜짝 놀랐다. 그러다가 문득 생각난 듯, 환경부에도 외국 공무원 대상 국제교육프로그램이 있으니 강의를 해보면 어떻겠냐고 물었다. 안 그래도 한국의 코로나 정책을 홍보할 방법이 마땅치 않았는데 불감청(不敢請)이언정 고소원(固所願)이었다.

다음날 바로 환경부 산하 환경인재개발원에 근무하는 국제교육 담당자로부터 강의 요청이 왔다. 국가공무원인재개발원 강의 때 작성했던 자료를 업데이트하고 대본도 수정했다. 그날은 오후 강의라 세종에서 일찍 점심을 먹고 서울로 올라갔다. 환경인재개발원은 인천에 있는데 강의 장소는 서울이었다. 코로나 때문에 어차피 비대면 교육을 할 수밖에 없으니 강사들의 편의를 위해 서울 대방동에 있는 스튜디오를 빌려 교육을 진행한 것이다.

스튜디오가 골목길 안쪽에 있어서 한참을 헤매다가 가까스로 찾아 강의 시작 전에 도착했다. 연수생들은 대부분 개발도상국에서 환경업무를 담당하는 공무원들이었다. 준비해 간 대본을 꺼내 들고 의자에 앉아서 시작 사인을 기다렸다. 다른 강의 때와는 달리 줄곧 의자에 앉아서 하다 보니 대본을 보기는 훨씬 편했으나 강의라기보다는 스튜디오에서 영상을 찍는 느낌이었다. 이번에도 준비된 대본을 읽다 보니 강의 내내 큰 어려움은 없었으나 뭔가 부자연

영어 때문에 나만큼 아파봤니?

스러운 느낌은 여전히 남아 있었다.

새로운 도전들

통번역사를 꿈꾸다

정년퇴직이 다가오면서 인생 2모작에 대한 고민이 깊어 갔다. 그러던 중 2020년 9월에 사이버 한국외대 영어학부에 편입했다. 나이 들어 영어에 재미를 느끼면서 통번역사가 되는 꿈을 꿨기 때문이다. 먼저 퇴직하신 선배들의 조언처럼 퇴직 후에 자신이 좋아하고 잘할 수 있는 일을 찾을 수만 있다면 그게 최고라는 생각이 들었다. 당연히 영어와 관련된 직업들이 떠올랐는데 통번역사가 그 중 하나였다. OECD 대표부에 근무한 경험을 살린다면 공공행정 분야에 있어서만은 젊은 친구들과 경쟁해도 뒤지지 않을 자신이 있었다.

우리나라에서 통번역사가 되기 위해서는 필수적으로 통번역대학원을 졸업해야 한다. 그런데 입학 자체가 굉장히 어려워 학부에서 영어를 전공한 학생들도 상당기간 학원에 다니며 시험을 준비한다고 한다. 대표부에 근무할 때 외교부 출신 동료가 있었는데 젊은 시절 통번역대학원 시험을 준비할 때 6개월 정도 학원에 다니다가 생각보다 너무 힘들어 중도에 포기했다고 했다.

사실 한국외대 영어학부에 진학한 이유도 통번역대학원 입학에 도움이 될 것 같아서였다. 외대에서 정부기관 근무자는 수업료

50%를 면제해 줬는데 학사학위가 있는 경우 3학년으로 편입이 가능했다.

기왕 시작한 김에 최대한 빨리 졸업해야겠다는 욕심이 앞서 첫 학기에 무려 여섯 과목을 신청했다. 중급한영번역, 통역번역이론, 중급영어회화, 중급영어작문, 시사영어와 English Presentation for Global Communication 등 최대한 통번역과 관련된 과목 위주로 골랐다. 사이버 과정이긴 하지만 여섯 개 강의를 빠짐없이 듣고 중간고사와 기말고사도 준비해야 했기 때문에 쉬운 게 아니었다. 그래도 열심히 한 덕택에 한 과목을 빼고는 모두 A 학점을 받았다.

두 번째 학기에는 지난 학기의 실수를 경험 삼아 세 과목만 신청했다. 관심 분야인 영한 순차통역은 A+ 학점을 받았는데 Business and Occupational English Conversation은 시험 준비가 소홀해 C를 받았다.

세 과목 수강도 만만치 않아 2021년 2학기부터는 두 과목만 수강했다. 재작년에는 코로나19 대응에 정신이 없었고 작년에는 KDI 스쿨에 입학했기 때문이다. 일과 학업으로 바쁘긴 했지만 아무래도 수업과목이 적다 보니 시험 준비에 대한 부담이 줄어 둘 다 A를 받았다. 지금은 한국외대는 잠시 휴학을 하고 KDI 수업에 집중하고 있다. 제6기 아세안 프로그램 만찬 행사에서 전문통역사를 만났는데 퇴직 후 나의 꿈에 대해 얘기했더니 꼭 합격하라고 응원해 주었다. 물론 대학에서 영어를 전공한 학생들에게도 통번역대학원 입학은 쉽지 않은 일이지만 기회가 된다면 꼭 한번 도전해 보고 싶다.

영어 때문에 나만큼 아파봤니?

드디어 영어 원어민 국가에서 근무?

2021년에 캐나다에 있는 한국대사관 총영사직에 지원했었다. 과거와 달리 코로나19가 발생하고 나서는 해외근무가 예전만큼 인기가 높지 않다. 특히 국장급이 갈 수 있는 직위에는 자녀 학교 문제가 걸려 지원자가 많지 않은 편이다. 그래서 내가 지원만 한다면 선발될 가능성이 높다고 생각했었다. 비록 해외에서 두 번 근무한 경험이 있었지만 여전히 정통영어에 대한 갈증이 남아 있었다. 영어를 모국어로 쓰는 국가가 아닌 데다 아주 특이한 억양인 싱글리시와 불어식 영어 발음을 주로 접할 수밖에 없었기 때문이다. 그런데 원어민 영어 국가인 캐나다에 간다면 확실하게 영어 실력을 업그레이드할 수 있을 것 같았다. 동네 슈퍼에만 가도 네이티브 발음이 들리고 옆집에 사는 할머니와 하루종일 영어로 수다를 떨고 있는 내 모습을 상상만 해도 신이 났다.

해외근무자 선발 공모가 뜨자마자 지원을 하고 나니 인사팀에서 연락이 왔다. 파리에 갈 때 제출했던 토익 성적 유효기한이 지나 다시 시험을 봐야 한다는 것이다. 급하게 토익시험 일정을 확인해 가장 빠른 시험에 지원했다. 집 근처에 있는 개원중학교에서 시험을 봤는데 나이가 들었다는 것을 분명하게 실감할 수 있었다. 눈이 침침해져 시험지에 있는 글자는 깨알처럼 작게 보였고 오랜 시간 동안 듣기시험에 집중하기도 어려웠다.

시험 결과가 나왔는데 파리에 갈 때 제출했던 점수보다도 낮았다. 한 달 이내에 어학 성적을 제출해야 한다니 마음이 급해졌다. 다른 공인시험 일정을 확인해 보니 마침 부산외국어대학교에서 주관하는 시험이 있었다. 토익과는 달리 오랜 시간 동안 듣기나 독해에 집중할 필요가 없는 시험이었다. 시험 당일 오후에 KTX를 타고 부산에 내려가 글쓰기와 인터뷰 시험을 치렀다. 에세이 주제는 당시 발생한 광주 동구 해체건물 붕괴사고에 대한 것이었는데 익숙한 주제여서 어렵지 않게 풀어나갈 수 있었다. 인터뷰 시험은 부산외대 소속 외국인 교수가 담당했다. 그는 약 20분 동안 고령화 문제, 정부의 코로나19 대응과 같은 다양한 주제에 대해 질문을 쏟아냈다.

3주 후에 시험 결과가 나왔다. 이번엔 평균 89.5점으로 기대치를 훨씬 상회했다. 말하기 92점, 쓰기 87점이었다. 캐나다 근무 지원을 위한 최저 요건은 80점이었는데 여유 있게 통과한 것이다.

인사혁신처에서 유학생이나 해외근무자 선발을 위해 활용하는 시험 종류별 어학 점수 비교표가 있다. 이 비교표에 따르면 한국외대나 부산외대 시험에서 80점을 받으면 토익점수 870점을 얻은 것과 동일한 것으로 본다. 부산외대에서 받은 점수를 토익점수로 환산하면 몇 점일까 궁금해졌다. 수학에 약해 아들에게 카톡을 보내 도움을 청했더니 5분이 채 안 돼 방정식을 보내왔다. $80 : 870 = 89.5 : X$, $X = 870 \times 89.5 / 80$, $X = 973.3125$이었다. 물론 시험 형태는 다르지만 토익으로 환산하면 970점이 넘는 점수였다. 사실 어학시험 성적이 곧 영어 실력을 의미하진 않지만 꽤 높은 점수를 받은 셈이다.

인사팀에 성적증명서를 제출하고 최종 결과를 기다렸다. 나를 포함해 두 명이 지원했는데 다른 지원자가 캐나다에 가는 것으로 결론이 났다. 결국, 영어를 모국어로 쓰는 원어민 국가에서 살아보고 싶은 꿈은 접을 수밖에 없었다.

대학원 진학에 꼬박 32년이 걸리다

작년 2월에 한국개발연구원 부속 국제정책대학원(KDI School)에 입학했다. 공부에 게으른 성격이라서 그간 대학원은 생각도 안 했는데 캐나다 지원을 위해 나이 60이 다 되어 어렵게 딴 영어 성적을 그냥 썩히긴 너무 아깝다는 생각이 들었다. 다른 데 활용할 곳이 없나 찾아보다가 KDI대학원에서 직장인을 위한 야간특별과정 신입생을 모집한다는 정보를 인터넷에서 발견했다. 모든 수업이 영어로 진행되고 영어면접을 거쳐 최종합격자를 선발한다는 말에 끌려 무작정 원서를 접수했다.

지원을 위해서는 영어점수 제출이 필수사항이었는데 부산외대 어학 성적이 큰 도움이 되었다. 1차 서류전형에서 합격한 후 화상으로 면접시험을 치렀다. 면접이 끝나고 2주 뒤에 결과가 발표되었는데 기분 좋은 합격이었다. 지원서 작성 시 전공에 대해 고민하다가 개발정책학을 선택했다. 퇴직 후 한국의 재난행정체계를 개발도상국에 전수하면 좋겠다는 생각이 들었기 때문이다.

첫 학기에는 전공필수과목인 Analysis of Market and Public Policy(AMPP)와 Introduction to Development Policy(IDP) 등 두 과목을 수강했다. 사실 공주에서 세종까지 저녁에 수업을 받으러 가기가 쉽지 않은데 다행히 코로나로 인해 주로 비대면 수업으로 진행되었다. AMPP는 신자은 교수님이 맡았고 IDP는 박진 교수님

강의를 들었다. 영어수업이긴 하지만 야간과정이라 수강생은 나처럼 대부분 직장을 다니는 한국사람일 걸로 생각했었다. 그런데 실제 수업에 들어가 보니 의외로 외국에서 온 젊은 풀타임 학생이 많았다. 나중에 알게 되었지만, 현대나 코이카 등에서 지원하는 장학금을 받아 KDI로 유학을 온 외국학생도 야간수업 수강이 가능했기 때문이다.

AMPP는 대학에서 배웠던 경제학 원론과 비슷했다. 수요와 공급 곡선, 소비자 선택이론, 독점시장과 소득분배 등에 대해 배웠다. 그래도 명색이 경제학 전공이라 다른 과목에 비해 수월할 거라 생각했었다. 하지만 공부한 지가 오래되어 기억이 가물가물한 데다 영어로 된 경제 용어에 익숙하지 않다 보니 생각처럼 만만치 않았다.

IDP 수업은 학교에서 배운 적은 없지만 정말 흥미롭고 유익한 내용이 많았다. 성장이론, 빈곤과 불평등, 인구 및 도시화, 경제개발 정책 등 다양한 주제들이 있었다. 박 교수님께서는 워낙 개발 분야에 대한 지식과 경험이 풍부해 학생들이 이해하기 쉽게 실제 사례 위주로 설명을 해주셨다. 그래서 비록 낯선 주제였지만 큰 어려움 없이 수업에 적응할 수 있었다. 앞에서 얘기했듯이 대부분 비대면 수업으로 진행되었지만 IDP 마지막 수업 날에는 원하는 학생들을 대상으로 대면강의를 했다.

그날은 한 학기 동안 같이 수업을 들어 온 학생들과 직접 인사도 할 겸 학교에 갔다. 수업에 늦지 않으려고 서둘렀는데도 학교에 도착해 보니 벌써 10명 정도 되는 학생이 미리 와 있었다. 그런데 한국학생 한두 명을 빼고는 대부분 외국에서 온 젊은 친구들이었다.

교실 문을 열고 들어가자 모두 자리에서 일어나 깍듯이 인사를 했다. 머리가 희끗한 나를 보고 다들 교수님으로 착각한 것이다.

강의가 끝나고 한 친구의 제안으로 다 함께 기념촬영을 했다. 이렇게 얼떨결에 한 학기가 끝이 났다. 난생처음 듣는 영어수업이라 쉽진 않았지만 새로운 것을 배우는 재미가 쏠쏠해 한 번도 수업에 빠지지 않았다.

입학할 때 장학생으로 선발되어 수업료의 75%를 면제받았다. 그러나 석사과정 2년 내내 장학금이 보장된 것은 아니다. 장학금을 계속 유지하려면 GPA 3.0 이상을 받아야 한다. 첫 학기가 끝나고 나서 장학금 대상에서 탈락할까 봐 걱정을 많이 했는데 생각보다 학점이 괜찮게 나왔다. IDP는 A-, AMPP는 B+을 받았다. 여름학기에도 Quantitative Method(QM)와 Agriculture and Development(AD) 등 두 과목을 들었다. QM은 일종의 통계학 과목이었다. 학교 다닐 때부터 수학에는 영 젬병이 아니었던가. 한국말로 들어도 이해하기 어려운 통계용어들을 영어로 들어야 하는 것은 한마디로 말해 희망 고문이었다. 교수님께서 매주 수업이 끝나면 과제를 내주었다. 평일에는 시간을 내기 어려워 주말에 AI가 개발한 6개 세트로 된 연습용 문제풀이를 위해 이른 아침부터 저녁 늦게까지 컴퓨터 앞에 앉아 있어야 했다.

IDP 마지막 수업 때 학우들과 함께.
학우들은 나를 가운데 계신 박진 교수님으로 착각했다.

QM 과목은 김태종 교수님이 맡았다. 지난 학기와 마찬가지로 주로 온라인 수업으로 진행되었다. 그날도 머리를 쥐어짜며 수업을 듣던 중 줌 화면에서 IDP 마지막 수업 때 함께 단체사진을 찍었던 친구를 발견했다. 반가운 마음에 채팅을 통해 인사를 건네고 사진을 공유해 줄 수 있는지 물었더니 이메일을 통해 곧바로 보내왔다. 그 후부터 카톡을 통해 연락하면서 여러 가지로 도움을 받았다. 고마운 마음에 저녁을 사겠다고 했더니 흔쾌히 받아들였다. 이 친구는 필리핀에서 공무원으로 근무하다가 휴직하고 유학을 왔다. 이름은 아리안느(Arianne, Bucar)이고 나이는 29살이다.

저녁식사 하기로 약속한 날 학교 정문에서 만났다. 혼자 나오기가 쑥스러웠는지 필리핀에서 같이 유학 온 친구를 데리고 나왔다. 이름은 Lovely고 나이는 25살인데 아주 활달하고 사교적이었다. 도보로 이동이 가능한 학교 근처 식당으로 가서 양념돼지갈비 3인

영어 때문에 나만큼 아파봤니?

분과 막국수를 주문했다. 외국인들이 좋아할 메뉴라고 생각해서 시켰는데 큰 실수였다. 왜냐하면, 학생들에게 고기 굽는 것을 맡길 수 없어 내가 전담할 수밖에 없었기 때문이다. 조금만 한눈을 팔면 고기가 양념과 함께 시커멓게 타버렸다. 솔직히 직장에서 연차가 높아지면서 직접 고기를 구워 본 기억이 까마득하다 보니 특히 양념갈비를 굽는 것은 정말 QM만큼이나 어려운 과목이었다.

간신히 식사를 끝내고 학교 근처 커피숍으로 이동해서야 편안한 마음으로 대화를 나눌 수 있었다. 나중에 AD 수업의 그룹 발표 멤버였던 외국인 여학생 두 명과 다시 그 식당에 간 적이 있는데 그때는 물어보지도 않고 삼겹살을 주문했다. 물론 삼겹살을 굽는 것도 쉽진 않았지만 돼지갈비에 비하면 일도 아니었다.

IDP 및 AD 수업 학우들과 함께 학교 근처 식당(들풀)에서

AD 과목은 미국에서 온 원어민 교수 Joshua Merfeld가 맡았다. 기왕이면 네이티브 영어로 수업을 듣고 싶은 욕심에서 수강신청을 했는데 잘못된 판단이었다. 우선 수업이 토론식으로 진행되다 보니 나처럼 온라인으로 수업에 참석하는 학생이 거의 없었다. 아무

래도 온라인을 통해서는 토론에 참여하기가 힘들고, 그러다 보니 평가에 큰 비중을 차지하는 토론 참여 점수를 잘 받기가 어려웠기 때문이다.

AD 수업은 특히 외국학생들에게 인기가 있었다. 수강생 40명 중 한국학생은 나를 포함해서 달랑 세 명밖에 없었다. 그나마 둘도 직장인이 아닌 갓 대학을 졸업한 젊은 친구들이었다. 우리 발표그룹의 멤버는 총 4명이었다. 콜롬비아, 케냐, 도미니카공화국에서 온 풀타임 학생들이었다. 그룹의 발표주제는 '개발도상국의 토지개혁 필요성'으로 정했는데 내가 맡은 분야는 '한국의 토지개혁 사례'에 관한 것이었다.

발표주제 선정 및 역할분담에 대한 사전토의를 위해 세종에서 팀원들을 만나 저녁도 먹고 화상회의도 여러 차례 했다. 발표 날에는 5분씩 돌아가며 각자 맡은 분야에 대해 설명을 했다. 다른 팀원들은 모두 대면발표를 했는데 나만 유일하게 온라인으로 참석했다. 그룹 멤버 중 한 명은 콜롬비아에서 온 20대 후반의 Adriana였다. 그리고 다른 한 친구는 25살로 도미니칸 공화국에서 대학을 졸업하자마자 한국에 유학을 왔다고 했다. AD 수업을 같이 들은 이후에는 수강신청 과목이 서로 엇갈려 서로 만날 기회가 없었다.

QM 과목은 기말시험을 망쳐서 다음 학기 장학금을 받기가 어려울 것으로 생각했는데 기대보다 훨씬 높은 학점(B+)을 받았다. 반면에 은근히 기대했던 AD 과목에서 오히려 낮은 점수(B-)가 나와 간신히 장학금 조건을 유지할 수 있었다.

학점 이의신청 기간에 Joshua 교수에게 메일을 보냈다. 학기 내내 한 번도 수업에 빠지지 않았고 그룹 발표에도 나름대로 열심히 참여했다고 생각했는데 너무 학점이 낮았기 때문이다. 이의신청을 한 지 1주일 정도 지나서 답장이 왔다. 그룹 발표를 같이한 동료들 간 상호 평가 점수를 반영해 학점을 결정했다는 답변이었다. 교수님의 설명을 듣고 나니 어느 정도 이해가 되었다. 아무래도 내가 다른 학생들에 비해 기여도가 낮은 점은 인정할 수밖에 없었기 때문이다.

KDI School은 1년에 3학기제다. 꿀처럼 달콤했던 짧은 여름 방학이 끝나고 가을학기가 시작됐다. 이번에는 Policy Process Analysis(PPA)와 Trade and Industrial Policy(TIP) 등 두 과목을 신청했다. 둘 다 한국인 교수가 강의하는 과목이다. PPA는 이준수 교수님 수업으로 아리안느(Arianne)가 추천해 줬는데 실제 업무에 상당히 도움이 되었다.

교수님은 첫 수업시간에 돌아가면서 자기소개하는 시간을 주셨다. 내 차례가 되어서, 평소에 게으르다 보니 대학원에 진학하는 데 32년이나 걸린 만학도라고 소개했더니 교수님께서는 오히려 늦게나마 용기를 낸 것은 자랑스러운 일이라며 격려해 주셨다. 사실 중앙부처 공무원으로 30년 가까이 근무하면서 수많은 보고서를 만들었지만 정책 과정 분석에 대해 체계적으로 배운 적은 한 번도 없었다. PPA 수업을 들으며 그동안 현장 경험에만 주로 의존했던 자신에 대해 되짚어 볼 수 있는 좋은 기회였다.

TIP는 대학에서 배웠던 무역정책학개론과 유사하다. 직장인들에겐 안성맞춤인 온라인 전용수업이었다. 다만 한 가지 힘들었던 일은 이시욱 교수님께서 너무나 열정적이어서 항상 수업시간을 꽉 채우시는 것이었다. 거의 저녁 열 시 반이 다 되어야 수업이 끝나곤 하는데 항상 수업 끝 무렵에 질문이 없느냐고 물으셨다. 한번은 아무도 반응이 없길래 무심코 교수님께 질문을 했다. 오랜만에 질문이 나와서 그런지 아주 반가워하시면서 무려 10분이 넘게 설명해 주셨다. 긴 설명이 이어지는 동안 수업에 참여한 모든 학생이 원망의 눈빛으로 나를 쳐다보는 것 같아 다음부터는 수업이 끝날 무렵에는 절대 질문하지 않겠다고 다짐한 적이 있다.

PPA 수업의 그룹 발표 멤버는 원래 다섯 명이었다. 그중 한국학생 한 명이 끼어 있었는데 갑자기 취업하게 되어 네 명으로 줄었다. 서로 인사도 나누고 발표주제에 대해 논의하기 위해 금요일 저녁에 세종에서 만나 함께 저녁을 먹었다. 학교에서 가까운 보람동에 있는 중국식당에서 만났다. 그런데 방글라데시에서 온 Sayed라는 친구가 무슬림이어서 음식을 주문하기가 까다로웠다. 메뉴를 이리저리 살펴보다가 할 수 없이 새우볶음밥을 주문했다. 대신 돼지고기가 들어 있는 짜장소스는 모두 빼 달라고 요청했다. 그리고 Syaed에게 양해를 구한 후 탕수육을 시켜 나머지 학생들과 나눠 먹었다. 중국에서 온 Sha Sha는 초등학생 딸을 둔 워킹맘으로 우리나라의 금융감독원과 유사한 기관에서 일하다가 휴직했고, 케냐에서 온 Lilian도 정부기관에서 근무했었다고 한다. TIP는 온라인 전용 수업이다 보니 직장인이 많았다. 그래서 발표 그룹 멤버도 여섯 명 가운데 다섯 명이 한국학생이어서 다른 때보다 훨씬 편하게 역할을 분담할 수 있었다.

영어 때문에 나만큼 아파봤니?

작년 12월 말 종강 전에 학기말 고사를 치렀다. 두 과목 모두 사지선다형과 True and False 형태로 시험문제가 구성되어 있었는데 그다지 어렵지는 않았다. PPA 시험은 오픈북 형태로 책이나 강의교재를 참고하는 것은 허용되지 않고 오로지 Cheat sheet만 사용할 수 있다. Cheat sheet는 일종의 커닝페이퍼로 한 학기 동안 배운 내용을 A4 크기 종이에 4페이지 이내로 정리해야 하는 과제다. TIP 과목은 시험범위가 굉장히 넓어서 걱정을 많이 했는데 다행히 교수님께서 작년 기출문제를 미리 알려주셔서 한결 쉽게 대비할 수 있었다. 시험이 끝나고 나서, 이번엔 장학금 유지하는 것이 그다지 어렵지 않겠다는 예감이 들었는데 바로 적중했다. 처음으로 두 과목 모두 A 학점을 받았다.

이번 봄학기는 2월 6일부터 시작한다. 수강신청을 위해 학교 홈페이지에 들어가서 과목 리스트를 확인하던 중 깜짝 놀랐다. 신청 리스트에서 오준 대사님의 이름을 발견했기 때문이다. 토요일 오전 수업인 The United Nations and Global Affairs 과목의 담당 교수님이셨다. 너무나 반가운 마음에 곧바로 전화를 드렸더니 벌써 6년째 KDI에서 강의를 하고 계신다고 했다. 학생들에게 인기가 좋아 항상 수강신청 첫날에 마감이 되니 빨리 신청하라고 하셔서 곧바로 등록했다. 싱가포르에서 나를 영어 신세계로 인도해 주신 대사님과의 인연이 KDI에서 다시 어떤 모습으로 찾아올지 벌써 가슴이 뛴다.

KDI에서 또 다른 토마스를 만나다

앞에서 얘기했듯이 아리안느는 필리핀에서 온 친구다. 학교 근처 식당에서 시커멓게 탄 돼지갈비와 막국수를 함께 먹은 이후 금세 친해졌다. 전공은 나와 같은 개발정책학으로, 현대에서 장학금과 생활비를 지원받아 한국에 왔다. 학교 정문 맞은편에 있는 기숙사에서 살았는데 가끔 학교에 방문할 일이 있을 땐 꼭 미리 연락해서 같이 저녁을 먹거나 차를 마시곤 했다.

Arianne

Hi, Jaeheum! Many thanks for our dinner and for taking the time to meet with us. Please send a message when you guys get home safely.

재흠

Hi Arianne, I am just back home safely. Thank you for accepting my dinner proposal. It was really nice and enjoyable to have time together today.

Arianne

Good to know you arrived home safely. We will keep in touch.

재흠

Thanks. Have a good night and do excellent presentation.

영어 때문에 나만큼 아파봤니?

차츰 친해지면서 학교생활과 관련된 것뿐만 아니라 여행이나 남자친구와 같은 개인적인 일들에 대해서도 서로 얘기를 나누게 되었다. 그러다가 우리나라 여행사에서 외국인들을 위해 무료여행프로그램을 제공한다는 것을 아리안느를 통해 처음 알았다. 그녀는 주로 방학 기간을 이용해 부산, 제주, 문경, 전주 등 다양한 도시로 공짜여행을 다녔다. 여행을 가면 꼭 현지에서 찍은 사진을 카톡으로 보내곤 했는데 내가 한 번도 가보지 못한 관광지가 수두룩했다.

아리안느의 경우 석사과정을 1년 만에 끝내야 해서 공부 스케줄이 굉장히 빡빡했다. 그래서 한 학기에 두 과목만 들으면 되는 나와는 달리 최소 네 과목이나 다섯 과목을 수강했다. 같은 수업을 들은 적이 몇 번 있었는데 항상 질문도 많고 토론이나 발표에도 매우 적극적이었다. KDI 수업은 대부분 하이브리드 형태로 이루어진다. 외국학생들은 주로 대면으로 참석하고 나 같은 한국 직장인들은 온라인으로 수업을 듣는 경우가 많다. 온라인으로 듣다 보면 집중이 어려워서 과제나 시험과 관련된 교수님의 설명을 놓치는 경우가 종종 있지만 크게 걱정할 필요는 없었다. 수업이 끝난 후 이 친구에게 물어보면 되었기 때문이다. 그래서 그런지 아리안느와 같이 들었던 수업은 다른 과목들에 비해 학점이 좋았다. 가끔 QM 수업 후 교수님이 내주는 인공지능풀이형 과제를 해결하지 못해 주말 내내 끙끙거렸는데 그때마다 아리안느의 도움으로 문제를 해결하곤 했다.

PPA 첫 수업에서는 교수님께서 세 가지 논리적 사고 툴(Logic tree, Matrix, Flow chart)을 활용해 자신의 삶의 목적, 근본 가치, 정체성 등에 대해 설명해 보라는 숙제를 내주었는데 도무지 어떻게 해야 할지 감이 오지 않았다. 마침 아리안느가 CA(Class Assistant)를 맡고 있어서 도움을 구했더니 교수님께 부탁해 지난 학기 수강생들이 작성한 샘플 자료를 보내주었다.

Arianne

Hi, Jaeheum. I talked to Professor Lee regarding your request to have some samples for the Paper 2 (Vision Statement) in PPA. He said that you have to send him an email so that he could send the materials and discuss with you directly.

재흠

Many thanks.

그리고 학생들에게 가장 중요한 정보인, 과제를 많이 내주지 않고 학점도 후한 교수님들에 대한 정보도 알려주었다. 이번 봄학기에 들어야 할 필수과목인 Language in Public Policy 코스는 이지나 교수님을 추천해 주었다. 이 과목은 논문작성에 필요한 일종의 필수영어로, 사전에 시험을 쳐서 통과하면 수강이 면제된다. 작년에 이 시험에 응시했었는데 생각보다 어려워서 실패했다. 다른 사람은 어떠했는지 궁금해 아리안느에게 물었더니 어렵지 않게 시험에 통과했다고 했다. 어릴 때부터 영어를 사용한 사람들과는 여전

영어 때문에 나만큼 아파봤니?

히 격차가 있다는 것을 인정할 수밖에 없었다. 그리고 Urban and Regional Development 과목의 주유민 교수님과 여름학기에 들어야 할 과목으로 Academic Writing을 추천해 주었다.

가끔 필리핀에 사는 남자친구 얘기도 했는데 그 남자친구가 작년 겨울에 한국을 방문했었다. 둘이 1주일간 여행을 떠난다고 하더니 어느 날 카톡으로 사진을 보내왔다. 남자친구와 함께 찍은 사진이었다. 두 사람은 영화 속의 한 장면처럼 눈 오는 날 전주 한옥마을에서 한복을 곱게 차려입고 있었다. 그녀는 그날 남자친구로부터 프로포즈를 받았다며 한창 마음이 들떠 있었다.

Arianne

With friends. Also, my boyfriend proposed to me in Jeonju after my graduation.

재흠

Congratulations on the romantic propose. You are so beautiful and look really good in Hanbok.

Arianne

Thanks, Jaeheum. I was so happy and it snowed during our whole trip. love the snow.

그러던 그녀가 어느덧 한국에 온 지 1년이 지나 아쉬움을 뒤로한 채 지난 1월 초에 필리핀으로 돌아갔다. 귀국하기 며칠 전, 서울에 온다는 연락을 받고 종로에 있는 이남장에 가서 함께 설렁탕을 먹고 명동성당 근처에 있는 카페에 가서 한참 수다를 떤 후 아쉬운 작별인사를 나눴다.

　　필리핀에 돌아가서는 노동연구원 소속 정책연구원으로 일하고 있는데 바쁜 와중에도 얼마 전 내 책 발간을 축하해 주기 위해 압축적으로 나를 정말 잘 묘사한 명문의 글을 보내왔다. 아리안느는 올해로 30살이 되었으니 나와는 정확히 30년의 나이 격차가 있다. 책을 쓸 자료를 정리하면서 그간 아리안느와 나눈 카톡 내용을 다시 한번 쭉 살펴보았다. 카톡에는 그야말로 30년이라는 나이 차이가 무색한, 친한 학교 친구들 간에 나눌 수 있는 대화들로 가득 차 있었다.

전주 한옥마을에서 남자친구한테 프로포즈를 받으며 행복해하는 아리안느.

이남장에서 설렁탕을 먹으며 찰칵!

　　　　　　　　　　　　　　영어 때문에 나만큼 아파봤니?

대화 내용의 대부분이 학교에 다니면서 발생할 수 있는 실제 상황에 대한 다양한 영어 표현들이었다. 생활영어를 공부하려는 사람들에게는 참으로 훌륭한 교재가 될 수 있겠다는 생각에 아리안느의 동의를 얻어 그녀와 나눈 대화 중의 일부를 정리하여 이 책의 부록으로 소개했다.

영어동아리방 강사로 데뷔하다

작년 2월에 국가민방위재난안전교육원장으로 부임했다. 첫 영어 강의 이후 기회가 되면 꼭 교육원에서 근무해 보고 싶은 생각이 있었는데 마침 교육원장 자리에 공석이 생겼다. 인사팀에서 후임자 선발을 위한 공모 절차를 시작해 지원서를 제출하고 면접시험을 봤고, 한 달 후에 합격통보를 받았다. 사실 전에는 공주에 있는 교육원에 대해 전혀 몰랐는데 강의로 맺어진 인연이 자석처럼 나를 이곳으로 이끌었던 것 같다.

원장으로 부임한 지 한 달 정도 지나 영어동아리방과 배드민턴 클럽을 만들었다. 교육원에는 본부와 달리 젊은 직원이 꽤 있다. 공무원들의 경우 초임 발령지가 대부분 소속기관이기 때문이다. 그래서 교육원에도 갓 대학을 졸업한 직원이 많이 왔는데 이들이 영어 동아리 멤버의 주축이다. 이들과 함께 매주 한 번씩 점심시간을 활용해 영어 동아리 활동을 하고 있다. 젊은 세대라 그런지 굉장히 적극적이다. 동아리 활성화를 위해 외부 원어민 강사를 초빙하려 했지만 비용이 너무 많이 들었다. 이제 막 입사한 신입직원들에게는 큰 부담이 되는 액수였다. 그래서 우선 내가 강사 역할을 맡기로 하고 기획협력과에 있는 신재희 주무관을 CA로 임명했다.

첫 수업이 열리고 한 명씩 돌아가며 차례차례 영어로 자기소개를 했다. 영어학습 동기에 대해서도 발표하였는데 해외유학이 목표인 직원도 있었고 영어를 잘해 외국인 친구를 사귀고 싶어 하는 친구도 있었다. 다들 아직 스피킹에 어려움은 있었지만 학구열만큼은 뜨거웠다.

동아리가 결성된 뒤 두 달 정도 지나 본부에서 공문이 왔다. 부내 동호회 활성화를 위해 지원금을 주겠다는 내용이었다. CA를 맡은 신 주무관이 동호회 활동계획을 작성하고 지원금을 신청했다. 그러고 나서 3주가량 지나 본부에서 지원금을 보내왔는데 회원들과 상의해 원어민 강사를 초빙하기로 했다.

먼저 마크한테 부탁했더니 지금 하는 일이 바빠 시간을 내기가 어렵다고 했다. 대신에 본인이 공주교대에서 활용하고 있는 강의 자료를 보내주었다. 일상생활에서 많이 쓰는 관용표현들을 쉽고 재미있게 익힐 수 있는 유용한 자료였다. 예를 들면, 칼로스가 친구인 유진에게 뉴욕으로 영어공부하러 오라고 제안하면서 벌어지는 일들을 소재로 다루는 내용이다. 우리에겐 익숙하지 않으나 원어민들이 자주 쓰는 worried sick, to die for 같은 표현을 배울 수 있는 아주 좋은 교재였다.

어쨌든 원어민 강사를 구하기 전까지는 마크가 보내준 자료를 활용해 내가 강사 역할을 계속해야만 했다. 그런데 보통 한 시간 수업 준비를 하려면 사전에 최소 두 시간 이상 공부해야만 한다. 나도 원어민 국가에서 살아본 경험이 없어 이런 유형의 일상영어에는 많이 서툴렀기 때문이다. 업무 때문에 계속 동아리방 강사를 하는 게 부담스러워서 알렉스한테 부탁했더니 흔쾌히 승낙했다. 학기 중에는 어렵지만 방학기간에는 잠깐 시간을 낼 수 있었기 때문이다.

　사실 매주 강사를 초빙하기에는 본부에서 받은 지원금으로 충분하지 않았다. 그래서 알렉스는 2주에 한 번씩만 오고 나머지 한 주는 내가 강사 역할을 계속했다. 알렉스가 강사로 오면서 직원들이 훨씬 적극적으로 수업에 참여했는데 갑자기 문제가 생겼다. 알렉스한테서 장문의 카톡이 왔는데 갑자기 바쁜 일이 생겨 수업을 계속할 수 없게 되었다는 것이다. 공주대학교에서 같이 일하던 동료 강사가 갑자기 그만두어 본인이 대체수업 준비를 해야 한다고 했다. 너무나 미안해하길래 다른 사람을 구하면 되니까 너무 걱정하지 말라고 얘기해 주었다.

　그러나 막상 다른 강사를 구하는 게 쉽지 않아 차일피일 미루고 있던 차에 알렉스한테 다시 연락이 왔다. 세종에서 영어학원을 운영하고 있는 친구를 소개시켜 주기 위해서다. 영국에서 온 존(John)이라는 친구였는데 알렉스한테서 연락처를 받아 카톡을 보냈다. 수업은 2주에 한 번이고 강사료도 많이 못 준다고 설명했더니 고맙게도 기꺼이 오겠다고 했다.

　첫 수업이 있는 날 10분 정도 일찍 도착해 물어보니 영국에서 경제학을 전공했고 한국 여성과 결혼해 세종에 살고 있다고 했다. 한국에 온 지 벌써 13년째이고 마크와 알렉스가 회원인 파파클럽의 멤버였다.

존은 수업시간에 신문기사를 많이 활용한다. 최근 이슈가 되고 있는 내용을 기사에서 발췌하여 단어공부와 문장해석 능력을 키울 수 있게 도와준다.

영어수업 시간에는 재미있는 일이 많이 벌어진다. 영어는 우리말과 달리 존댓말이 없다 보니 대화할 때 나이나 직급 차이는 전혀 문제가 되지 않는다. 만약 한국말로 대화한다면 20대 직원들이 아버지뻘 되는 원장하고 어떻게 허물없이 얘기할 수 있겠는가? 하지만 영어라면 가능하다. 상사와 부하 간의 관계가 아닌 서로 대등한 관계에서 대화할 수 있는 장점이 있다. 그리고 수업시간에는 어쨌든 영어로 무언가를 얘기해야 하다 보니 자신의 신상과 관련된 시시콜콜한 얘기들도 술술 나온다. 요즘 젊은 층에서 유행하는 MBTI를 주제로 대화한 적이 있는데 일부 회원들은 자신의 성격뿐만 아니라 연애담까지도 털어놓았다. 영어를 통해 젊은 세대들과 소통하면서 좀 더 그들을 이해할 수 있는 기회가 되고 있다. 물론 내가 젊어지는 것은 덤으로 얻을 수 있는 기쁨이다.

영어동아리방의 강사로 데뷔하다.

영국 친구 존과 함께 영어공부를 하고 있다.

영어 때문에 나만큼 아파봤니?

네 번의 영어 스피치와 한 번의 강의

우리 교육원에는 외국인을 위한 국제교육프로그램이 있다. 연간 10회 정도 운영되는데 교육 대상은 주로 개발도상국 재난업무 담당자들이다. 코로나19로 인해 2020년과 2021년에는 모든 과정을 비대면 교육으로 운영했다가 다행히 작년부터 일부 과정은 대면교육을 재개할 수 있었다. 아세안 재난관리 역량강화 프로그램은 여러 국제과정 중의 하나로서 2019년 한국에서 개최된 한-아세안 특별정상회의를 계기로 2020년에 출범했다. 당시는 코로나가 맹위를 떨치던 시기여서 어쩔 수 없이 줌을 통한 온라인 교육을 제공했는데 연수생들의 만족도가 떨어졌다. 교육수료 후 설문조사 결과를 보면 연수생 대부분이 한국에 직접 와서 대면교육을 받고 싶어 했기 때문이다. 그래서 아세안 사무국과 협의해 2022년부터 대면교육을 실시하기로 결정했다.

첫 대면교육은 작년 5월 인도네시아에서 개최된 유엔사무국 국제행사와 연계해 발리 현지에서 진행했다. 해외에서 교육과정을 운영해야 하다 보니 준비해야 할 것이 무척 많았다. 국제교육팀에서 아세안 사무국과 협의해 가며 꼼꼼하게 세부계획을 수립했다.

발리로 출발하기 전날 PCR 검사를 받고 초조하게 결과를 기다렸다. 혹시 양성이라도 뜨는 날에는 그간 준비한 게 모두 물거품이 되기 때문이다. 국제교육 팀장과 팀원들은 행사장 준비 및 사전점검을 위해 미리 출국했다. 나는 후발대로, 인천공항에서 이번 교육과정에 초빙된 강사들과 통역사를 만나 싱가포르행 비행기를 탔다. 코로나로 인해 아직 발리 직항이 개설되지 않았기 때문이다.

싱가포르에 도착해 창이공항에 있는 호텔에서 1박을 하고 다음 날 아침 일찍 발리행 비행기를 탔다. 공항에 도착하니 사전 선발대로 온 직원들이 마중을 나와 있었다. 직원들의 안내로 숙소이자 행사장인 더 라구나 호텔로 가서 짐을 풀고 근처에 있는 로컬 레스토랑에서 저녁을 먹었다. 그날은 너무 피곤해 시차를 느낄 새도 없이 숙소로 돌아오자마자 그대로 곯아떨어졌다. 다음날엔 아침 일찍 눈이 뜨였는데 직원들과 함께 호텔 1층에 있는 행사장에 가서 준비사항들을 하나하나 점검했다.

드디어 행사 개막일이 되었다. 아세안 사무국을 비롯해 한국대사관, 싱가포르 민방위청 등 여러 기관에서 귀빈들이 참석했다. 우리 교육원에서 주관하는 행사인만큼 개회사는 내 몫이었다. 예전에 한국말로는 한두 번 해본 경험이 있지만 많은 관중 앞에서 영어로 하는 것은 처음이었다. 더욱이 해외에서 개최되는 국제행사이다 보니 생각보다 많이 긴장되었다.

몇 번 숨을 깊이 들이마시고 무대 위로 걸어 나갔다. 청중들에게 정중히 머리 숙여 인사를 하고 미리 준비한 대본을 읽어 나갔다. 사실 전날 통역하시는 분의 도움을 받아 발음교정을 했었는데 실전에서는 잘 안 되었다. 대본을 빼먹지 않고 읽는 데 집중하다 보니 발음에 신경쓸 여유가 없었다. 그래도 큰 실수 없이 개회사를 마치고 자리로 돌아왔다. 이어서 아세안 사무국 총장께서 축사를 하고 다른 기관에서 오신 귀빈들도 번갈아 가며 축사를 했다.

오전에 개회식과 오리엔테이션을 마치고 오후부터 강의가 시작되었다. 첫 번째 강의는 자연재난 분야의 전문가이신 김병렬 부사장께서 맡으셨는데 강의 주제는 한국의 홍수대응체계 및 사례에 대한 소개였다. 두 번째 강의에서는 행정안전부에 근무하는 심진홍 과장이 우리나라의 재난망관리체계에 대해 소개했다. IT를 활용한 최신기술에 대해 연수생들이 많은 관심을 보였다. 다음날에 재난심리분야 전문가이신 박경련 대표께서 재난소통 및 심리치료를 주제로 강의를 하고, 마지막 날에 내가 한국의 재난관리체계 및 주요 정책에 대해 소개하기로 되어 있었다.

강의 날까진 시간이 있었기 때문에 발리에 도착한 후 짬짬이 틈을 내어 준비했다. 강의 PPT를 읽으면서 중요한 내용들을 정리하여 슬라이드 위에 연필로 촘촘히 써내려갔다. 그리고 발음하기 어려운 단어는 표시했다가 이선미 통역사께 도움을 구했다. 괜히 전문통역사가 아니었다. 물 흐르듯 자연스러운 억양과 자신감 있는 발화 등 모든 것이 다른 레벨이었다. 짧고 간단한 코칭이었지만 큰 도움이 되었다.

드디어 강의시간이 되었다. 온라인 강의 경험은 몇 번 있었지만 연수생들과 직접 대면하는 것은 처음이었다. 그래서 최소한 강의 도입 부분만이라도 대본 없이 해야겠다는 마음을 먹고 집중적으로 연습했다.

연습한 대로 강사 소개가 끝난 뒤 연단으로 가지 않고 곧바로 무대 중앙으로 이동했다. 대본을 보지 않고 자기소개를 하고 퀴즈와 정답자에게 줄 상품에 대해 설명했다. 상품은 외국인들에게 인기가 많은 쓰리세븐 손톱깎이를 준비했다. 대본 없이 무대 중앙에서 강의를 시작하니 청중들과의 눈맞춤이 가능했다. 이전 강의 때와는 전혀 다른 느낌이었다. 사실 온라인 강의와는 달리 이번에는 별도로 강의 대본을 만들지 않았다. 대신 종이로 출력한 PPT 슬라이드에 중요한 내용들을 빼곡히 메모해 두었다. 대본에 의존하다 보면 자연스럽게 말하는 것이 불가능하고 마치 책을 읽는 것처럼 어색한 강의가 될 수밖에 없기 때문이다.

대본은 없었지만 그래도 여전히 슬라이드에 메모해 놓은 내용에서 눈을 뗄 수가 없었다. 아직은 한국말로 하는 것처럼 슬라이드를 보지 않고 자연스럽게 강의할 자신이 없었기 때문이다. 그래도 가끔은 강의 도중 슬라이드가 놓인 강연대를 벗어나 무대 중앙으로 이동했다. 현장에서 직접 경험한 친숙한 내용은 슬라이드에 적어 놓은 메모를 보지 않고도 할 수 있는 자신이 있었기 때문이다. 원래 강의 예정 시간은 두 시간이었는데 다른 행사 일정 때문에 조금 일찍 끝내고 질의응답 시간을 가졌다. 꽤 많은 질문이 있었다. 하지만 이번에는 전문통역사의 도움을 받지 않고 직접 영어로 답변해 줄 수 있었다. 지난 강의들 때와는 달리 이번에 처음으로 영어 대본 없이 강의를 시도했는데 완벽하지는 않았지만 자신감을 얻을 수 있었다.

5일간의 역량강화 프로그램 중간에 UN에서 주최한 아세안 데이 행사가 있었는데 한국 대표 자격으로 참석해 축사를 했다. 행사가 끝난 후 아세안 사무총장으로부터 저녁식사에 초대받아 호텔에 있는 레스토랑에서 와인과 함께 생선요리를 먹었다. 사실 이번 행사에 참석한 연수생들은 발리보다는 한국에 오고 싶은 마음이 컸을 수도 있다. 그래서 아쉽지만 연수생들이 간접적으로나마 한국문화

영어 때문에 나만큼 아파봤니?

를 체험할 수 있는 행사를 준비했다.

영화 오징어 게임에서 나온 달고나와 딱지치기, 윷놀이, 제기차기 등을 할 수 있는 소품들을 한국에서 가지고 왔다. 다들 처음 해보는 게임이라 어려워하면서도 매우 재미있어 했다. 나도 제기차기 게임에 참여했는데 말레이시아에서 온 연수생이 정말 제기를 잘 찼다. 한국인으로서의 자존심이 걸린 문제라서 열심히 했지만 결과는 공동우승이었다.

인도네시아 발리 행사 개막식 스피치

한국문화행사 중의 제기차기 모습

그때 옆에 있던 싱가포르 연수생이 나를 불러 말레이시아 사람들이 제기차기와 비슷한 놀이를 하는 영상을 보여 주었다. 여러 명이 빙 둘러싸서 번갈아 가며 제기를 높이 차는 놀이를 하고 있었는데 왜 말레이시아 연수생이 우승하게 되었는지 금방 이해가 됐다.

드디어 프로그램 마지막 날이 되어 수료식과 만찬 행사가 열렸다. 행사에는 아세안 사무국 귀빈들과 한국대사관 공사께서 참석했다. 수료사 및 연수생 대표의 답사가 끝난 후 한 명씩 차례로 나와서 수료증을 받고 기념사진도 찍었다.

수료식이 끝나고 저녁 만찬이 시작되었다. 행사에 참석한 귀빈들이 돌아가며 건배사를 하고 모두 편안한 마음으로 만찬을 즐겼다. 지난 5일간 정신없이 일하다 보니 직원들과 함께 저녁 먹을 시간조차 없었다. 발리에서의 마지막 날이 되어서야 모두 한자리에 모일 수 있었다. 저녁 장소를 찾다가 호텔 근처에서 꽤 근사해 보이는 레스토랑을 발견했다. 각자 원하는 메뉴를 고르고 맥주도 한 잔씩 주문했다. 식당 바로 옆 바닷가에서 나는 철썩거리는 파도 소리와 밤바다의 풍경이 그렇게 멋질 수가 없었다. 이런 좋은 곳에 와서 5일 내내 일만 했다고 생각하니 직원들한테 미안한 마음이 들었다. 그러나 모두가 열심히 해 준 덕택에 분명한 성과가 있었다.

행사에 같이 참여한 아세안 사무국 관계자들이 우리가 준비한 이번 역량강화 프로그램에 대해 굉장히 높게 평가했다. 아세안 사무국에서 모든 행사비용을 부담하기 때문에 역량강화 프로그램을 계속 운영하기 위해서는 사무국의 의견이 매우 중요하다. 이번에 성과가 좋았다고 생각했는지 차기 행사는 한국에서 초청 연수 형태로 개최하기로 사무국과 쉽게 협의가 되었다.

성균관대 MPA과정 학생들과 만나다

7월 중순쯤 국토정보교육원에 계신 윤동호 원장께서 전화를 주셨다. 2010년 싱가포르 파견 근무를 위해 영어점수가 절실히 필요했을 때 도움을 주셨던 바로 그분이다. 인사혁신처에서 근무하다 퇴직하고 2021년에 국토정보교육원 원장으로 부임하셨다. 국토정보교육원과 우리 교육원은 서로 붙어 있어서 원장으로 발령받자마

영어 때문에 나만큼 아파봤니?

자 찾아뵙고 인사를 드렸다. 중앙소방학교와는 건물을 같이 쓰고 있는데 마재윤 학교장님과 윤 원장님도 공직생활 중 서로 인연이 있었다고 한다. 그 후로 2주에 한 번씩 꾸준히 기관장 점심 모임을 하면서 업무협력도 하고 교육정보도 나누고 있다.

윤 원장께서 전화하신 이유는 강의 때문이었다. 성균관대학교 공공행정 석사과정에서 공부하는 외국인 학생들이 교육을 받으러 오는데 강의를 해 줄 수 있겠느냐고 물으셨다. 학생들은 대부분 개도국에서 왔는데 현직 공무원도 꽤 있었다. 코이카의 지원을 받아 성대에서 운영하는 2년짜리 석사과정으로, 국토정보교육원에 1주일간 위탁교육을 받으러 온 것이다. 교육 내용은 주로 한국의 지적제도와 관리시스템에 관한 것이었는데 내겐 특강 형태로 한국의 재난관리체계를 소개해 달라고 요청했다. 발리에서 정리했던 자료를 다시 보면서 강의 준비를 해나갔다. 다행히 강의한 지 얼마 되지 않아 대부분 머릿속에 남아 있어 한결 가벼운 마음으로 준비할 수 있었다.

저녁은 대개 구내식당에서 먹지만 우리 교육원보다 국토정보교육원 식당의 품질이 좋아 그곳을 자주 이용한다. 그날도 저녁을 먹으러 그곳에 갔는데 외국인들이 단체로 식사를 하고 있었다. 순간, 성균관대에서 교육받으러 온 학생들이라는 직감이 들었다. 아니나 다를까, 내 생각은 적중했다.

식사를 마치고 구내식당을 나오다가 주변을 산책하고 있는 외국인 학생들을 만났다. 인사를 건넸더니 반갑게 맞아주며 각자 자기소개를 했다. 인도네시아, 네팔, 베트남, 우즈베키스탄에서 온 학생들이었다. 나도 내 소개를 하고, 마지막 특강 시간에 영어로 강의할 예정이라고 했더니 모두 반색을 했다. 그동안 통역을 통해 강의를 듣다 보니 내용이 충분하게 전달되지 않아 좀 힘들었던 모양이다.

강의 당일, 시간에 맞추어 국토정보교육원으로 갔다. 담당자가 국제강의실로 안내했는데 최신식 시설에다 공간도 널찍했다. 살짝 긴장은 되었지만 발리에서의 첫 대면강의 경험도 있고 몇몇 학생들과는 안면도 있어서 훨씬 편안한 분위기로 강의를 시작할 수 있었다. 이번에는 발리에서보다 한층 더 발전했는데 강의 시작 때뿐만 아니라 중간중간에 자주 강연대를 벗어나 무대 중앙으로 나갔다. 슬라이드에 써 놓은 메모를 보지 않다 보니 자연스럽게 애드리브가 튀어나왔고 학생들의 호응도 훨씬 좋았다. 어느덧 예정된 두 시간이 훌쩍 지나 핵심 내용 위주로 최종 정리를 하고 질의응답 시간을 가진 후 강의를 마쳤다.

강의 종료 후 무대 중앙에 모여 학생들과 함께 성균관대에서 미리 준비해 온 플래카드를 들고 단체사진을 찍었다. 강의 시작 무렵에 재난안전체험관에 대해 잠깐 소개를 했더니 단체사진 촬영 후 한 학생이 다가와 꼭 체험교육을 받아보고 싶다고 했다. 그래서 학생들을 인솔해 온 이다솔 조교와 협의하여 강의를 포함한 1일짜리 재난안전체험교육 프로그램을 만들었는데 2022년 11월 초에 학생들이 우리 원을 방문했다. 연기탈출 등 안전체험교육이 끝나고 난 후 '한국의 코로나19 대응체계와 전략'에 대해 두 시간 동안 강의를 했다. 학생들의 반응이 좋아 올해 하반기부터는 하루가 아닌 1주일

영어 때문에 나만큼 아파봤니?

짜리 프로그램을 운영하기 위해 성균관대와 협의 중이다. 나아가 성균관대와 유사한 석사과정을 운영하는 다른 국내 대학들과도 협의하여 외국인 대상 재난교육프로그램을 확대해 나갈 계획이다.

한결 여유로워진 강의 모습 　　　　　　강의 후의 단체사진

이제는 영어강의가 기다려진다

2022년 9월 초에 실시한 5기 아세안 공무원 역량강화 프로그램에 이어 9월 하순에는 6기, 11월 말에는 7기 연수생들이 잇따라 한국에 들어왔다. 지난 5기 때와 마찬가지로 6, 7기 연수생들을 대상으로 한국의 재난관리체계에 대해 강의를 했다. 5기 때부터는 아예 대본 없이 했기 때문에 이번에도 주요 내용만 슬라이드에 메모하는 방식으로 연습했다.

2020년 가을에 우리 교육원에서 처음으로 영어강의를 한 게 엊그제 같은데 벌써 열 번째다. 강의한다는 것 자체가 항상 긴장을 불러오지만 이젠 불편함보다는 설레는 마음이 커졌다. 혹시 하는 생각에 연필로 빼곡히 메모해 둔 강의 슬라이드를 들고 갔지만 강의 내내 한 번도 쳐다볼 일이 없었다. 처음부터 끝까지 슬라이드가 놓인 강연대 근처에는 아예 가지 않았기 때문이다.

강의를 해보면 대체로 외국학생들이 집중도가 높고 질문도 많은 편이다. 강의 도중에 다양한 질문이 나왔는데 가끔은 거꾸로 내가 그들 국가의 재난관리 정책에 대해 물어보기도 했다. 일방 전달식 강의가 아니라 서로 소통하며 정보를 공유하는 기회로 활용하고 싶었기 때문이다. 이렇게 진행하다 보니 예전과는 비교가 안 될 정도로 훨씬 자연스러운 강의가 되었고, 그만큼 연수생들의 호응과 만족도도 높아졌다.

7기 과정 교육생을 위해 직원들이 힘을 합쳐 특별프로그램을 준비했다. K-Pop 따라하기 행사였는데 젊은 직원들이 짬을 내어 유명 K-Pop 그룹의 춤을 연습했다. 행사 당일 오전수업이 끝난 후 간단하게 도시락 점심을 먹고 K-Pop 댄스를 시작했다. 직원들이 앞에 나와 먼저 시범을 보인 후 연수생들과 함께 춤을 추었다. 가르치는 사람이나 배우는 사람 모두 아마추어였지만 분위기만큼은 전문 공연장 행사 못지않았다. 비록 20분간의 짧은 시간이었지만 잠시 공부는 잊고 한국문화에 흠뻑 빠져 모두 신나게 즐겼다.

제7기 아세안 역량강화 프로그램 한국문화체험 행사(K-Pop 따라하기)
(왼쪽부터, 시작 전 설명, 연수생, 댄스 따라하기, 연수생 및 직원 기념촬영)

영어 때문에 나만큼 아파봤니?

7기를 마지막으로 2022년 국제교육과정은 모두 끝났다. 이제 당분간 영어강의를 할 기회가 없다고 생각하니 무척 아쉬웠다. 이젠 영어강의가 막 기다려지는데 말이다.

제5기 아세안 역량강화 프로그램 수료식

제6기 아세안 역량강화 프로그램 강의

제7기 아세안 역량강화 프로그램 강의

제7기 아세안 역량강화 프로그램 수료식 행사

영어는 공부가 아닌 재미다

아무리 바빠도 영어공부할 시간은 있다

그 바쁜 수습지원과장을 할 때도 영어에서 완전히 손을 놓지 않았다. 재난사고가 발생했을 땐 현장에 가서 정신없이 지냈지만 사무실에 있을 때는 그래도 여유가 있었다. 어느 날 총괄서무를 맡고 있는 김창오 주무관이 인사혁신처에서 온 공문을 들고 왔다. 외국어 학습 희망자 지원에 관한 것이었다. 과장이 평소 영어에 관심이 많은 것을 알고 한 센스 만점의 행동이다.

수시로 재난이 발생하기 때문에 영어공부를 위해 정기적으로 학원에 가는 건 불가능했다. 그래서 점심시간을 활용해 원어민 교사를 초빙하기로 했는데 문제가 생겼다. 최소 7명 이상의 수강생을 확보해야만 예산지원을 받을 수 있는데 희망자가 부족했기 때문이다. 과 직원 7명 중 나를 포함해 4명이 신청을 했는데 나머지 3명 확보를 위해 외인부대 영입에 나섰다. 그중 한 명은 국민안전처 시절 직원들을 대상으로 영어를 가르친 경험이 있는 우리 클럽 최고의 에이스인 소병임 주무관이었다.

원어민 강사는 남아프리카 공화국에서 온 친구였다. 한국 교육부에서 영어 원어민 교사로 인정하는 국가는 6개밖에 없다. 미국, 영국, 캐나다, 오스트레일리아, 뉴질랜드, 그리고 남아프리카 공화국이다. 싱가포르도 영어를 공용어로 쓰지만 원어민 교사로 인정받진 못한다. 첫 수업날 구내식당에서 간단히 점심식사를 해결하고 모두 회의실에 모였다. 회원들마다 영어 실력은 제각각이었지만 열정만은 뜨거웠다. 처음에는 영어로 말하는 것을 다들 쑥스러워했으나 시간이 지나면서 빠르게 적응했다. 총 8주짜리 프로그램이었는데 다행히 큰 재난이 발생하지 않아 꾸준히 수업에 참여할 수 있었다. 비록 두 달간의 짧은 동행이었지만 서로를 격려해 가며 영어에 차츰 흥미를 붙여 나갔다.

전화영어는 꾸준히 해야 한다

싱가포르나 파리에 있을 때는 영어를 쓸 기회가 많았다. 그러나 한국에 살면서 영어를 말할 기회를 찾기는 생각보다 쉽지 않다. 파리에서 돌아온 후 마크와 1주일에 한 번씩 만나 영어를 썼지만 외국에 있을 때에 비하면 턱없이 부족했다. 현상유지를 위해서라도 영어 사용 시간을 늘려야 했다. 그래서 방법을 고민하다 전화영어를 선택했다. 전화영어는 회사에서 교육비의 70%를 지원해 주기 때문에 금전적인 부담이 적다. 그리고 1주일에 세 번 정도 하면 전체 시간은 많지 않지만 노출 빈도 측면에서는 충분하다.

지금까지 경험한 바로는 영어 말하기 실력을 갑자기 향상할 수 있는 특출한 묘수나 지름길은 없다. 상대를 가리지 말고 꾸준히 영어로 대화를 시도하는 것이 최선이다. 튼튼한 건물을 짓기 위해 단계적으로 벽돌을 쌓아 올리듯이 영어도 마찬가지다. 정말 조금씩 차츰차츰 실력이 향상된다. 전화영어를 시작하고 나서 수업을 빼먹은 적이 한 번도 없다. 수업은 프리토킹 형식으로 진행되는데 별도로 수업 준비를 하지 않기 때문에 큰 부담은 없다.

처음 시작했을 때는 수업 전에 미리 얘기할 주제를 생각하고 영어로 어떻게 표현할 것인가에 대해 준비를 했었다. 하지만 차츰 시간이 지나면서, 바쁘기도 했지만, 미리 준비하는 것이 꼭 좋은 것만은 아니라는 생각이 들었다. 미리 주제를 정하고 준비된 멘트만 얘기하다 보면 다양한 영어 표현을 할 수 없기 때문이다. 한국사람끼리 통화할 때를 생각해 보면 답이 나온다. 특별한 경우가 아니라면 전화를 걸기 전에 오늘은 무슨 주제로 얘기할까 미리 생각하고 통화하는 사람은 없다. 수다를 떨다 보면 이런저런 얘기가 나오게 마련이다.

수업 중에 어떤 주제가 나오더라도 영어로 자연스럽게 대화를 이어나갈 수 있는 능력을 기르고 싶었다. 이런 방식으로 꾸준히 전화영어를 하다 보니, 게으른 사람의 자기합리화일 수도 있겠지만, 익숙하지 않은 주제에 즉흥적으로 대응하는 능력은 확실히 좋아졌다. 가끔은 통화하면서, 한국말로도 얘기해 본 적이 없는 주제에 대해 영어로 내 생각을 정리해 가며 말할 때도 있다. 예컨대, 요즘 미국에서 이슈가 되고 있는 낙태 문제와 총기사고, 그리고 한국이 겪고 있는 저출산 문제 등과 같은 주제들이다.

이렇게 꾸준히 전화영어를 하다 보니 뜻하지 않은 선물을 받았다. 며칠 전에 행정안전부 전화영어 우수 학습자로 선정되었다는 연락과 함께 1개월 무료수강권도 덤으로 얻었다.

틈나는 대로 CNN이나 BBC 보기

요즘도 아침에 일어나면 TV부터 켠다. 다음으로 요가 매트를 TV 앞에 깔고 스트레칭 운동을 하면서 CNN이나 BBC 뉴스방송을 들

영어 때문에 나만큼 아파봤니?

는다. 운동하면서 듣다 보니 집중이 쉽지 않아 잘 안 들릴 때도 있다. 만약 우리나라 뉴스라면 스트레칭보다 더 격한 운동을 해도 충분히 들을 수 있을 텐데 아직 원어민들과 격차가 크다는 것을 느낀다.

주말 오전에는 아침운동을 끝내고 나서 TV 앞에 바짝 붙어 앉아 뉴스를 시청한다. 공주에서 운동하면서 들을 때보다는 훨씬 더 정확하게 들린다. 외국 드라마나 영화는 거의 보지 않는다. 그럴 만한 시간도 없거니와 크게 도움이 될 것 같지 않아서다. 물론 생활영어를 배우는 목적이라면 유용하겠지만 나처럼 뒤늦게 영어를 배운 사람들은 미드에 나오는 표현을 쓸 기회가 많지 않다. 나이 들어 외국 친구를 사귀더라도 관용표현이 많이 들어간 일상 회화를 사용할 일은 드물기 때문이다. 대신 CNN이나 BBC를 통해 익힌 영어 표현들은 굉장히 유용하다. KDI 학우들을 예로 들면, 성인이고 학문을 하는 사람들이기 때문에 국제 시사나 상식에 대해 관심이 많다. 학우들을 만나 얘기할 때 뉴스방송에서 얻은 정보들을 좋은 화젯거리로 활용할 수 있다.

외국 뉴스방송을 시청하면 좋은 점이 또 하나 있다. 단순히 듣기 능력 향상에만 도움이 되는 것이 아니라 아나운서의 정확한 발음을 계속 듣다 보면 내 발음도 따라서 점점 유창해진다. 나이 50이다 되어 처음으로 영어를 말하기 시작했기 때문에 당연히 오리지널 토종 된장 발음을 가지고 있었다. 다들 느끼는 것이지만, 성인이 되고 나서 영어 발음을 고치는 것은 굉장히 힘들다. KDI 대학원에는 영어를 잘하는 한국 교수님이 많다. 수업시간에 교수님 얘기를 알아듣는 데 큰 어려움은 없지만, 가끔 굉장히 토속적인 발음을 사용하시는 분들도 있다. 내 발음도 그리 유창하진 않지만 요즘은 원어민 친구로부터 발음이 꽤 좋아졌다는 얘기를 자주 듣는다. 외국 뉴스방송을 꾸준히 시청하면서 나도 모르게 좋아진 것이다.

뉴스를 듣다 보면 가끔 전혀 못 알아듣는 단어가 나올 때가 있다. 그럴 경우에는 동일 방송사에서 발간하는 인터넷 신문을 찾아본다. 왜냐하면, 신문에 있는 기사 내용과 뉴스앵커의 방송 대본이 거의 똑같기 때문이다. 이렇게 하면 특정 단어가 모르는 단어여서 안 들린 건지 아는 단어인데도 발음에 익숙하지 않아 놓친 건지 확인할 수 있다.

그리고 안 들린 단어는 반드시 사전에서 뜻과 발음을 찾아본다. 그렇다고 해서 그 단어를 무조건 암기하라는 뜻은 아니다. 한번 찾아봤다고 해서 그 단어가 머릿속에 남아 있을 리는 없지만, 그래도 걱정할 필요는 전혀 없다. 뉴스방송을 계속 시청하다 보면 반드시 똑같은 단어가 반복되어 나오기 때문이다. 물론 두 번째도 못 알아들을 수 있다. 하지만 이 또한 걱정할 필요가 없다. 지난번처럼 사전에서 다시 찾아보면 되기 때문이다.

이런 과정을 두세 번 거치다 보면 그 단어는 자동으로 머리에 심어진다. 내 경험으로는 새로운 단어의 의미나 발음은 이러한 반복 과정을 거쳐 습득하는 것이 가장 효과적이다.

그리고 CNN이나 BBC를 시청하면 영어 실력만 좋아지는 것이 아니다. 덤으로 국제적인 감각과 다양한 지식을 함께 얻을 수 있다. 한국 뉴스나 다양한 시사프로그램을 자주 본다면 친구나 직장 동료들하고 대화할 때 교양을 뽐낼 수 있는 이치와 마찬가지다. 주

영어 때문에 나만큼 아파봤니?

말에 하루종일 외국 뉴스방송을 보고 싶을 때도 있지만 불가능하다. 아내가 늦잠을 자는 오전 시간 동안에만 내게 채널 자유권이 있기 때문이다. 특히 아내와 딸이 좋아하는 주말드라마와 연예인 축구게임 방송시간에 채널을 돌리는 짓은 자살골을 넣는 것과 마찬가지다.

수정이 아빠도 CNN 애청자다

주말에는 가끔 딸과 함께 양재천을 걷는다. 아내는 요즘 일이 많아 주말에 자주 출근을 한다. 학교 행정실장으로 일하는데 연말이 다가오면서 회계 마감과 내년도 예산 추산 때문에 바쁘다고 한다. 그래서 전엔 셋이 함께 양재천을 다녔지만 요즘은 할 수 없이 둘만 가는 경우가 많다. 딸과 함께 나란히 양재천 길을 따라 걷다 보면 이런저런 얘기를 하게 된다. 나는 주로 회사나 대학원과 관련된 얘기를 하고 딸은 아르바이트에서 있었던 일이나 친구들 얘기를 한다. 가끔은 길을 걷다 심심하면 장난기가 발동해 영어로 대화를 시도한다. 아침에 CNN이나 BBC에서 들은 뉴스 중에 딸이 관심을 가질 만한 내용을 끄집어내어 화제로 삼는다. 특히 한국 관련 뉴스가 있는 날은 영어 대화를 시도해 볼 수 있는 좋은 기회다.

내가 먼저 영어로 말을 꺼내면 딸은 '또 시작이구나' 하는 표정을 보인다. 아무리 열심히 영어로 떠들어도 항상 돌아오는 대답은 한국말이다. 쌍방향 소통이 아닌 일방통행이지만 그래도 열심히 들어준다. "아빠, 방금 한 말, 오늘 CNN 뉴스에서 앵커가 얘기한 그대로인 것 같은데……." 하면서 말이다. 거실에서 CNN을 볼 때 볼 룜을 크게 해놓다 보니 제 방에서도 들렸던 모양이다.

그날도 양재천을 걷다가 CNN에서 들은 뉴스를 화제로 대화를 시도했다. 오늘은 다를까 기대했지만 평소와 똑같이 한국말 답변이 돌아왔다. 그러다가 문득 생각난 듯 불문학과에 같이 다니는 친구의 아빠 얘기를 꺼냈다.

"내 친구 중에 수정이라고 하는 애가 있는데 걔네 아빠도 집에서 CNN을 열심히 보신대. 그런데 소리는 무음으로 해놓고 본다더라."

그 얘기를 듣자마자 웃음이 터져 나왔다. 내가 모르는 색다른 영어공부 방법을 가지고 계신 게 아닐까 하는 생각이 들었다. 아마 소리보다는 뉴스 하단에 나오는 영어자막에 집중하기 위해 소리를 꺼두시는 게 아닐까 싶다. 화면이 매우 빨리 지나가기 때문에 집중하지 않으면 자막이 금방 사라지기 때문이다. 채현이 파리 친구인 별아 아빠도 나처럼 가끔 딸에게 영어로 대화를 시도한다고 들었다. 물론 반응은 채현이와 마찬가지로 묵묵부답이거나 "응, 그래서?" 하는 정도로 끝난다고 한다. 이렇게 주변 얘기를 듣다 보면 나처럼 나이들은 사람들도 겉으로 표현하진 않지만 모두 영어에 관심을 갖고 있다는 생각이 든다.

매사에 긍정적인 마인드가 생겼다

학창시절이나 싱가포르에 가기 전까지만 해도 외향적인 성격은 아니었다. 매사 앞에 나서기보다는 상황을 지켜보는 쪽이었고 대화를 주도하기보다는 주로 듣는 쪽이었다. 그러나 영어에 흥미를 느끼면서 나도 모르게 변하기 시작했다. 싱가포르나 파리에 있을

영어 때문에 나만큼 아파봤니?

때 업무 파트너를 만나기 위해서는 먼저 적극적으로 연락을 해야 했다. 그리고 한국에 있을 때처럼 상대방의 말만 듣고 있어서는 회화 실력이 늘 수 없었다. 그러다 보니 자연스럽게 말이 많아지면서 대화를 주도하는 사람으로 변해 갔다.

요즘도 지하철이나 길에서 외국인을 보면 무조건 말을 건넨다. 외국인들에게 한국의 거리는 여전히 친화적이지 않다. 이태원은 예외지만 다른 곳에서 영어로 된 도로 표지판이나 간판을 보기 힘들다. 여전히 대부분의 한국사람들은 외국인이 다가가면 혹시 말이라도 걸지 않을까 뒷걸음질부터 친다. 이럴 때 누군가 영어로 말을 걸어주면 대부분의 외국인은 경계하기보다는 굉장히 반가워한다.

이렇게 적극적인 성격으로 바뀌다 보니 매사가 긍정적으로 보였다. 사실 파리에서 돌아와 수습지원과장으로 발령났다는 소식을 들었을 때 기분이 썩 좋진 않았다. 오랜 공무원 생활 동안 한 번도 경험하지 않은 재난부서로 느닷없이 발령이 났다고 생각했기 때문이다. 그러나 금방 마음을 고쳐먹고, 평생 인사업무만 하던 내게 드디어 새로운 기회가 왔다고 생각했다.

이렇게 마음을 바꾸니 결과도 좋았다. 남들이 싫어하는 궂은일이었지만 열심히 하다 보니 조직에서 인정을 받았다. 수습지원과장을 시작으로 3년 6개월 만에 재난안전본부 내에 있는 3개실을 다 거쳤는데 안전실 안전개선과장, 재난실 재난복구국장, 재난협력실 재난협력정책국장 등 주요 보직을 짧은 기간에 다 경험할 수 있었다. 만약 수습지원과장으로 발령난 것에 대해 이의를 제기했다면 다음번엔 재난부서가 아닌 다른 곳으로 옮겼을지도 모른다. 그러나 만약 그랬다면 지금 내가 즐기고 있는 많은 것을 할 기회가 아예 없었을 것이다. 영어로 인해 긍정적으로 변화된 성격이 내 인생의 방향을 바꿔놓은 것이다.

영어에 재미를 느끼고 나서 퇴직 후에 하고 싶은 일도 많아졌다. 통번역전문대학원에 들어가 제대로 된 영어공부를 해보고 싶은 욕심도 있고, KDI 졸업 후 개발도상국을 위해 한국의 재난관리 정책을 전파하는 어드바이저가 되면 좋겠다는 생각도 든다. 아니면 지금 하고 있는 영어강의 분야를 확대하여 재난전문영어 강사로 활동하고 싶은 생각도 있다. 아직 결정된 것은 없지만 꿈이 현실이 될 수 있도록 계속 노력하며 인생 이모작에 대한 방향성을 찾아가고 있다.

영어를 꾸준히 하는 비결

요즘 시간이 날 때 가끔 유튜브를 본다. 유튜브에는 영어학습과 관련된 다양한 콘텐츠들이 있다. 한국사람들이 제작한 것도 있지만 외국인들이 운영하는 채널들도 넘쳐난다. 꾸준히 한다면 다양한 콘텐츠로부터 여러 종류의 학습방법을 습득할 수 있는 장점이 있다. 그러나 유튜브를 통해 지속적으로 영어공부를 하기는 쉽지 않아 보인다. 영어와 관련된 특정 콘텐츠를 볼 때는 정말 중요하고 유익한 내용이라는 생각이 들지만 시간이 지나면 쉽게 까먹는다. 간헐적이고 단편적인 공부방법이기 때문이다. 역시 영어공부에 있

영어 때문에 나만큼 아파봤니?

어 가장 핵심은 얼마나 꾸준히 지속할 수 있느냐다. 정답은 아니겠지만, 독자들에게 도움을 드리기 위해 지금까지 내가 경험했던 것들을 정리해 본다.

늦었다고 생각하지 말고 바로 시작하면
그날이 가장 빠른 날이 된다

진부한 얘기 같지만 이 말은 여전히 진실이다. 뭔가 하고 싶다면 오늘 당장 시작하면 된다. 영어에만 국한된 얘기가 아니다. 사실 이 책을 쓰기로 마음먹은 건 불과 서너 달 전이었다. 세종에서 아세안 역량강화 프로그램 수료식 행사를 끝내고 돌아오는 길이었다. 재난교육과에 근무하는 이영미 팀장하고 행사 뒷얘기를 나누다가 우연히 책에 관한 얘기가 나왔다. 30년도 넘는 공무원 생활을 마치기 전에 그래도 자신의 이름으로 된 책 한 권은 남겨야 하지 않겠느냐고 했다. 갑자기 망치로 뒤통수를 크게 한 방 얻어맞은 느낌이었다. 그 자리에서 바로 나의 영어공부 여정을 주제로 책을 써야겠다고 마음먹었다. 그리고 다음날 아침부터 바로 컴퓨터 자판을 두드렸다.

공부라고 생각하지 말고 최대한 편한 마음으로 시작해라

학창시절에 영어를 지독히 싫어했던 이유가 있다. 물론 기초가 없어 흥미를 잃었던 것이기도 하지만, 가장 큰 이유는 시험을 봐야 한다는 압박감 때문이었다. 시험이 끝나면 금방 까먹을 단어나 문법을 무조건 외워야 하다 보니 정말 지루하고 재미가 없었다. 이제는 성인이 되었으니 고3 때처럼 영어시험 때문에 고민할 필요는 없다. 그냥 영어를 배워 해외여행을 가서 현지인들과 자유롭게 대화하는 상상을 해보라. 아니면, 길거리에서 만난 외국인에게 한국문화를 소개해 주고 친구가 되는 꿈을 꿔 보라. 시험이라는 올가미에서 벗어나 그냥 편하게 시작하면 된다.

자신이 좋아하는 분야(뉴스, 미드, 영화 등)를 선정하여 틈나는 대로 읽고 보고 들어라

무엇이든지 꾸준히 하려면 좋아하거나 관심이 있는 분야를 선택하는 게 중요하다. 우리나라 뉴스도 보지 않는 사람이 영어공부를 위해 억지로 외국 뉴스방송을 보는 것은 시간 낭비다. 반대로, 음악이나 드라마에 관심이 없는 사람이 억지로 팝송을 듣거나 미드를 시청할 필요는 없다. 뉴스, 영화, 드라마, 음악, 스포츠 등 그중에서 뭐가 됐든 자신이 좋아하는 것을 고르면 된다. 그래야 중도에 포기하지 않고 지속할 확률이 높다.

잘 안 들리면 신문이나 자막을 읽고, 다시 뉴스방송(또는 드라마)을 봐라

뉴스를 시청할 때 단어나 발음을 몰라 안 들리는 것은 천 번을 반복해서 들어도 똑같다. 그래서 무작정 듣기만 고집하는 것은 시간 낭비다. 앞에서도 얘기했지만, 처음 들었을 때 안 들리면 관련된 내용의 신문기사를 읽으면 도움이 된다. 꾸준히 하다 보면 나중에는 신문기사를 확인하지 않더라도 술술 들리게 된다. 드라마도 마

영어 때문에 나만큼 아파봤니?

찬가지다. 처음에는 자막 없이 보더라도 모르는 게 있으면 반드시 자막을 틀어서 다시 봐라.

외국 미디어의 한국 관련 기사(방송)를 보고 들어서 원어민식 영어 표현에 익숙해져라

우리나라 영자신문도 좋지만 가능하면 외국신문을 읽을 것을 추천한다. BBC는 한국특파원이 있어서 우리나라 관련 기사를 자주 보도한다. 외국 소식보다는 기사 내용이 우리에게 익숙하기 때문에 훨씬 이해하기가 쉽다. 원어민들은 이런 상황을 이렇게 영어로 표현하는구나 하는 것을 쉽게 배울 수 있다. CNN 기사는 문장이 만연체인 경우가 많은 반면, BBC 기사는 간결체가 특징이다. 복잡한 문장을 싫어한다면 BBC 기사를 읽기를 추천한다. 하루에 기사하나만 읽는다는 목표를 세워서 하라. 계속 쌓이다 보면 금방 실력이 늘어난다.

영자신문이나 책을 볼 때 옆에 사람이 없다면
꼭 소리 내서 읽어라

우리나라에서 영어를 말할 기회는 많지 않다. 이걸 보완하기 위해서는 무엇이든 소리 내어 읽는 것이 좋다. 다만 중얼중얼하다 보면 자칫 정신이 이상한 사람으로 보일 수 있으니 주변에 사람이 있는지 꼭 살펴야 한다. 그렇지만 효과는 확실하다. 밖으로 소리 내어 읽으면 확실히 발음이 좋아지고 말이 유창해지는 느낌이 온다.

최대한 자주 영어에 접할 수 있는 환경을 만들어라

따로 많은 시간을 들여 영어공부를 하기는 쉽지 않다. 그냥 틈나는 대로 하면 된다. 아리안느는 지난 1월에 필리핀으로 돌아갔지만 여전히 수시로 카톡을 교환한다. 파파클럽 멤버인 마크나 알렉스한테도 가끔 연락이 온다. 수업을 같이 듣는 KDI 친구들과는 그룹발표나 과제협의를 위해 세종에서 만나거나 화상회의를 통해 대화를 나눈다. 전화영어도 빠지지 않고 꾸준히 하고, 아무리 시간이 없어도 영어 뉴스방송이나 신문을 보기 위해 하루에 10분은 시간을 낸다. 사람마다 여건은 다르겠지만 주변을 잘 찾아보면 내게 맞는 방법이 꼭 있다.

실력이 조금씩 나아지고 있다는 생각이 들면
남한테 자랑하고 싶어져 더욱 열심히 하게 된다

싱가포르에서 직접 경험한 일이다. 어느 날 갑자기 전혀 안 들리던 뉴스방송이 조금씩 들리거나, 서툴지만 영어로 뭔가를 말하고 있는 자신을 발견하면 스스로 대견해진다. 그때부터 남들에게 나의 변화된 모습을 자랑하고 싶어진다. 그리고 기왕이면 좀 더 잘하는 모습을 보여주고 싶기 때문에 더욱 열심히 하게 된다. 선순환이 계속되는 것이다.

가끔은 우리가 일상에서 쓰는 한국어 문장들을
영어 표현으로 바꾸어 생각해 보라

앞에서도 얘기했듯이 꼭 별도로 시간을 내서 영어를 공부해야 하

영어 때문에 나만큼 아파봤니?

는 것은 아니다. 평소 업무나 일상생활을 하다가도 잠시 멈추고 한국어 문장들을 영어 표현으로 바꾸어 보라. 영어문장이 잘 생각나지 않으면 파파고나 구글 번역기를 이용하면 도움이 된다.

재난협력국장으로 근무할 때 업무 단톡방이 있었다. 산불 담당자가 지난달 강원도에서 발생한 산불 후속 조치 현황을 단톡방에 올렸더니 이승우 차관께서 질문하셨다. 현재 전국의 산불 발생 현황을 물어본 것이다. 담당자는 "현재 진행 중인 산불은 없습니다"라고 단톡방에 올렸다.

갑자기 이 답변을 영어로는 어떻게 표현해야 할지 궁금해졌다. 찾아보니 파파고와 구글의 번역이 좀 달랐다. 파파고는 "There is no wildfire in progress."였고, 구글은 "There are no forest fires currently."였다. 어느 것을 써도 크게 틀리진 않을 것 같다.

앞에서 얘기했듯이 KDI 첫 학기는 대부분 온라인으로 수강했는데 마지막 수업에 대면으로 참석한 적이 있다. 강의실에 들어갔더니 미리 온 학생들이 있었다. 모두 자리에서 벌떡 일어나 내게 인사를 했다. 교수님으로 착각한 것이다. 그때 '착각'이라는 단어가 영어로 떠오르지 않았다. 바로 파파고에 문장을 입력했다.

"학교 급우들이 나를 우리 교수님으로 착각했다."

곧바로 번역 결과가 나왔다.

"My classmates mistook me for our professor."

너무나 똑똑한 AI다. "mistake A for B" 구문은 절대 잊어먹지 않을 것 같다.

모르는 단어는 사전에서 찾아보되 반드시 발음을 들어보고 따라해 봐라

네이버 사전에서 영어단어를 검색하면 단어의 뜻과 함께 원어민의 발음도 들을 수 있다. 영어사전에서는 기본적으로 미국과 영국 발음을 들을 수 있다. 그러나 요즘은 세계 영어가 대세다. 미국과 영국 발음 이외에도 다양한 발음에 익숙해질 필요가 있다. 영영사전에서 단어를 찾으면 어떤 경우에는 무려 25종류의 다른 발음을 들려준다. 파리에서 싱가포르 학부모를 만나 벌어진 에피소드에서 이미 언급했지만, 발음을 들을 때는 강세에 특히 유의할 필요가 있다. 먼저 원어민의 발음을 듣고 강세가 몇 음절에 있는지 생각해 보라. 가끔 듣기만 해서는 헷갈리는 경우가 있다. 그럴 때는 발음기호에 있는 강세표시를 확인하면 된다. 그리고 두세 번 소리 내어 따라해 보라.

단어는 절대 외우려 하지 말고 문장 속에서 반복적으로 읽거나 들어서 익혀라

누구나 학교 다닐 때 한두 번은 『vocabulary 30,000』 같은 단어책을 사서 외운 기억이 있을 것이다. 그때 외운 단어 중 지금 머릿속에 남아 있는 단어가 과연 몇 개나 될까? 신문기사를 읽거나 방송을 보다가 모르는 단어가 나오면 그냥 넘어가지 말고 반드시 사전에서 찾아봐라. 영영사전이면 더욱 좋겠지만 영한사전도 무방하다. 단어의 의미와 발음은 확인하되 절대 외울 필요는 없다. 물론 하루 이틀 지나면 까먹겠지만 전혀 걱정할 필요가 없다. 나중에 다른 기

영어 때문에 나만큼 아파봤니?

사를 읽거나 방송을 들어보면 분명히 똑같은 단어가 다시 나온다. 그때 모르면 또 찾아보면 된다. 그렇게 몇 번 반복하다 보면 자동으로 머리에 저장된다. 대신 전제조건이 있다. 매일 꾸준하게 잠시라도 짬을 내어 읽고 들어야 한다.

영어문장을 볼 때는 항상 collocation(연어)에 신경을 써라

세상에는 혼자 있는 것보다 짝을 이루는 것이 훨씬 자연스러운 경우가 많다. 연어란 두 개 이상의 단어들이 서로 짝을 이뤄 마치 한 단어처럼 사용되는 것을 말한다. 'heavy rain'처럼 형용사와 명사 간, 'completely forget' 같은 부사와 동사 간, 'a business deal' 같은 명사와 명사 간 등 다양한 종류의 연어들이 있다. 그중에서도 특히 중요한 것이 동사와 명사 간의 연어이다. 'catch a cold', 'strike a balance', 'win independence', 'address a problem' 등 수많은 조합이 있다. 영어의 이런 특징을 무시하고 명사 따로 동사 따로 외우면 절대 문장으로 말이 나오지 않는다. 대화할 때 적절한 동사가 생각나지 않아 명사만 나열하게 되는 이유다.

문법은 나중에 신경쓰고 우선 그냥 생각나는 대로 말하라

사람들은 실수를 두려워한다. 특히 우리나라 사람들이 영어로 말해야 할 땐 더욱 그렇다. 내가 겪어 본 외국사람들은 좀 다르다. 사실 KDI에서 함께 공부하는 학우들이나 영어강의를 할 때 만나는 외국 공무원들은 원어민들이 아니다. 우리처럼 제2 외국어로서 영어를 잘하는 것일 뿐이다. 자세히 들어보면 문법적으로 틀린 영어를 하는 경우도 꽤 있다. 악센트가 강해 발음도 알아듣기 힘든 경우도 많다. 그런데 공통점은 전혀 거리낌 없이 자신 있게 영어를 한다는 것이다. 우리는 종종 머릿속에서 완벽한 문장이 만들어질 때까지 절대 말을 꺼내지 않는다. 그러나 대화의 상대방은 그때까지 기다려 주지 않는다. 완벽한 문장을 내뱉으려고 시간을 보내다 보면 계속 침묵하게 된다.

점점 발전하는 자신의 모습에 뿌듯해지고
어느 순간부터 공부가 아닌 재미있는 일상이 된다

지겨운 공부가 재미로 바뀔 수 있는 분수령은 거짓말처럼 어느 날 갑자기 다가온다. 싱가포르에서 매일 아침 뉴스방송을 들을 때 6개월간 아무것도 들리지 않았지만, 어느 순간에 갑자기 귀가 열렸다. 실수하더라도 자꾸 영어로 말을 하면 실력이 늘 수밖에 없다. 뉴스앵커가 전하는 세계뉴스를 알아듣고 상대방에게 하고 싶은 말을 영어로 표현하고 있는 자신을 발견하게 되면 가슴이 뿌듯해진다. 그 순간부터 영어는 더이상 공부가 아니다. 아이들이 좋아하는 컴퓨터 게임처럼 누가 시키지 않아도 스스로 하는 재미있는 놀이가 된다.

영어 때문에 나만큼 아파봤니?

앞으로 해보고 싶은 것들

영어로 꿈꾸기

아직 영어로 꿈을 꿔 본 적은 없다. 고수가 되기 위한 간절한 노력이 아직 부족한 것일까? 그래도 지금처럼 꾸준히 하다 보면 언젠가는 영어로 심하게 잠꼬대를 하는 나를 아내가 흔들어 깨우는 날이 올 것 같다.

BBC 한국특파원 현지 보조 리포터로 활동

로라 비커는 BBC 방송국 소속 한국특파원이었다. 4년간의 특파원 생활을 마치고 작년 3월에 베이징 특파원으로 자리를 옮겼다. 마지막 송별식에서 한국에 특파원으로 파견된 지 불과 여섯 시간 만에 문재인 대통령 신년 기자회견에 참석해야 했던 일화를 소개했다. 그리고 영국과의 시차 때문에 때로는 밤낮을 가리지 않고 일해야 했다는 고충도 털어놨다.

그녀는 한국에서 일한 지난 4년 동안 한국에서 일어난 크고 작은 이슈들을 세계 시청자들에게 실시간으로 알렸다. 김정은 위원장과 문재인 대통령의 판문점 정상회담, 오스카를 휩쓴 기생충과 전 세계 팬들을 매료시킨 BTS까지 역동적인 순간들을 보도했다.

여성 이슈에 대해서도 관심이 많았다. 한국 여성에 대한 혐오범죄를 취재하면서 중립적인 시각을 잃었다는 비판도 받았다. BBC 방송을 보면 영국에서 파견된 특파원이 아닌 현지 리포터들이 활약하는 장면을 종종 볼 수 있다. 그중에는 꽤 나이가 많아 보이는 사람들도 있다. 사실 지역 사정에 밝고 경험이 풍부한 현지인을 리포터로 고용할 수 있다면 방송국 입장에서도 비용을 크게 절감할 수 있는 장점이 있다. 물론, 영어를 유창하게 할 수 있다는 전제하에 말이다. 앞으로 3년 뒤쯤 BBC 방송국에서 한국 리포터로 활약하고 있는 내 모습을 꿈꿔 본다.

공공행정 분야의 프리랜서 번역사로 활동

파리에 있을 때 OECD가 발간한 보고서 수십 권을 번역했었다. 물론, 보고서 전체를 번역한 것이 아니라 주요 내용 위주로 발췌하여 한국말로 요약했다. 그러나 우리나라 정책에 도움이 되는 시사점들을 발굴하기 위해서는 정독은 아니더라도 보고서 전체를 대강은 읽어야만 가능했다. 공공행정 분야에서 사용되는 용어들은 낯설고 어려운 것이 많았다. 모르는 단어나 표현들은 일일이 확인을 해야 했는데 혹시라도 엉뚱하게 해석하면 큰 문제가 될 수 있기 때문이다. 젊고 유능한 번역사가 많겠지만 공공행정 분야 보고서라면 한번 경쟁해 볼 만하다.

부녀 관광통역안내사로 활동 또는 한국어 교사 자격증 취득

관광통역안내사는 외국인을 대상으로 통역 가이드 업무를 수행하는 직업이다. 주로 한국을 방문하는 외국인들이 대상이다. 최근에는 내국인의 해외여행이 증가하고 있어 해외에서의 활동도 활발해지고 있다고 한다. 프리랜서 직업이라는 매력 때문에 자격증을 따려고 준비한 적이 있다. 파리에서 돌아와 수습지원과장으로 발령받기 전이었다.

자격증 취득을 위해서는 필기시험과 면접시험을 봐야 한다. 영어 시험은 별도로 보지 않고 토익이나 토플, 텝스시험으로 대체한다. 토익 기준으로 760점 이상이니 크게 어렵지는 않다. 1차 필기시험 과목은 관광국사, 관광자원해설, 관광법규, 관광학개론 등 4과목이다. 2차 면접시험은 면접관의 질문에 대해 한국어 또는 영어(다른 외국어)로 답변해야 한다.

시험을 보기 위해서는 인강을 통해서라도 공부해야 하는데 시간이 나지 않았다. 차일피일 미루다 포기하고 대신 딸한테 정보를 줬다. 마침 딸이 휴학 중이어서 관광통역안내사 자격증을 따보면 어떻겠냐고 말했더니 관심을 보였다. 며칠 뒤, 인강을 들을 테니 수강료를 납부해 달라고 했다.

딸아이는 영어와 불어 두 가지 자격증을 취득했다. 요즘은 가끔 아르바이트로 프랑스 관광객 가이드를 한다. 나도 자격증을 빨리 따서 부녀가 같이 활동하면 무척 재미있을 것 같다. 요즘 BTS가 전 세계적으로 인기를 끌고 있다. 덩달아 한국어 교육에 대한 수요와 인기도 점점 높아지고 있다. KDI 대학원에도 한국어를 배우고 싶어 하는 학생이 많다. 한국말을 전혀 모르는 초급반의 경우 영어를 할 줄 아는 강사가 필요하다고 한다. 한국어 교사 자격증만 따면 취업은 문제없을 것 같다.

더 많은 사람과 나의 영어 울렁증 극복기 공유

지금 이 책을 쓰고 있는 가장 큰 동기 중의 하나는 더 많은 사람과 나의 얘기를 공유하고 싶어서다. 그동안 국가민방위재난안전교육원 재난안전중견리더 과정, 중앙소방학교 신임간부 과정, 충북대학교 재난관리대학원 과정, 국방부 중견리더 과정 등에서 내 영어 울렁증 극복기 강의를 했었다. 청중들의 연령은 20대 초반부터 50대 후반까지 다양했지만 한 가지 공통점이 있었다. 그동안 영어 공부를 하고 싶은 마음은 늘 있었는데 실천이 어려웠다는 것이다. 강의 중 퀴즈를 내고 정답을 맞힌 분들께 작은 선물을 드렸는데 감사글을 보내주신 분들이 있었다. 그중 몇 개만 소개해 본다.

"감사합니다! 영어공부하기 막막했는데 원장님 덕분에 방법을 뚜렷이 알았으니 일단 시작하기에 겁먹지 않을 수 있을 것 같습니다 (신임간부 과정)."

"영어공부를 하겠다고 마음만 먹고 실행을 안 하고 있었는데 많은 자극을 받았습니다. 원장님의 TED 강의 기대합니다(중견리더 과정)."

"저도 영어를 정말 못하지만, 원장님처럼 열심히 공부해서 해외 유학을 도전해 보겠습니다(신임간부 과정)."

"오늘 유익한 강의 감사합니다. 좋은 강의를 해주신 덕분에 많은 것을 알게 되고 동기부여도 많이 받고 갑니다.^^ 저도 평소 영어공부에 관심이 많았는데 더 진지하게 영어를 공부하고 싶은 의지가 다시 피어납니다(중견리더 과정)."

영어 때문에 나만큼 아파봤니?

이 책이 출판되고 나면 영어 때문에 힘들어하는 20대 대학생들부터, 늦었지만 영어공부에 꼭 도전해 보고 싶은 중장년층에 이르기까지, 지금보다 훨씬 더 다양한 청중들을 만나 내가 직접 경험하고 실천한 얘기들을 좀 더 생생하게 전달하고 싶다.

사실 TED 강의는 알렉스가 아이디어를 주었다. 두세 달 전쯤 알렉스한테 성균관대 외국인 학생과의 영어강의 모습이 담긴 사진을 보내준 적이 있는데 그 사진을 보며 가까운 미래에 TED 강의를 하는 내 모습을 떠올렸다고 했다. TED 강의는 전혀 생각도 못 해 봤는데 용기가 솟구쳐 올랐다. 세계 각국의 청중들을 상대로 자신 있게 영어 울렁증 극복기 강의를 하고 있는 내 모습을 그려 본다.

지금도 가끔 나 자신을 돌아보면 신기하다는 생각이 들 때가 있다. 기회만 생기면 주변 사람들에게 내 영어공부 경험담을 털어놓는다. 그러다가 누군가 조금이라도 관심을 가져 주면 더욱 신이 나서 얘기한다. 어떤 때는 점심을 먹는 둥 마는 둥 하고 커피숍으로 이동해 계속 무용담을 이어간다. 그동안 게을러서 30년 넘게 미뤄뒀던 대학원에도 진학했다. 게다가 일부러 영어로 수업하는 학교를 골랐다. 사이버대학에서 통역과 번역공부도 하고 있다. 사실, 기관장이다 보니 점심 약속이 많다. 그럼에도 불구하고 1주일에 한 번은 영어 동아리를 위해 꼭 시간을 비워둔다.

재난영어 강의를 하려면 준비를 많이 해야 한다. 똑같은 내용이라 하더라도 한국어 강의에 비해 몇 배는 더 힘들다. 솔직히 1주일에 세 번씩 걸려오는 전화영어가 귀찮을 때도 있다. 저녁 약속이나 수업이 있는 날에는 돌아오는 길에 차 안에서 전화를 받는 경우도 종종 있다. 그래도 한 번도 빠지지 않고 꾸준히 한다. 매일 아침 CNN이나 BBC를 꼭 시청한다. 아무리 바빠도 10분 정도는 시간을 낸다. 생각해 보면 누가 억지로 시킨 것도 아닌데 사서 고생을 하고 있다.

과연 무엇이 나를 이렇게까지 변하게 만들었을까? 거의 반평생 동안 영어 콤플렉스를 가슴속 깊이 감추어 두고 살았다. 물론 절대 깨질 것 같지 않던 변화의 시작은 일 때문이었다. 싱가포르 국립도서관에서의 경험은 굉장한 충격이었다. 아마 그 일이 없었다면 지금의 내 모습을 상상하긴 힘들다. 싱가포르에서 근무할 땐 영어를 열심히 해야 할 동기가 분명했다. 그러나 싱가포르에서 돌아온 이후 청와대에서만 3년 가까이 근무했다. 공무원 세계에서는 제일 바쁘고 힘들다는 곳에서 말이다.

인간은 망각의 동물이자 환경변화에 민감하다. 3년의 세월이면 영어에 대한 갈구를 놓아 버리기에 충분한 시간이다. 그런데 뭔가 보이지 않는 손이 있었다. 아무리 피곤해도 자투리 시간이라도 짜내 신문을 읽거나 뉴스방송을 들었다. 파리에서 돌아온 이후에도 업무를 하는 데 영어가 필요하지는 않았다. 난생처음 해보는 재난업무에 적응하는 것만 해도 힘에 벅찼다. 재난현장 출동, 집중호우 피해 복구, 코로나19 대응 등 맡은 업무들도 하나같이 만만치 않았다.

그럼에도 불구하고 나를 지속하게 만든 것은 무엇일까? 수십 번을 생각해 봐도 답은 하나다. 그것은 바로 재미였다. 물론, 재미를 느낄 수 있을 때까지 넘어야 할 고비는 분명히 있다. 최소한 몇 번은 위기가 닥칠 수 있다. 그래서 편안한 마음으로 영어를 대하라는

에필로그

것이다. 당장 수능을 보는 것도 아닌데 급하게 서두를 필요가 없다. 하루에 10분씩이라도 시간을 내서 꾸준히 하는 것이 중요하다. 오늘 들리지 않은 단어나 문장이 내일 바로 들릴 수 있다. 물론, 수십 번을 반복해서 들어도 안 들릴 수도 있다. 그러나 포기하지 않고 계속하다 보면 언젠가는 들리게 된다. 그리고 희망적인 것은 점점 학습 기간이 짧아진다는 것이다. 아는 단어가 하나둘씩 늘어나게 되면 나중에는 기사 한 편을 읽을 때 사전을 뒤적여 찾아야 하는 단어는 한두 개로 줄어든다. 뉴스방송도 마찬가지다. 오늘 10% 밖에 못 들었다고 실망할 필요가 없다. 꾸준히 하다 보면 나도 모르는 사이에 실력이 쑥 올라간다. 처음에는 뜻을 파악하기에도 바쁘다. 그러나 어느 정도 여유가 생기면 앵커의 발음과 악센트까지도 신경을 쓸 수 있게 된다. 그리고 내용에 대한 이해도가 높아질수록 더욱 집중해서 들을 수 있게 된다.

요즘은 BBC나 CNN을 들으면 90% 이상은 들린다. 발음 때문에 이해를 못 하는 경우는 가끔 있어도 모르는 단어가 나오는 경우는 거의 없다. 물론, 사람 이름이나 지명 같은 것은 알아듣기 쉽지 않다. 우리나라 사람들은 대부분 영국 발음에 취약하다. 미국식 영어에 익숙해져 있기 때문이다. BBC 방송을 자주 들으면 영국 발음에

영어 때문에 나만큼 아파봤니?

익숙해질 수 있다. 대체로 BBC 앵커들은 CNN 앵커들에 비해 말을 천천히 한다. 그래서 초보자라면 CNN보다는 BBC를 적극 추천한다. 나도 최근에는 BBC를 더 자주 본다. CNN은 국내정치 문제와 관련된 콘텐츠들에 너무 많은 시간을 소비한다. 어떤 때는 방송 내내 트럼프 얘기만 한다. 그에 반해 BBC 프로그램은 훨씬 더 다양하고 중립적이다.

요즘에는 영어를 잘하는 사람이 정말 많다. KDI 대학원에 있는 한국 교수들도 모두 영어를 잘한다. 첫 학기에 박진 교수님의 강의를 들었는데 영어 실력이 수준급이었다. 경쟁심이 생겼다. 나도 영어강의를 하는데 저 정도 수준은 돼야겠다는 욕심이 스멀스멀 올라왔다. 목표가 더욱 높아진 것이다. 아마 평생을 계속해도 끝이 없을 것 같다. 공자가 하신 옛 말씀이 생각난다.

"학이시습지면 불역열호라(學而時習之, 不亦說乎), 배우고 때때로 그 것을 익히면 또한 즐겁지 아니한가?"

흥미를 느끼는 것이 최고의 공부방법이다. 우리가 실천하지 못하고 있을 뿐 이미 오래전부터 우리 조상들이 알려준 비법이다. 앞에서도 말했지만 성인이 영어를 공부하는 이유는 천차만별이다. 승진이나 해외유학 때문인 경우도 있고, 해외여행을 가서 현지인들과 자유롭게 소통하고 싶어 하는 사람도 있다. 아니면 영어공부를 자신의 버킷리스트에 올려놓은 사람도 있다.

사람마다 목적이 다르듯이 각자 공부하는 방법도 다르다. 학원에 가는 사람, 유튜브를 활용하는 사람, 드라마나 영화 보는 것을 즐기는 사람 등 각양각색이다. 도구가 중요한 것이 아니다. 무엇이든 간에 자기가 좋아하고 재미를 느낄 수 있는 것이 최고이다.

그리고 영어를 공부한다고 해서 모든 사람이 원어민처럼 될 필요는 없다. 자신이 하고 싶은 말을 영어로 표현할 수 있는 정도면 충분하다. 전 세계인구의 절반 이상이 영어를 사용한다. 영어로 소통해서 경제활동을 할 수 있는 세계인구가 46억이 넘는다. BTS, 손흥민 선수, 윤여정 배우, 봉준호 감독 등 한국을 대표하는 스타들이 인터뷰에서 영어로 자신 있게 수상소감을 얘기하는 것을 보면 얼마나 자랑스러운가!

우리와 다른 문화와 역사를 가진 다양한 사람들과 자유롭게 소통하는 내 모습을 상상해보라. 저절로 엔도르핀이 솟구친다. 일단 시작하는 것이 중요하다. 하루 10분이라도 시간을 내라. 대신, 내가 좋아하는 분야를 선택해라. 이 글을 읽고 오늘 TV 채널을 돌려 BBC나 CNN을 시청하는 독자가 한 분이라도 있다면 나로선 대성공이다.

영어 때문에 나만큼 아파봤니?

마크
국립공주교육대학교 영어 교수

I met Jaeheum through my friend Alex Rose. Our first meeting was at a little coffee shop called "Summer", and I knew it would be a good fit pretty quickly. Jaeheum told me that he watched CNN and BBC news for English practice and harbored a dream to be a journalist, possibly something he would do when he retired from the civil service. I had worked as a newspaper reporter in Canada before later becoming a school teacher, so I could see that we both shared a passion for the news and issue of the day.

(내 친구인 알렉스 로즈를 통해 재흠이를 알게 되었다. 우린 나성동에 있는 작은 커피숍(썸머)에서 처음 만났는데 보자마자 꽤 서로 잘 어울릴 것 같다는 생각이 들었다. 그때 그는 영어학습을 위해 CNN이나 BBC를 자주 시청하고, 공직에서 은퇴 후 저널리스트가되는 꿈을 가지고 있다고 말했다. 나 역시 영어교사가 되기 전 캐나다에서 신문기자로 일했던 적이 있어 우리 둘 다 데일리 뉴스와이슈에 대한 관심이 대단하다는 것을 알게 되었다.)

I began our classes using worksheets that discussed

issues and topics, focusing on discussion, vocabulary, and pronunciation. I recall that he had certain pronunciation challenges (fish? Blue?) But over time, they disappeared. Over time, we stopped using worksheets and just talked as friends about the events of the day with the government and what was in the news cycle, and sometimes our personal lives with work and family.

(초기에는 토론, 어휘, 발음에 중점을 두고 그날의 이슈와 토픽에 대해 토론할 수 있는 수업자료를 활용해 공부했다. 그때 내 친구가 피쉬나 블루 같은 특정 발음에 어려움을 가졌던 것을 기억한다. 그러나 시간이 지나면서 그런 문제들은 금세 사라졌다. 그리고 나중에는 사전에 준비한 자료는 더이상 쓰지 않고 정부와 관련된 그날 그날의 이벤트, 뉴스에 나오는 다양한 이슈들, 그리고 가끔은 직장 및 가족과 관련된 개인적인 삶에 대해 그냥 친구로서 자연스럽게 대화를 하게 되었다.)

Then in 2020, we went from talking about government policies on natural disasters and playground zone speed cameras, to suddenly Jaeheum being called to duty during the earliest days of Covid-19. Near the end of our coffee classes, Jaeheum began doing English speeches about his work at the Ministry of Interior and Safety. This was work that younger civil servants rightly were reluctant to take

영어 때문에 나만큼 아파봤니?

on, with the challenge of speaking in English and being judged in front of dozens of foreigners. But Jaeheum gladly embraced the challenge.

(2020년에 우린 주로 자연 재난과 어린이보호구역 내 과속카메라 설치에 관한 정부 정책에 관해 얘기했다. 그러다가 코로나19가 발생해 친구는 갑작스럽게 코로나 대응 업무를 맡게 되었다. 우리의 커피숍 수업이 끝나갈 무렵, 그는 자신의 업무와 관련 있는 '한국 정부의 코로나19 대응체계 및 전략'에 대해 외국 연수생들을 대상으로 영어강의를 하기 시작했다. 그것은 젊은 공무원들은 하길 꺼리는 일이었다. 왜냐하면, 영어로 발표를 해야 하고 많은 외국 청중 앞에서 평가를 받아야 하는 어려운 일이기 때문이다. 그러나 그는 흔쾌히 도전을 받아들였다.)

Our classes together came to an end during the peak time of the vaccination push in Korea. He also had begun a new challenge at KDI University where he began a Master's Degree in International Relations. I was very skeptical of pretty much every aspect of Covid policy but Jaeheum always listened and showed the patience of Job as I vented about the latest government overreach. By that time, we were no longer teacher and student, but just two friends having a cup of coffee, trying to figure out when the biggest event of our lifetimes would ever end. I look forward to seeing what new adventure my friend will embark on next. One thing I'm sure of, it won't be easy, and he'll do an exceptionally good job of it.

(한국에서 백신 접종 추진이 한창이던 시기에 우리 수업은 끝이 났다. 그 무렵에 그는 또다시 KDI 대학에서 국제관계학 석사학위를 받기 위한 새로운 도전을 시작했다. 사실 난 정부의 코로나 정책에 대해 상당히 회의적이었지만 그는 항상 내 주장을 진지하게 들어주었다. 그리고 그 당시 한국 정부가 코로나에 지나치게 과잉 대응한다고 생각해 강한 불만을 토로했는데도 불구하고 끝까지 인내심을 갖고 나를 설득하려고 했다. 그때부터 우리는 더이상 선생과 학생의 관계가 아니라 커피 한 잔을 같이 마시며 우리 인생에 있어 가장 큰 사건인 코로나19가 과연 언제 종식될지에 대해 얘기하는 편한 친구 사이로 변하였다. 이제 내 친구가 다음엔 어떤 새로운 모험을 시작할지 기대가 된다. 내가 확신하는 한 가지는 그 새로운 도전이 무엇이든 쉽지는 않겠지만 그가 아주 잘 해낼 것이라는 것이다.)

From Mark,

English lecturer at Gongju National University of Education

(마크로부터, 국립공주교육대학교 영어 교수)

영어 때문에 나만큼 아파봤니?

알렉스
국립공주대학교 영어 교수

I first met Jaeheum in 2017 when he was working as a delegate to the Korean Embassy at the Organization for Economic Co-Operation and Development (OECD) in Paris. It was my wife who had first told me about the erudite gentleman in the next office: the great autodidact, who would spend his free time encouraging other non-native English speakers at work to engage in English discussions. Jaeheum, with his twin gifts of charm and persuasion, encouraged my wife, and others, to join his weekly English discussion groups.

(내 친구인 재흠이를 처음 만난 건 그가 2017년 파리에 있는 OECD 한국대표부에서 근무할 때다. 옆 방에 있는 박식한 신사이자 대단한 독학자인 그에 대해 내게 처음 말해 준 사람은 아내였다. 아내는 그가 틈만 나면 원어민이 아닌 직장 동료들이 영어토론에 참여하도록 설득한다고 했다. 매력과 설득력이라는 두 가지 특별한 재능을 가진 내 친구는 아내와 다른 동료들이 그가 주도하는 영어토론 그룹에 참여할 수 있도록 이끌어 나갔다.)

In around August 2017, I met Jaeheum for the first time in a small Japanese restaurant not far from the banks of the river Seine. We talked breezily for about an hour about language, and life in Paris. We would meet in his office, once or twice a week, for about a year, whereby he would send me his writings by email to look over and correct, and then we would discuss them a few days later.

(2017년 8월경에 센 강변에서 멀리 떨어지지 않은 작은 일식집에서 우린 처음 만났다. 거의 한 시간 동안 유쾌하게 언어와 파리 생활에 관한 얘기들을 나누었다. 근 1년간 일주일에 한두 번씩 그의 사무실에서 영어공부를 함께 했다. 먼저 그가 쓴 글을 내게 이메일로 보내면 찬찬히 살펴본 후 과외 시간에 만나 오류나 수정이 필요한 사항에 대해 서로 의견을 나누었다.)

Through his writing, I discovered the somewhat unusual language journey Jaeheum had been on. It was unusual because he had started learning English later in life – well into his 40s before he began to learn the language properly. I remember him once describing those early days of learning as "a kind of torture". He must have enjoyed such self-inflicted torture because he seemed to spend most of his time learning English through newspapers and television.

(친구가 쓴 글을 통해 지금까지 걸어온 그의 언어 학습 여정이 남

영어 때문에 나만큼 아파봤니?

다르다는 것을 알게 되었다. 그는 40대 후반이 되어서야 영어를 제대로 배우기 시작했다고 했다. 어느 날 친구가 뒤늦게 영어공부를 시작한 학습 초기 상황을 "일종의 고문"이라고 묘사했던 기억이 난다. 그렇지만 그는 아마 분명히 그러한 자학적인 고문을 즐겼을 것이다. 왜냐하면, 그는 여가시간의 대부분을 신문과 텔레비전을 통해 영어를 학습하는 데 보냈기 때문이다.)

Jaeheum returned to Korea in the summer of 2018. After he left, I became interested to see if – and to what extent – his English had improved in terms of both complexity and accuracy during our time together. I analyzed the 24 essays he had sent me between September 2017 and July 2018 and found that his writing had become a lot more accurate over time. Interestingly, his writing had also become a little less complex.

(친구는 2018년 여름에 한국으로 돌아갔다. 그가 떠난 후 문득 우리가 함께 공부했던 시간 동안 복잡성과 정확성 측면에서 그의 영어 실력이 어느 정도 향상되었을까 하는 궁금증이 떠올랐다. 그래서 2017년 9월부터 2018년 7월까지 그가 보내준 24편의 에세이를 살펴보았는데 시간이 지날수록 친구의 글이 훨씬 정확해졌다는 것을 발견했다. 그리고 또 하나의 흥미로운 발견은 친구가 점점 간결하게 글을 쓴다는 것이었다.)

A few years passed before I met Jaeheum again. I had thought, naturally, that since he no longer needed to speak English every day his English ability would have deteriorated. It hadn't. In fact, it has probably improved. His fluency and pronunciation have definitely got better. And his infectious love for language learning seems just as strong today as it was the first time we met.

(우린 몇 년이 흘러 다시 만났다. 친구가 한국으로 돌아온 이후에는 더이상 매일 영어를 쓸 필요가 없었기 때문에 영어 능력이 당연히 퇴보했을 것으로 생각했었다. 그런데 아니었다. 오히려 전보다 향상된 것처럼 보였다. 한 가지 확실한 것은 영어 유창성과 발음은 예전에 비해 훨씬 좋아졌다는 점이다. 그리고 전염성이 강한 그의 언어 학습에 대한 애정 역시 우리가 처음 만났을 때만큼이나 여전히 뜨거운 것 같다.)

From Alex, English lecturer at Gongju National University
(알렉스로부터, 국립공주대학교 영어 교수)

김문희
전 주오이시디 대한민국 대표부 공사, 전 교육부 기획조정실장

　영어공부의 달인 김 원장님은 ACE이다. ACE의 사전적 의미는 고수, 명수이다. 김 원장님의 영어공부 ACE는 A와 C, 그리고 E가 함께 시너지를 내었기에 가능했다고 생각한다.

　A는 Action이다. 생각과 계획으로 끝나는 것이 아니라 실천에 옮기는 실행력! 이 책에서 찾게 되는 김 원장님만의 영어공부를 위한 다양한 행동과 실행 방법들에서 보듯이 뜻하는 바가 있으면 어떤 방식으로든 실행하고야 마는 그만의 노하우에 감탄하게 된다.

　C는 Courage이다. 새롭고 익숙하지 않은 것에 도전하는 용기! 김 원장님의 영어공부는 늦은 나이에 시작하여 공무원 생활을 하면서 꾸준히 이어져 왔다. 두려움을 극복하고 할 수 있다는 용기를 잃지 않은 김 원장님의 도전정신이 돋보인다.

　E는 Enthusiasm이다. 적당히 하는 것이 아니라 좋아하는 것을 향한 무한한 열정! 용기만으로 영어공부를 계속할 수는 없다. 어떤 여건에서든지 지치지 않고 지속할 수 있는 김 원장님만의 열정에 감동하게 된다.

김국장
환경부

김재흠 국장님은 부드러운 인상과 여유 있는 태도를 가진 분이다. 주오이시디 대한민국 대표부 사무실에서 처음 뵈었을 때 따뜻하게 웃어주시던 모습이 기억에 생생하다. 업무 외에는 무심한 듯하시던 분이 '영어'에 대해 말씀하실 때는, '영어'를 쓰실 때는 눈꼬리가 휘어지며 목소리 톤이 높아지던 모습, 이 책을 읽어내려가다 보니 그 이유를 저절로 알게 된다. 아, 사랑에 빠지셨던 거구나!

나이가 들면 사람들은 어쩔 수 없이 삶에 있어서 나른해지게 마련이다. 세상살이의 패턴에 익숙해지기 때문이다. 총합적 역사가 되풀이되듯이 개별적인 삶도 상당 부분 반복되고, 그러한 반복이 일상이 되면 다들 비슷하게 살아간다. 욕할 일이 아니다. 다만, 김재흠 국장님은 이런 반복에서 비켜 계신다.

국장님의 영어 사랑은 남다르다. 시간이 지나도 변하지 않는다. 책에서처럼 어릴 때부터 느끼셨을 것으로 보이는 영어 불안감을 극복하기 위해 정면으로 부딪치시면서 시작된 그 열정은 이제 사실 '맹목적인 사랑'으로까지 보인다. 사람에게 느끼는 사랑의 감정도 유효기간이 있다는데 2016년 여름 처음 마주했던 국장님의 영어 사랑이 2023년 지금까지도 여전하고, 갈수록 더욱 강해진다는 사실에 그저 놀라울 따름이다. 이제 국장님은 책을 출판하신다. 영어 사랑과 극복의 역사를 대중들과 공유하기 위해서 진솔하게 써내려가신 책의 원고를 어제 받아 어제 모두 다 읽어 보았다. 오랜 시간이 지나도록 변치 않는 그 열정에 깊은 존경의 마음을 보낸다.

영어 때문에 나만큼 아파봤니?

김영섭
저자의 대학 친구

독감으로 1주일을 보내다 보니 친구가 보내준 원고를 이제야 읽어 봤네. 책의 내용이 아주 유익하고 감동적이면서도 편하게 술술 잘 읽혀서 단숨에 읽어 봤는데 근 40여 년을 서로 가깝게 지내왔으면서도 미처 몰랐던 내용이 많아 참으로 흥미로웠다네.

책을 읽어내려가다 보니 친구의 진솔한 용기와, 애써 남들에게 내세우지 않으려는 겸손함이 동시에 느껴졌네. 덕분에 나로서는 오랫동안 궁금해 왔던 퍼즐이 맞춰지는 호사를 누렸지 뭔가.

전반적으로 비주류의 유쾌한 성장기 같은 스토리텔링이 많아 대리만족도 충분히 된 것 같네. 시간과 사람에 대한 투자, 끊임없이 노력하는 자세, 안정된 가정생활 등이 좋은 시너지를 내는 것 같네.

앞으로의 인생 2막도 가치 있고 행복한 날들이 계속해서 이어지길 진심으로 바라며 응원하겠네.

대학 친구 영섭이가

윤동호
전 한국국토정보공사 국토정보교육원 원장

개인이 학창시절이나 사회에 진출한 후에도 가장 많이 투자하는 역량개발 분야를 꼽으라고 한다면 1순위가 영어 과목이 아닐까싶다. 누구나 외국인을 만나 주눅 들지 않고 자유롭게 의사표현을 하고, 나아가 강의나 국제회의 같은 공식 행사에서 본인의 의사를 거리낌 없이 발표하고 토론할 실력을 갖추는 것이 대다수 사람의 로망일 것이다.

작년에 내가 근무하는 교육원에서 글로벌 MPA 과정을 운영한 적이 있는데 이 책의 저자인 김재흠 원장을 초빙하여 우리나라 재난관리체계 강의를 한 적이 있다. 그때 강의 내용에 대해 다양한 국적의 교육생들 평가가 매우 우수하였을 뿐만 아니라, 전문성이 요구되는 재난관리 분야를 영어로 직강(直講)할 수 있는 역량을 갖추었다는 것이 놀라웠다.

김 원장은 평소 자신의 역량개발을 위해 부단히 노력해 온 것으로 알고 있다. 50세가 다 되어 영어공부를 본격 시작했음에도 불구하고 이 정도의 실력을 갖춘 사례는 흔치 않을 것이다. 이는 무엇보다도 김 원장의 그칠 줄 모르는 끈기와 노력 덕분이라고 생각한다. 이 책을 통해 많은 분이 김 원장의 사례에 공감하고 역량 배양의 좋은 계기가 되기를 기대해 본다.

영어 때문에 나만큼 아파봤니?

신인철
인사혁신처 국장(해외파견)

김재흠 원장님과의 첫 만남은 당시 행정안전부 인사운영팀장으로 일하실 때였다. 큰 조직의 인사운영을 하며 사람들의 얘기를 다 들어주기가 힘들 텐데 그때도 김 원장님은 기꺼이 시간을 내어 직원들의 고충을 들어주고 챙겨주는 마음 따뜻한 분으로 지금도 기억에 남아 있다.

이 책을 통해 원장님의 일생에 걸쳐 이어진 영어를 향한 노력과 좌절, 그럼에도 식지 않은 열정을 통해 결국 얻어낸 오늘날의 성취를 보며 존경과 경탄을 금할 길이 없다.

사실 골프와 같은 운동이든 어학이든 하루라도 빨리 시작하는 것이 좋기는 할 것이다. 그러나 무엇이든 시작하기에 늦은 나이는 없다고 생각한다. 마흔 넘어서 골프를 시작할 생각은 누구나 쉽게 하는데 왜 영어는 지레 포기할까? 나이가 많아 영어를 배우고 익히기엔 늦었다고 생각하는 분들이 계시다면, 김 원장님의 이 글을 꼭 한번 읽어보시라고 권하고 싶다.

신재희
국가민방위재난안전교육원 주무관

　원장님께서 책을 쓰셨다는 소식을 듣고는 너무나도 궁금했다. 원장님께서 겪은 삶의 경험들과 영어가 원장님의 삶에 어떤 영향을 끼쳤는지 참으로 궁금했기 때문이다.

　원장님이 쓰신 책의 원고를 읽어가는 동안 잠시도 책에서 눈을 뗄 수가 없었다. 아마 최근에 읽은 책 중에서 가장 빨리 읽었던 것 같다. 그만큼 이 책에는 젊은이인 나로서 배울 점이 너무나 많았다.

　영어공부의 시작이 어려울 수 있다. 초등학교, 중학교, 고등학교, 대학교에 다니는 동안 참으로 힘겹게 공부해서 직장에 들어왔는데 또다시 영어공부를 한다는 건 그리 달가운 일이 아닐 수 있다. 하지만, 작은 나비의 날갯짓으로 인해 커다란 허리케인이 되듯이, 그리고 원장님에게 있어서 영어공부의 작은 시작이 큰 인생의 결실을 가져왔듯이, 나 또한 원장님과 같은 멋진 도전으로 인생의 방향을 바꿔보고 싶다.

　이 책을 읽고 나면 독자들에게 참으로 많은 걸 깨닫게 해줄 것으로 생각된다. 마음을 담아 세상에 펴내신 원장님의 값진 책이, 도전을 두려워하며 망설이는 세상의 많은 젊은이에게 힘과 용기를 심어줄 수 있게 되기를 기원한다.

　　　　　　　　　　　　　　　　　영어 때문에 나만큼 아파봤니?

이영미
행정안전부 사무관

　김재흠 원장님은 행정안전부에서 내가 2019년과 2022년에 상관으로 두 번을 모신 분이다. 공직생활을 하면서 같은 분을 두 번 만나기도 쉽지 않지만, 3년여 만에 교육원에서 다시 만난 원장님은 예전에 내가 기억하던 원장님이 아니었다.

　2022년 2월에 교육원장으로 오신 이후, 원장님의 엄청난 영어 실력을 눈앞에서 보고 충격을 받고야 말았다. 사실, 3년 전 원장님의 영어 실력을 취미 수준 정도로 추측했었는데 외국인을 대상으로 운영하는 국제교육과정에서 영어로 재난 분야 강의를 하시고, 수료식 만찬 행사에서 외국인 교육생들과 영어로 자연스럽게 대화를 나누시고 건배사까지 하셨던 것이다.

　『골프를 잃고 세상을 얻다』라는 제목(출간 전의 원고 제목)을 보니 '염일방일(拈一放一)'이라는 고사성어가 떠오른다. 하나를 잡기 위해서는 다른 하나를 놓아야 한다는 뜻이다. 해외 파견근무 당시 골프를 영어와 함께 동시에 잡으려고 욕심을 부렸다면 어느 한 가지도 제대로 못 잡지 않았을까? 영어공부 한 가지를 잡는 결단력과 꾸준한 집념으로 세계를 얻으신 원장님께 존경의 마음을 보내며, 앞으로 재난 분야의 전문 영어강사와 작가로서 더욱 풍성해질 인생의 후반전을 열렬히 응원한다.

이충현
행정안전부 안전소통담당관실 사무관

열정, 의지, 추진력!

이 모든 상징언어로 똘똘 뭉친 사람, 김재흠!

대기업 유명 CEO도, SNS 인플루언서도 아니다.

그저 다른 사람들보다 조금 늦게 세상을 알아 온 공무원이다.

늦깎이 영어 입문자인 김재흠 원장님은 이제 꿈을 분양한다.

경계를 초월한 영어소통전문가로

인생 2모작을 멋지게 시작했고,

흔히 '며느리에게도 알려주지 않을 법한 학습 비법'을

기꺼이 내놓았다.

점점 더 선명해지는 눈가의 잔주름을 보자면,

김재흠 원장님의 꿈과 희망이 더 짙어졌음을 확신하게 된다.

실무현장에서 켜켜이 쌓아온 주름이 책에 담긴 만큼,

실무영어 학습의 지름길을 보여주는 지도가 될 것이다.

영어 때문에 나만큼 아파봤니?

임택수
전 충북 청주시 부시장

김재흠 원장으로부터 이 책의 추천사 부탁을 받고 그간을 추억해 보았다. 충북도 지방 7급 내무부 출신인 나와 총무처 7급 출신인 그와는 젊은 시절 행정자치부 총무과 인사팀에서 만나 부내 배드민턴 동우회에서 같이 운동하고 대통령비서실 인사담당행정관으로 함께 일했었다. 특히 김 원장이 행정안전부 복구정책관으로 있을 때, 내가 충북 재난안전실장이던 2020년 여름, 집중호우로 충북 역사상 최악의 피해(인명피해 13명, 재산피해 2,770억 원) 복구에 많은 도움을 받았던 기억도 새롭다.

그는 사십이 훨씬 넘어 영어공부를 본격적으로 시작하여 싱가포르 대사관 주재관, OECD 참사관으로 근무하였다. 그런데 아직도 매일 영어를 공부하고 있고, 젊은 유학파 고시 출신도 어려워하는 영어강의와 토론도 자유롭게 하고, 앞으로 정년 후에는 TED 강의와 통번역사를 꿈꾼다니 그저 부럽고 놀라울 따름이다.

고향인 충북에서 실국장과 부단체장을 거쳐 퇴직한 나는 해외 출장, 국제회의 참가 시에만 영어에 대한 갈증이 있었지만 그건 그때뿐이었고 배우겠다는 절실함이 없었다. 독자들에게 일러두고 싶은 말이 있다. 앞으로 더욱 성장하고 나중에 후회하지 않으려면 절실한 마음으로 영어공부를 하자. 세상을 바라보는 눈이 달라진다.

No pain, No gain!

전프로
비즈니스 프레젠테이션 기업 센츄리온 대표 디렉터

'반려(伴侶) = 짝이 되는 동무'.

김재흠 원장님의 초고를 읽으면서 이런 생각을 했다.

'원장님은 평생 함께할 반려어(伴侶語)를 만나셨구나.'

제2외국어가 목적과 필요에 의한 언어라면 반려어는 평생 배우며 함께하는 언어가 아닐까 싶다.

김재흠 원장님은 재난과 안전교육을 책임지는 기관의 장(長)임에도 불구하고 일반 교육생들이 듣는 프레젠테이션 강의를 맨 앞자리에 앉아 끝까지 들으실 정도로 배움에 대해 열정적이시다.

묻기를 주저하지 않으시고 '피드백의 피드백'을 하실 정도로 적극적이셨다. 그동안 많은 기관에 출강해 봤지만 이 정도의 열의를 보이신 기관장은 처음이었다.

원장님이 꿈꾸시는 영어와 관련된 모든 계획은 반드시 이루어질 거라 믿어 의심치 않는다. 내 두 눈으로 직접 그분의 열정을 보았기에 단언한다. 이 책은 골프장의 필드가 아닌, 세상이라는 훨씬 더 넓은 필드를 향해 멋지게 티 샷을 날린 남자의 이야기다.

도전과 시작을 망설이는 분들께 이 책을 자신 있게 추천한다.

영어 때문에 나만큼 아파봤니?

허 역
저자의 대학 친구

영어 울렁증이 있는 50을 바라보는 중년의 나이에 영어공부를 한다는 것이 얼마나 고된 일이었을까? 더욱이 단지 일상에서만 영어를 쓰는 것이 아니고, 외국에서 영어로 업무를 해야 한다는 것은 결코 만만한 일이 아니었을 것이다.

요즘은 영어를 하는 사람도 많고, 잘하는 사람도 많다. 그러나 외국인들을 대상으로 영어로 강의하는 사람은 그리 많지 않을 것이다. 해외유학파도 아니고 영어 울렁증이 심했던 나이 50이 다 된 토종 중년 남자라면 더더욱 없을 것이다.

이 책을 읽고 나서 영어에 대한 친구의 열정이 얼마나 뜨거운지, 영어를 향한 그의 사랑이 얼마나 깊고 큰지를 조금이나마 느낄 수 있었다.

알을 깨고 나온 그가 이제 새로운 알을 품으며 또 다른 세상을 향해 나아가고 있다. 그가 그려가는 새로운 인생에 큰 박수와 무한한 환호를 보낸다. 그리고 이 책을 읽고 나니 나 또한 친구 덕분에 작은 용기가 생기는 것 같다.

친구야, 자네 덕에 나이 60에 고생 좀 하게 생겼어!

김채현
저자의 딸

두어 걸음 떨어진 곳에 앉아 TV에서 눈을 떼지 않던 아빠의 모습을 가만히 지켜본 적이 있습니다. 토요일 아침 8시, 채널 161번, CNN이지요. TV의 화면과 소리를 제외하고는 아무것도 보이지 않는 것처럼, 들리지 않는 것처럼 빠져 있는 익숙한 아빠의 모습입니다.

그 꾸준함이 벌써 10년이 넘었습니다.

프랑스어와 영어를 복수 전공한 저로서는 더욱 더 이해하기 어려웠습니다. 황금 같은 주말에 웬 영어공부를?

하지만 알고 보니 공부 이상의 의미가 있었습니다. 이미 아빠의 삶의 일부가 된 것이지요. 일관된 루틴과 넘치는 열정을 보며 항상 반성하게 됩니다. 그리고 상상합니다. 어쩌면 제 미래의 모습일지도 모르겠지요?

아빠만의 우주가 마침내 열렸고, 앞에 펼쳐져 있습니다. 열정으로 가득 찬 '김재흠'호가 충만과 행복의 은하수와 함께 새로운 여정을 시작합니다.

과거의 무수한 경험, 깨달음, 그리고 노력이 모여 도착한 이야기. 이 책을 통해 다른 분들도 자신만의 영어여행을 떠날 수 있게 되기를 바랍니다. 첫 에세이 출판을 진심으로 축하드립니다.

　　　　　　　　　　　　　　　　– 아빠를 너무나 사랑하는 딸 채현 올림

　　　　　　　　　　　영어 때문에 나만큼 아파봤니?

김세진
저자의 아들

먼저 에세이 출판을 진심으로 축하드립니다.

책을 읽으며 아버지의 삶 중 제가 몰랐던 부분에 대해 알 수 있어 좋았고, 제가 이미 알고 있었던 것들은 아버지의 관점에서 바라볼 수 있어서 더욱 좋았습니다.

이 책을 통해 아버지를 더 잘 이해할 수 있게 되었네요.

개인의 삶을 정리하여 에세이를 써낸다는 것이 얼마나 뿌듯하고 감동적인 경험일까요. 저는 감히 짐작하기 어렵지만, 친구들, 동료들, 나아가 한 번도 만난 적 없는 이 책의 독자들에게 동기를 부여할 수 있는 삶을 살아오신 아버지 스스로께도 책 출판이 앞으로의 삶을 위한 더 큰 용기와 희망이 되었을 것 같아요.

지금처럼 더 많은 사람에게 좋은 영향을 주시며 나아가실 것이라 믿습니다.

– 사랑과 존경을 담아 아들 세진 올림

설영미
(사) 국민안전진흥원 이사장

김재흠 원장님의 글을 읽고 나니 시인 장석주 님의 '대추 한 알'이란 시가 생각난다.

'저게 저절로 붉어질 리 없다 / 저 안에 태풍 몇 개 / 저 안에 천둥 몇 개 / 저 안에 벼락 몇 개'

사소한 대추 한 알도 저절로 익지 않듯이 세상엔 그냥 이루어지는 것이 하나도 없다. 우리는 80의 고통을 20의 기쁨을 추억하며 버텨낸다. 20이란 기쁨이 삶의 원동력이 되는 것이다. 그런데 역설적이게도 그 20의 기쁨을 만드는 건 바로 80의 고통이란 사실이다.

우리는 성공한 사람을 부러워하기 전에 그 사람의 노력을 먼저 봐야 한다. 영어만 보면 울렁증이 생겼다는 김 원장님이 그동안 영어 때문에 겪었던 좌절과 그것을 극복하기 위해 쏟은 노력은 눈물겹다.

그간 김 원장님에게도 수많은 천둥과 번개가, 그리고 밤잠을 설쳤던 수많은 나날이 지나갔을 것이다. 그러면서 마치 가을에 붉게 익어가는 대추 한 알처럼 천천히 탐스럽게 익어갔을 것이다.

지금 당신의 눈앞에 어떤 장해물이 있는가? 고지를 정복하기 위해 조금만 더 독하게, 조금만 더 인내하며 힘을 내자, 태풍과 천둥, 벼락, 무서리를 견디다 보면 나도 언젠가는 이 책의 저자처럼 탐스럽고 야무진 대추가 될 수 있으리라 기대하면서.

독자들의 목표 달성을 기원하며 일독을 권한다.

KDI 절친인 아리안느와의 카톡 내용

30년이라는 나이 격차를 극복한 절친 간의 대화 내용이다. 여기에는 학교에 다니면서 벌어질 수 있는 실제상황에 대한 다양한 영어 표현들이 들어 있다. 생활영어를 공부하는 사람들에게 훌륭한 교재가 될 수 있다고 생각하여 여기에 싣는다.

--------------------------- 22년 6월 22일 ---------------------------

Arianne : Hi, Jaeheum! Many thanks for our dinner and for taking the time to meet with us. We really had a good time. Please send a message when you guys get home safely. Also, here are our photos from the dinner :

재흠 : Hi Arianne, I am just back home safely. Thank you for accepting my dinner proposal. It was really nice and enjoyable to have time together today. Take care and keep in touch~~.

Arianne : Good to know you arrived home safely. We will keep in touch. Looking forward to visiting you and your office in Gongju.

재흠 : Thanks. Have a good night and do excellent presentation.

Arianne : Thanks, Jaeheum! Good night

--------------------------- 22년 6월 25일 ---------------------------

재흠 : Good morning Arianne. We don't have a class today? I can't log in the class.

Arianne： Hi, Jaeheum. I can't also log in. Seems like the Professor is not yet connected.

재흠： Yeap. How was the presentation?

Arianne： It went well.   I'm really happy it was done now. And yesterday I went to Jeonju for KDI Fieldtrip. It was really nice.

재흠： I am happy to hear that you did a good job and enjoyed the trip.

Arianne： Thanks, Jaeheum.

재흠： I am going crazy again and today's class is so terrible. De we have to know this long and complicated process of equation?

Arianne： Me too. I cannot understand：-(Lovely understands QM better.

재흠： If you don't have a class on Friday, how about visiting my office next week?

Arianne： Oh：-(I have submission on Academic Writing subject for that day.

재흠： Okay. Let me know later which day you prefer for the visit.

Arianne： Alright, will do. Thanks, Jaeheum.

 22년 7월 16일

Arianne： I've arrived yesterday. Now my friends and I are in Jamsil for lunch and coffee. I'm not sure with dinner yet. Are you done with PS5? I have answers and can share with you but I'm not sure if correct.

재흠： I am so delighted to hear that you can share the

영어 때문에 나만큼 아파봤니?

PS5 with me.^^

Arianne : I'll send PS5 to you via email when I return to Sejong tomorrow.

———————————————— 22년 7월 23일 ————————————————

재흠 : How was the dance festival? Did you win the competition?

Arianne : Hi, Jaeheum.   Our team didn't win but it was a very fun night. Really enjoyed it. And the food and magic show provided by the school were really good.

재흠 : I wish I were there.

Arianne : Yeah, you would have enjoyed it too. There were outsiders and some KDI employees brought their kids because there were fun activities and photo sessions.

재흠 : I was not able to go to Seoul yesterday because my daughter caught Covid-19. So I am now in Gongju.

Arianne : Oh, How is she now? I hope she recovers soon.

재흠 : She is okay. Are you in Sejong?

Arianne : Yes, I'm in Sejong. So tired from all the rehearsals and presentations for the past week.

Arianne : Good to know your daughter is recovering now.

———————————————— 22년 7월 27일 ————————————————

Arianne : How's your presentation last night?

재흠 : It was a little demanding, but finally went well. How was your exam yesterday?

Arianne : Good to know that it went well despite being demanding. I slept 3AM to finish the exam.

재흠 : Oops. You are really hardworking. How was the taste of the walnuts cake?

Arianne : The questions were difficult. I already finish them all. It's really good! Thanks, Jaeheum.

재흠 : Hi, I am doing Objective 8 in ALEKS. I managed to complete the module 4 and only have two modules 5, 6 left. But I found it is impossible to solve the questions in the two modules. Did you finish the Objective 8?

Arianne : Hi, Jaeheum. I'm done with Objective 8 but I asked a friend to help me. Because that one is really difficult.

재흠 : Can you help me?

Arianne : I really want to. But I don't understand it either. Even when my friend already helped. Maybe Lovely can help? She's better in QM than me.

재흠 : Thanks. I will contact her.

Arianne : I'm sorry, Jaeheum. I wish I could help.

재흠 : That 's all right. By the way, I took the LPM waiver test and it was so difficult. I think I need to take a LPM course next semester.

Arianne : Ohh, LPM will be helpful to you.

재흠 : Do we have a QM class tomorrow?

Arianne : We don't have class tomorrow. But professor will have office hour next Thursday again.

재흠 : I gave a lecture last Friday.

영어 때문에 나만큼 아파봤니?

Arianne : Wow! How was it?

재흠 : It was great. Students were actively engaged.

Arianne : That's nice. I'm sure they learned a lot.

재흠 : I also gave them several quizes with little prizes. I was done in ALEKS. I got help from Lovely.

Arianne : Wow. That's motivating. We also did that when I joined the fieldtrip to KIHASA.

Arianne : That's good to know. I also sent you an email containing the formulas and other techniques that might be helpful.

재흠 : Many thanks. How are you preparing for the final exam?

Arianne : Haven't started : -(I have papers for submission and working on it now.

재흠 : I see. Focus on it.

Arianne : Thanks, Jaeheum.

22년 8월 6일

Arianne : I'm doomes with this exam.

Arianne : *doomed.

재흠 : Me too, but I am happy now with the end of a semester and the beginning of our summer vacation.

재흠 : What are you going to do today? Maybe take a nap. You're exhausted with several exams and reports this week.

Arianne : Yeah! I've been so excited for the summer

break.

Arianne : Lovely and I went to an Italian restaurant near the school to destress. The food was great.

재흠 : Oh! It looks really good. Is it Sodamdong? Let's go together next time.

Arianne : It's near the korean galbi place we visited before. Sure, let's go next time. The place is Calorie Station.

재흠 : You don't have a plan to visit Seoul with Lovely tomorrow? As you know, I owe Lovely lunch or dinner because I couldn't do the ALEKS without her.

Arianne : We don't have plan to visit Seoul yet because we have Gala Night on Monday and she's now the dormitory assistant so she could not leave as often as before. But we'll go to Seoul around 3rd week of August because we need to attend summer camp. Maybe we could get together by then.

재흠 : Ok. You can also come to Gongju if available and let you know if I come to Sejong. When are you going to Busan?

Arianne : Yes, we will definitely go in Gongju during the break. I'll be in Busan and Gyeongju from 28 Aug to 03 Sept.

--- 22년 8월 18일 ---

Arianne : Hi, Jaeheum. The grades are now out. How was your QM grade?

재흠 : I haven't checked it. Where can I see it? And how your summer camp is going on?

Arianne : In the MIS you can check. Really fun and learning a lot from it. I'm now in Mungyeong.

재흠 : Good to know that you are enjoying the program. I will check it and let you know after that.

Arianne : Alright. I got B. I think the professor is not so generous.

재흠 : I also got B in QM and Agriculture as well. So the GPA is 3.0 and barely managed to get the scholarship.

Arianne : 3.0 is okay for the scholarship, right?

재흠 : I think so. I need to check it again.

Arianne: Let's hope there's no problem. I'm glad you were able to reach the required.

재흠 : Thanks. I think this shows I am entitled to get the scholarship.

Arianne : Yay! Good to know!

22년 9월 4일

Arianne : Hi, Jaeheum. How are you? I hope you're doing well. Tomorrow is the course registration day. I would recommend Population and Development since I took it last semester and the Prof was nice and generous with grades.
For this semester, I'm planning to take the following courses :

1. Topics in Political Economy of Development by Prof. Rhee Inbok.
2. Policy Process Analysis by Prof. Lee Junsoo.

재흠 : Thank you for your kind reminder and recommendation. How was the trip to Busan with your boyfriend? We have a long Chuseok holiday this week. I am going to visit my mom. What are you going to do during the holiday?

Arianne : We really enjoyed our trip to Busan and Gyeongju. Especially Gyeongju. I love how walkable that city is. It was rainy during our time in Busan so we were not able to see the other destinations in our itinerary but we still enjoyed our time there, especially Gamcheon Culture Village and SpaLand in Centum City. Our accommodation in Haeundae is also very nice.

재흠 : Good to know that you enjoyed your time with him. I tested positive for the Covid-19 today and have to self-quarantine for 7days. But I am fine and have mild symptoms like sore throats and headaches. Will let you know if I have a plan to go to Sejong later.

Arianne : Ohh : I hope you recover soon. Don't forget to register your courses.

재흠 : Thanks. I will do it today.

Arianne : Hello, Jaeheum. It's must be hard : -(I hope your throat feels better by now. Did you change your plans for chuseok since you're still quarantine?

재흠 : Thankfully, the severe pain in my throat has almost disappeared. I originally planned to visit my mom, but I decided to see her next time even though the self-quarantine ends tomorrow. Because old people like my mom are much vulnerable to the virus and I don't want her to be exposed to the danger.

Arianne : Yes, it's hard to risk. Just take more rest for now and visit her next time. I'm in dorm now and taking rest

영어 때문에 나만큼 아파봤니?

from travelling too.

재흠 : Good morning Arianne, I found the project related to your presentation. Can you send me your email address again? Sorry, I can't find it.

Arianne : Good morning, Jaeheum. Thank you very much. Here's my email address. arianne○○○@gmail.com

재흠 : I've just sent the ppt on your presentation by email. Let me know if you need more information.

Arianne : Hi, Jaeheum. Thank you so much for sending the information. This project looks promising. Can my groupmates and I visit your office in Gongju to know more about this project? Would love to see you and your office too.

재흠 : I bet. When do you want to come?

Arianne : Thank you so much.   I'm confirming the date with my group. By any chance, will Oct 21 be okay with you?

재흠 : Oct 21st works for me perfectly.

Arianne : Thanks, Jaeheum. Can I have the Naver Location of your office so that I could plan our transportation and travel time?

재흠 : Okay. No problem.

Arianne : Hi, Jaeheum. I talked to Professor Lee regarding your request to have some samples for the Paper 2 (Vision Statement) in PPA. He said that you have to send him an email so that he could send the materials and discuss with you directly.

재흠 : Many thanks.

Arianne : You're welcome.

재흠 : Do you have his email address?

Arianne : jsOOO@kdischool.ac.kr

22년 11월 1일

Arianne : Thank you so much for today, Jaeheum. We really appreciate your time and generosity. We really learned a lot and had a great time. Thanks also for sending our photos. We're now waiting for the bus to come.

재흠 : You are welcome. I am also happy to hear that you had a great time today. Just let me know when you return to Sejong safely.

Arianne : Will do. Thanks so much. We're now in campus, Jaeheum. Thanks again. Enjoy your class later.

22년 11월 9일

재흠 : Do you have any idea on how to write the cheat sheet? Do I have to read all lecture slides to make it?

Arianne : For the cheat sheet, it would be helpful to include all the info from the slides that he includes in the

영어 때문에 나만큼 아파봤니?

exam tips that he gives during lectures.

재흠 : Thank you. I didn't know that he gave the tips during lectures.

Arianne : He does. But don't worry, I'll send you.

재흠 : Thank you.^^

Arianne : Hi, Jaeheum. How are you? I got covid so I attended the class online.

재흠 : Are you okay? I remember you are vulnerable to any virus due to your weak immune system.

Arianne : I got kidney infection two weeks ago so my immune system weakened and then got covid. I had fever and now very lethargic.

재흠 : So you don't need to go to hospital? Are you taking medicines?

Arianne : I'm taking medicines now. Luckily, I didn't have to go to hospital. But during my kidney infection, I stayed there for IV and injections.

재흠 : How did you get the kidney infection? Anyway, that's such a relief.
Take care and let me know if you need help from me.

Arianne : Hi, Jaeheum. I'm sorry I fell asleep last night. I got the kidney infection from a previous UTI that did not completely heal and escalated to the kidney. Thanks, Jaeheum. Stay safe and healthy too. I hope all is well.

재흠 : You did a great job today!! And you looked completely recovered from the kidney and Covid-19 infection as well.

Arianne : Many thanks, Jaeheum. I'm lucky to have my groupmates for this presentation too. I feel better now but still coughing and lethargic. How are you? I've been thinking of you during the film showing. I'm sure you can easily determine the management failure there. I also remembered our fire escape drill at NDTI!

Arianne : KDI is having world cup screeming now. We're here supporting korea.

재흠 : Thank you Arianne. Take good care and see you after exams.

Arianne : Take care too and looking forward to seeing you after exams!

재흠 : I gave a lecture for government officials from ASEAN member countries today. I took a photo with a participant from the Philippines. She is working for the defense ministry. There are several participants from the Philippines.

Arianne : Wow! I'm sure they learned a lot from you. Nice to see your photo with the Filipino delegate! I used to work in the defense department too.

영어 때문에 나만큼 아파봤니?

Arianne : I've been enjoying the seafood. And Gwanggali!

재흠 : Are you with friends or alone?

Arianne : With friends.

Arianne : Also, my boyfriend proposed to me in Jeonju after my graduation.

재흠 : Congratulations on the romantic propose.

Arianne : Thanks, Jaeheum.

재흠 : You are so beautiful and look really good in Hanbok.

Arianne : Thanks, Jaeheum. I was so happy and it snowed during our whole trip.

Arianne : I love the snow.

재흠 : FULLY enjoy the rest of time in Korea and write the short story about my journey to English learning when free.^^

Arianne : Hi, Jaeheum. I'm sorry for messaging so late. Currently, I'm having problems with checking out here at the dormitory and I think I won't make it at 12PM tomorrow. Might arrive in Seoul around 3pm. By any chance, will it be okay to meet for Sunday lunch instead?

Arianne : If you're not available on Sunday, then can we adjust our meet up at 3pm instead for some coffee and snacks?

재흠 : No problem. I am available tomorrow for lunch.

Shall we meet at 12 at the same restaurant?

Arianne : Many thanks, Jaeheum. Yes, let's meet at the same restaurant. Happy new year to you and your family.

재흠 : Happy New Year. See you tomorrow.

Arianne : See you tomorrow. I am now in Seoul and done with my checkout from the dorm.

───────────── 23년 1월 1일 ─────────────

Arianne : For Spring semester, Language in Public Policy Course - Prof. Gina Lee. Urban and Regional Development- Prof. Joo Yumin
For Summer, Academic Writing - Prof. Lee Giyoung

Arianne : Thanks for meeting me today, Jaeheum. I really enjoy talking to you and I'm happy to know more about your experiences. I hope we get to see each other again this year when we graduate. Have a safe trip back home.

재흠 : It' was my pleasure talking a lot with you today. Enjoy the rest of time here as much as possible and return to your home country safely. I also hope we will see at our graduation ceremony in December.

재흠 : I am so happy to find that I got A- from the PPA and A from the Trade and Industrial Policy.^^

Arianne : Thanks, Jaeheum. I'll see you again!

Arianne : Wow, I told you, you'll get high grades.

영어 때문에 나만큼 아파봤니?

재흠 : Today is your departure day? Are you in the airport?

Arianne : Tomorrow.

재흠 : I see. Send me the photos of your completion ceremony and the photo of us at the restaurant in Meongdong.

Arianne : Here is our photo and those from the ceremony. Thank you so much for being my chingu in KDI School. I really treasure our memories and I promise to send my homework to you. Please keep in touch and don't hesitate to message me if you have questions regarding research and if there's anything I can help you with. I'll look forward to hearing more about your endeavors and stories.

재흠 : I was lucky to meet you. It might be boring to study at the KDI school if I were not able to be your chingu. Thank you for your help and kindness. I also cherish our times spent together. Return to Philippines safely and keep in touch.

Arianne : Many thanks, Jaeheum. I'm now on the plane and about to take off. I'll see you again. Take care always!

재흠 : Thanks, Arianne. Good luck and take care until we see again.

Arianne : It's not yet a month but I already miss korean food. So I cook.

재흠 : It looks like an authentic Korean food. Great job. Are you back to work?

Arianne : Yes, Jaeheum! I'm also doing my homework for you.

재흠 : Thank you. I had finished the manuscript of my book and made a contract with a company to publish it yesterday.

Arianne : Wow, that's good to know. I sent the essay on your email. Kindly check and let me know if you want me to revise something in there.

재흠 : Thank you very much for your amazing and thoughtful writing on my journey to English learning. It is perfect and there is nothing to change.
Great job.

재흠 : Can you give me the information on the exact name of your ministry and job title?

재흠 : I am going to introduce you in more detail in my book.

Arianne : Thanks, Jaeheum. Looking forward to seeing your book. I work with the Institute for Labor Studies as a policy researcher.

––––––––––––––––––––––– 23년 1월 20일 –––––––––––––––––––––––

재흠 : Can I use some of your photos for my book?

영어 때문에 나만큼 아파봤니?

Arianne : Sure! The ones we took during our hangouts?

재흠 : Yes. And how about the photos with Hanbok? It was so beautiful.

Arianne : Sure! I also have photos from that day that includes only me. I think the ones I sent you are the engagement photos.

재흠 : Can you send the photos only with you?

Arianne : Sure! Jaeheum. Just give me a moment to retrieve it from the drive.

--- 23년 1월 26일 ---

Arianne : Hi, Jaeheum! I saw the course list for Spring Semester. You should try the Urban and Regional Development by Professor Joo.

재흠 : Many thanks. Arianne. I will definitely follow your recommendation.

Arianne : You're welcome. Don't forget to ask Prof. Park about your research project too.

재흠 : Thank you for your kind reminder.^^

--- 23년 1월 28일 ---

재흠 : Hi, Arianne. I am going to introduce some of our conversation in Kakao talk in my book as a textbook for those who want to learn everyday English. Is it okay for you?

Arianne : Sure, Jaeheum.

재흠 : Many thanks.

Arianne : Looking forward to seeing your book.

출간 후기

권선복 | 도서출판 행복에너지 대표

처음에 이 책의 원고를 건네받고 한 줄 한 줄 읽어가면서 나도 모르게 저자의 세계로 흠뻑 빠져들기 시작했다. 마치 한 편의 영화나 드라마를 보는 느낌이었다.

저자는 영어를 처음 배우던 중학생 때 이후로 나이 50이 다 될 때까지 영어는 자신에게 아킬레스건이었으며, 아무리 발버둥 쳐도 넘을 수 없는 철옹성과도 같았다고 과거를 회상한다. 그도 그럴 것이 저자는 이 책에 공개된 그의 성적증명서에서 보는 바와 같이 고교 3년 동안의 영어 성적이 그야말로 최하위 낙제점수였다. 그런 그가 각고의 노력으로 해외에 근무하면서 일상생활뿐만 아니라 영어로 업무를 봐야 한다는 사실이 얼마나 고역이었을지 짐작이 가고도 남는다.

필요는 발명의 어머니라고 했던가? 그러다 보니 저자는 자기계발을 위해 영어가 간절히 필요했다. 그래서 50이 다 된 나이가 되어서야 비로소 그동안 거들떠보지도 않던 영어책을 펼치게 되었고, 영어를 정복하기 위해 정말 모든 노력을 아끼지 않았다.

영어 때문에 나만큼 아파봤니?

그는 보통사람으로선 정말 하기 힘든 것을 실천했다. 하루도 거르지 않고 날마다 CNN 뉴스를 듣고, 영어신문을 읽고, 계속해서 외국인과 영어로 소통함으로써 영어 회화가 자신이 목표했던 것 이상으로 발전했다. 그런 생활에 젖다 보니 영어에 재미를 느꼈고, 재미를 느끼기 시작하면서 그의 영어 실력은 급속도로 향상되기 시작했다.

오늘에 이르러 저자를 아는 사람들은 그를 일컬어 '영어의 달인' 이라고 한다. 그런 호칭을 듣기까지는 그냥 이뤄진 게 아니다. 뒤늦게 영어공부를 시작한 학습 초기 상황을 그는 일종의 고문이었다고 표현한다. 그동안 저자가 영어공부를 위해 얼마나 많은 노력과 공을 기울였는지 짐작이 가는 말이다.

하지만 이제 그의 영어 사랑은 각별하다. 시간이 지나면 변할 만도 하련만 그의 영어 사랑은 시간이 지날수록 더욱 강해진다고 한다. 나이가 들면 상당 부분 일상생활이 반복되고 그것이 몸에 배기 때문에 삶이 나른해질 만도 하련만, 저자는 60대 나이가 되었음에도 그야말로 젊은이 못지않은 열정과 의지, 추진력으로 똘똘 뭉쳐져 있다.

그는 50이 다 된 나이에 영어공부를 시작한 이후 아직도 영어공부를 하고 있고, 외국인 교육생들 앞에 나서서 영어로 우리나라 재난관리 체계를 소개한다. 그리고 2022년 2월엔 영어로만 수업이 이루어지는 KDI 국제정책대학원에도 입학했다. 또 정년 후에는 TED 강의와 통번역사를 꿈꾼다고 한다. 그의 그칠 줄 모르는 열정에 그저 경의를 표할 뿐이다.

영어만 보면 울렁증을 앓던 그가 이젠 영어만 보면 신바람이 나고 행복에너지가 넘쳐난다고 한다. 과거의 영어 낙제생이 맞은 오늘의 감동적인 현실이다.

살다 보면 우리는 예측할 수 없는 불행의 길목을 지나게 된다. 아무리 열심히 살아도 우리의 삶엔 행복만 존재하지 않는다. 억울하지만 고통의 한계를 시험하듯 버겁고 어려운 일들은 늘 발생한다. 하지만 버티고 버티다 보면 살아지는 게 인생이다. 희망의 구멍을 찾든, 행운의 기회가 오든, 마음을 다잡든, 절망 같은 시간을 버티며 지내다 보면 조금씩 나아진다. 그리고 되돌아보면 예전보다 조금 더 단단해진 자신을 발견할 때가 있다.

단지 이 책의 저자가 영어를 잘하고, 중앙부처의 고위공직자가 되고, 자신을 위한 미래의 꿈이 원대하기 때문에 훌륭한 것이 아니다. 그의 노력의 성과는 단순히 개인의 자기계발뿐만 아니라 영어강의를 통해 개발도상국에 K-재난관리를 전파시키며 국익에도 크게 기여하고 있다.

저자의 남다른 열정과 인내력, 그리고 피땀 어린 노력으로 이룬 이러한 성과들은 쉽게 뛰어들었다가 조금만 힘들고 벅차면 쉽게 포기해 버리는 이 땅의 젊은이들에게 많은 교훈이 될 것이라 믿는다. 그야말로 부모가 먼저 읽고 자녀에게 일독을 권할 만한 훌륭한 책이다.

영어 때문에 나만큼 아파봤니?

NOTE

좋은 **원고**나 **출판 기획**이 있으신 분은 언제든지 **행복에너지**의 문을 두드려 주시기 바랍니다.
ksbdata@hanmail.net www.happybook.or.kr 문의 ☎ 010-3267-6277

'행복에너지'의 해피 대한민국 프로젝트!

〈모교 책 보내기 운동〉 〈군부대 책 보내기 운동〉

한 권의 책은 한 사람의 인생을 바꾸는 힘을 가지고 있습니다. 한 사람의 인생이 바뀌면 한 나라의 국운이 바뀝니다. 그럼에도 불구하고 많은 학교의 도서관이 가난하며 나라를 지키는 군인들은 사회와 단절되어 자기계발을 하기 어렵습니다. 저희 행복에너지에서는 베스트셀러와 각종 기관에서 우수도서로 선정된 도서를 중심으로 〈모교 책 보내기 운동〉과 〈군부대 책 보내기 운동〉을 펼치고 있습니다. 책을 제공해 주시면 수요기관에서 감사장과 함께 기부금 영수증을 받을 수 있어 좋은 일에 따르는 적절한 세액 공제의 혜택도 뒤따르게 됩니다. 대한민국의 미래, 젊은이들에게 좋은 책을 보내주십시오. 독자 여러분의 자랑스러운 모교와 군부대에 보내진 한 권의 책은 더 크게 성장할 대한민국의 발판이 될 것입니다.

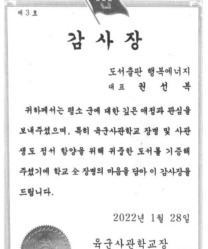